SV

Dietmar Dath
Waffenwetter

Roman

Suhrkamp

Druck: Memminger MedienCentrum AG
Printed in Germany
Erste Auflage 2007
ISBN 978-3-518-41916-8

1 2 3 4 5 6 – 12 11 10 09 08 07

Für Doris

nach einem wahren geheimnis

moia sestra. moia sestra?

die andere frau

The official voice of the Air Force Research Laboratory

news@afrl

October 2003 Volume IV, Issue 10

Alaska's HAARP facility opens gates to community

by 1st Lt. Morgan J. O'Brien and 2nd Lt. J. Elaine Hunnicutt, AFRL Public Affairs

GAKONA, Alaska — Scientists and engineers of the High-Frequency Active Auroral Research Program near Gakona, Alaska, opened their doors to more than 100 guests for the seventh open house of the largest Department of Defense facility of its kind Sept. 28 and 29.

"On the street, off the Internet, and through our hotline, we get many inquiries about the activities we are involved in here," said Ed Kennedy, the Navy's program manager for HAARP. "In our opinion, a hands-on open house is the best way to interact and tell people the story about HAARP."

HAARP is a joint Air Force and Navy program. Its scientific research is coordinated with and largely conducted by academia.

Visitors were invited to tour the facility, take photographs and ask questions. The primary focus of this year's open house was to explain the process for completing the

continued on page 2

Near Gakona, Alaska, HAARP antennas stand 65 feet high and are spaced 80 feet apart in eight columns by six rows. With a slated completion date of 2006, the array will consist of antennas aligned in 15 columns by 12 rows. The instruments study the effects of naturally occurring anomalies in the Earth's ionosphere that sometimes disrupt communication, navigational and power grid systems—such as region-wide electrical production networks. (Air Force photo by 2nd Lt. J. Elaine Hunnicutt)

facility. Currently, the facility is approximately one-fourth complete with 48 of 180 antennas in place and functional.

"The purpose of the open house is in line with the importance HAARP places on reaching the people of the surrounding area," said Dr. Paul Kossey, the Air Force program manager for HAARP. "Through open houses and community outreach to the schools, we want the public to be familiar with the science of our site because it helps them understand what we do here and become more comfortable with the program."

The facility studies the effects of naturally occurring anomalies in the Earth's ionosphere that sometimes disrupt communication, navigational and power grid systems—such as region-wide electrical production networks.

"It is important that our work is not confined to the scientific community," said Cornell University's Dr. Elizabeth Gerken, a presenter at the open house who has given speeches to a Gakona-area high school.

The HAARP facility is comprised of a large radio frequency antenna array and diagnostic equipment designed to reproduce, characterize and understand natural phenomena similar to those that occur naturally in the ionosphere and space.

The antenna array radiates 960,000 watts of radio frequency energy into the ionosphere; the upper portion of the Earth's atmosphere that extends spaceward 50 to more than 300 miles. Upon completion, the array will produce 3.6 megawatts of radio frequency energy.

The simulated phenomena, which can only be observed with sensitive diagnostic equipment, provide scientists and engineers with insights to better understand how these naturally occurring phenomena occur and the effects they produce on communication, navigation and radar systems.

"Through our research, we hope to one day predict patterns in the ionosphere 24 to 48 hours out, to help the warfighter prepare for communications outages caused by action in the ionosphere," said 2nd Lt. Dave Armbruster, a HAARP deputy program manager.

DoD owns the 5500 acres that is home to HAARP. The HAARP antennas are 65 feet high and spaced 80 feet apart in eight columns by six rows. With a slated completion date of 2006, the array will consist of antennas aligned in 15 columns by 12 rows.

"This weekend allowed us to share the global reach of the HAARP program," said Navy Ensign Noah Reddell, an engineering student at Stanford University, currently involved in a project related to HAARP, in which a remote buoy will be deployed between New Zealand and Antarctica. "This program is not confined to the local area."

The ionosphere and radio science research facility is located 200 miles northeast of Anchorage, near mile 11 on the Tok Highway.

"What we are doing is similar to DARPA's creation of the Internet, or the Air Force's development of global positioning satellites," said Kossey. "Today, radio science is not glamorous, still the military funds basic research in this area because of its importance to navigation, radar and communication systems.

"We're a 'tech push' facility," said Kossey, "HAARP assesses the viability of new system concepts for the next generation of these systems. After gaining understanding of areas that will help the military in the near term, our research and insights will be filtered to the commercial sector allowing them to run with it." @

erster teil
murun

I.

013506

weil es diesseits der gegend, wo der fluß entspringt, im schatten der berge ohne namen, am stillen saum der kalten weißen länder keine flammenden schwerter gibt und keine cherubim, uns draußen zu halten

den teppich aus gras angezündet, während aber die armee

und der haifisch, der hat lange weile

steh auf, wenn du den rhythmus hörst, steh auf, weil man dich ruft, geh hinein in die musik, gespielt vom größten hochfrequenzwellenantennengitter der welt, sonst bist du niemand und wohnst nirgends. komm runter zum fluß, es gibt keinen grund zur furcht, deine prüfungen sind vorbei. hier leben keine richter; keine richter leben hier

003294

jeder mensch hat probleme, aber meine mag ich am allerwenigsten.
ach konstantin und seine kompliziert störrische art immer, sich und allen zu beweisen, daß er noch nicht vergammelt ist – andrerseits toll, daß er sich sofort einen pc gekauft hat damals, daß er der erste im vorort war, bei dem so ein ding stand, und daß er sich immer gleich die neusten programme

draufschafft, bücher grundsätzlich im web bestellt, genau wie dvds, seit er den player besitzt, »die ganze weltmediathek der jetztzeit, aus england, frankreich und amerika«

and the day he listens
and the night she whispers

hat schlanke hände mit langen, schönen fingern, transparente weiße haut, wie porzellan, das leicht bricht. am tisch, beim abendessen: die harmonie zwischen diesen händen und dem feinen kristall, aus dem er trinkt, das einzige merkzeichen von reichtum im haus; dies und die geräte

ich wurd grad eingeschult, als er sich den computer gekauft hat, er ließ mich damit spielen; ich hatte deshalb, als ich aufs gymnasium gekommen bin, mehr ahnung von allem als alle.
er macht wirklich was mit dem apparat, da passiert mehr als ein paar elektronische kettenbriefaktionen mit seinen vergreisten bolschewiken – toll find ich vor allem die lustigen graphikspinnereien, die gemailten geburtstagskarten für papa, mama, thomas und mich. und an jedem zwölften april kriegt die lieblingsenkelin, die ja, wie er, auf spacegeschichten steht, zum gagarintag ne tripmäßige kosmonautencollage.
daß es photoshop gibt, »begrüßen alle vernünftigen menschen« (konstantin starik).
für mich aber hat der fortschritt in konstantins haus oft die anstrengendsten

diese sozialistischen filme und ihr zusatzmaterial: als er begriffen hat, wie man mehr aus den discs holt als nur den hauptfilm – zuallererst hatte er sie ja immer nur reingelegt und lange genug abgewartet, bis das ding von allein losging –, jessas eine einzige folter: drei stunden defakarlliebknechtdoublefeature, anschließend noch die biographien sämtlicher mitwirkender als textfiles zum scrollen; andächtig muß man dabeisitzen, sonst ist man nazi. und wenn es turbulenzen gibt mit den errungenschaften der neuen zeit, heißt es sofort: »claudia, du mußt mir heute mal helfen«, tag im eimer.

so ist im grunde auch die alaskageschichte entstanden: er glaubt zwar hartnäckig, das wär ein abigeschenk, und ich freu mich natürlich wirklich, eine andere welt juchhu

vielleicht ist das, was ich bin, ein ding, das schwierigkeiten sucht; wieso sonst hab ich einen geliebten, von dem niemand wissen darf?
nicht mal konstantin hab ich das erzählt.
vielleicht werd ichs in alaska machen. bis dahin fahr ich slalom, verheimlich allen alles und spring sofort in die höhe, wenn es heißt: »claudia, du mußt mir heute mal helfen.«

könnt ich nein sagen, alaska ausschlagen, wenigstens mal eine reparatur nicht ausführen, eine autofahrt verweigern? nee, könnt ich nicht.
er hat mir ja schließlich den wagen geschenkt. sieht immer ganz toll aus, wenn er seine langen rentnerbeine in den golf reinfaltet und mich dabei mit kleinen hinweisen erzieht: »nimm doch bitte endlich deine haare da weg, das ist unappetitlich, geht dir das nicht ein? nimm sie bitte aus dem mund, claudia, wie sieht das denn aus?«, »wir sind mitten im januar, ein etwas wärmeres oberteil darf es doch wohl sein!«
muß der grad sagen, alt wie dreck und läuft das ganze jahr im jeansanzug rum, zum glück nicht auch noch stonewashed, ist so schon ddr-mäßig genug drauf, dieser mann.

wenigstens sagt er nie »clautschi« zu mir, wie stefanie. das wär pervers, wie sagt man: distanzlos. inzestmäßig dicht dran.
gut ich nenn ihn ja auch konstantin, deshalb paßt es – so eine sichere förmlichkeit zwischen uns, vorname darf sein, kosename nicht, höchstens mal ein poetischer aus der fernen urzeit seiner jugend, wenn er »wildfang« zu mir sagt oder »windrose«.
das hat eher wieder ne galanterie, die auf andere art genau den richtigen abstand wahrt, sogar neuen herstellt, à la verschwörercodenamen oder »umgangsformen, wie man sie unter genossen verlangen darf«. hauptsache niemals »mein kind« oder »junge dame« oder so kleister. ich glaub, wenn ich ihn jemals »opa« nenn, glitscht mir die zunge aus dem mund, fällt auf den boden und hopst davon und iih gitt echt

fragen sind eine last und antworten sind gefängnisse für

temperatursturz, und die wolkenbäusche in konspirativer kopplung, wie wenn sie wütend aufeinander aufgefahren wären, da er sagt: »und alle erwartbaren maßnahmen wieder, dämmt eure wohnungen besser und spart euch das vom munde ab, fahrt nicht mit dem auto, fliegt nicht mit dem flugzeug, eßt kein fleisch mehr, nur noch sojapampe, kratzt billiger ab, mehr geld von euren steuergroschen kriegen die atomverbrecher, du bist nichts, gaia ist alles – anstatt das offensichtlichste: weniger menschen, und zwar zuerst in den reichen ländern, denn die verbrauchen am meisten. das ist der schritt, über den nicht geredet werden darf, denn wenn es weniger leute gibt, schrumpft das kissen der profitmacher auch: weniger lohnabhängige heißt höhere löhne, weniger mieter heißt niedrigere mieten«, ein wind packt eine bildzeitung und versucht sie durchzuschütteln, es geht nicht, sie ist zu dünn, zu fadenscheinig, zu ver

»claudia, du mußt mir heute mal helfen«, und hält mir einen wisch vor, vom zoll, aus dem absolut nichts hervorgeht, kein inhalt der sendung, kein entgelt für die bearbeitung, und keine verzollungssumme, nur daß die abholung und/oder klärung des sachverhalts einsegnung abdankung taufe, unzutreffendes bitte ficken, in der kaulstraße 8 stattfinden soll, innerhalb der nächsten sieben werktage, sonst wird eine fälligkeitsgebühr fällig oder eine erhebungsstrafe erhoben.
»fährst du mich?«, dazu dieser effekt mit den augen hinter den riesigen altmodischen brillengläsern, wie bei ner mangafigur: bittebitte niedlich. ohne diese glasbausteine und vor allem den schwarzen hornrahmen sieht er alles andere als knuffig aus, mehr streng und stark.
die superhellen blauen augen, die ernst in alles und jeden reinleuchten, mit diesem gestell zu tarnen, ein genialer schminktrick: gezielte selbstverharmlosung, sonst droht die strahlende synthese aus paul newman und papst stalin.

klar fahr ich dich, weißt du denn, wo die ist, diese kaulstraße?
»freilich weiß ich das. ich bin schon mal dort gewesen, beim zoll. es kommt selten vor – das sind wohl nur stichproben, die keinem erkennbaren system folgen. manchmal wird das paket zur haustür getragen und die zollsumme persönlich verlangt, manchmal wird es einbehalten und man muß vorstellig werden. bürokratenlotterie.«
halbwegs aufgeräumt erklärt ers mir, aber ich bin auf der hut, denn wenn sein tagesablauf erstmal von sowas durcheinandergebracht wird, ist der zornausbruch nicht weit. man siehts im blick, wenn man sich von der brille nicht ablenken läßt.
während er sich seinen zwanzig meter langen schal umbindet, die jeansjacke drüberzwingt und sich schließlich von

mir in seinen unheimlichen schwarzen ledermantel helfen läßt, bei dem ich leider immer denken muß, daß das ja nun eher wie die uniform der gegenseite aussieht, reden wir über meine angst vorm mündlichen: »was heißt angst? unfug. du kannst dir nur nicht vorstellen, was sie dich fragen werden, das macht dich unruhig. es ist ja auch schwierig zu denken – was fragen einen lehrer ab, die selbst nichts wissen?«
au schön, die predigt wieder mal. irgendwo muß die mordlust wegen zollfirlefanz ja auch hin. bist du übrigens, ich hak lieber nach, ganz sicher, daß du dich auskennst, wo diese kaulstraße

»oft weiß ich nicht«, er schnauft beim rausgehen und sechsfachen abschließen der haustür, ich trips unruhig von einem fuß auf den andern, will ins auto, es ist arktisch hier draußen, »ob ich von glück sagen oder mich schütteln soll, daß ich durch dich und deine mutter immer wieder beklemmende einblicke erhalte in die rodomontade, die sie heutzutage gymnasium nennen. die heruntergekommenheit ist unbeschreiblich – was hat die partei nicht noch zu maschzeiten . . .«, er macht eine kleine pause, um mir gelegenheit zu geben, nachzufragen, was denn der, die oder das masch sein soll oder gewesen ist, ich spiel aber nicht mit, sondern steck mir eine an, lauf dabei vor ihm her, geh ums auto rum, schließ ihm die tür auf. er grunzt und redet schließlich weiter: »ahhmpfff, was hat die partei damals nicht ihre klein- und großbürgerlichen intelligenzler angehalten, das auf der besseren schule erworbene zum tüchtigen klassenverrat zu gebrauchen – die scharfen waffen ans proletariat weiterzugeben. heute? was willst du weitergeben, das du nicht privat gelernt hast? ihr könnt froh sein, wenn man euch artikel aus dem ›spiegel‹ vorliest. wer an die universität kommt, hat nicht euklid noch petrarca gelesen, nicht descartes noch shakespeare, weder milton noch goethe. ihr könnt keine saubere gemüsehändlerbilanz mehr ziehen, geschweige die tierkreisabweichung der venus in hexadezimalen ausrechnen. ein trübes und träges geschlecht wächst heran, ihr lebt und, lieber himmel, lernt in betäubendem äther«, er verrenkt sich, atmet pfeifend, ich sitz schon.

alles ist kerzenwachsweiß angefroren, die wiese, straßenlampen, bank und bordstein, obenrum schwimmt statt wolken depressiver schmiereintopf, lappt an saubere dächer der sichern gegend, wo architekten und zwergbetriebsbesitzer und konstantin der reiche kommunist in ziemlich schönen häusern wohnen. familien hauptsächlich, konstantin lebt allerdings allein hier oben. er tut mir oft leid; ich würd ihm das nie sagen, man könnte einen einsiedlerkrebs

am liebsten möcht ich die kippe gleich wieder ausmachen, jetzt, wo er solche atemnot hat. weil papa und mama dagegen sind, daß ich rauch, muß er dafür sein. »im äther«, wiederholt er, als er sich anschnallt. ich mach ihm eine kleine freude: »naja, aber sollen wir im lk den michelson-morley-versuch machen, damit wir wissen, daß es keinen äther gibt? deine bildungsideale sind voll bürgerlich und und ehm ziemlich elitär!«

er niest, ich fahr mit einem ruck los.
konstantin fällt nach vorn und kramt im mantel nach seinem taschentuch. »pfffpöh, bürgerlich, bürgerlich, komm mir nicht so. es hat seit dem aufkommen des imperialismus doch überhaupt kein sogenanntes bürgerliches bildungsideal mehr gegeben. ist verramscht. das letzte bildungsideal, das überhaupt noch verteidiger findet, kann nur das sozialistische sein, selbst der pinsel trotzki hat das erfaßt.«
hurra sozialismus und wie blöd die andern sind: die predigt ist am ziel, er kann sich schnäuzen und zurücklehnen. ich

hab ihn gern. er weiß das und genießt es unauffällig, alte schule.

stellt sich raus: konstantin hat keineswegs den stadtplan im kopf, sondern winkt bloß mich ein paar mal nach rechts, ein paar mal nach links rüber: steuern durch gestikulieren, und wenn ich längere zeit geradeaus fahren soll, blinzelt er.

nach einer weile geht die predigt, von der ich schon dachte, sie wär ausgestanden, wieder ein paar takte weiter: »und bei diesem beispiellosen zerstörungswerk der postmodernen verbildung«, das liebt er, sätze mit »und« anfangen und das komische sinnloswort »postmodern« als schimpfe verwenden, »beim großen unternehmen, alles, was seit ur und babylon, seit dem verlassen der höhlen, ach seit der ablösung von jagen und sammeln durch ackerbau und viehzucht an kultur erfunden ist, aus euren köpfen zu spülen, falls durch private neugier oder familiären zufall«, da stöhn ich, »vielleicht doch noch etwas davon sich in eurem gedächtnis verfangen hat, assistieren diesen sauberen schulen erstens: die presse, ja, dein vater, und zweitens: sämtliche sonstigen medien. durch den konsequenten kampf, die nie nachlassende verlästerung jeder übersicht und die . . .«, schluckts runter, weist mich fummelig und zittrig an, auf den parkplatz vor einem uralten gebäude hinter einer schmutzigen tankstelle zu fahren, sind wir da?

die ritterburg schaut rostig aus, wie ein teil des alten bahnhofs, den sie vor ich glaub acht jahren abgerissen und durch einen neuen kasten ersetzt haben – als ob jemand das ding hier, vielleicht ja einst der bedientenflügel, vor der demontage hat retten wollen, komm schon, wir nehmen's mit rüber ins arbeitslosenviertel, da findet es keiner, es lebe die erhaltung dessen, was seit ur und babylon

an der südwand hinter der tankstelle werden wir fündig, aber anders als gedacht: ein architektenbüro – neue, in ein loch im alten roten stein eingelassene glas- und metalltür, schönes schild.
eine junge frau kommt raus, sieht aus wie die verdächtige im mittelschichtskrimi: hochgesteckte haare, absurd über schminkt. »wir suchen das zollamt«, sag ich, damit konstantin sie nicht anredet, der sie nur wieder klassenkämpferisch in die ecke treiben würde – solche kann er nicht ab.
»das zoll. . . nein nein das ist schon lange nicht mehr hier, das ist in der kaulstraße. draußen, industriegebiet, wo die driveins . . .«

»ach so, danke, klar: kaulstraße, hmhm . . .«, und dazu werf ich konstantin einen strafenden blick zu, den er unkommentiert kassiert.
ist doch wahr: hätten wir auf dem stadtplan nachgeguckt, wären wir nicht im bockmist rumgekurvt. der straßenname, verdammt, sagt mir wirklich was, hatt ich mir vorhin schon gedacht – ich war schon im kfc dort, nach dem kino, mit meinem geliebten, von dem niemand weiß. wieder im wagen ist konstantin immerhin geständig: »nun gut, das war vor vier jahren. in meinem alter scheint das keine zeit mehr, alles fliegt vorbei.«

schweigsame zehn minuten später erreichen wir das dumme amt. kaum sind wir ausgestiegen, schiebt ers kinn vor: ihr wollt keinen ärger, renegaten, diversanten, feinde und schweine, mit mir nicht, sonst fliegen kugeln.
im gebäude, das zugleich neuer und schäbiger ausschaut als das aufgegebene alte, wo wir gerade waren, sitzen zwei schatten an playmobilcomputern vor einer stapelwand aus verwaistem frachtgut.

»zeigen ... sie ... mir ... den ... zettel ... bitte ...«, befiehlt das totere der beiden gespenster im aufstehen undeutlich.
es nimmt konstantin das formular aus der hummerroten hand – draußen die kälte und dann dieser überheizte bunker hier, übel – und schlurft zur paketwand, wo es seinen blick picometerweise an toten sachen langwandern läßt und dazu leise stöhngeräusche rausquetscht. ich guck besorgt zu konstantin, ob der gleich den koller kriegt, aber er schielt verschmitzt zurück, scheint lustig zu sein.
»was ... war ... das ... dann?« fragt der mutant. konstantin, die ironische ruhe selbst: »aus ihrem formular geht leider nicht hervor, um was für eine sendung es sich handelt.«
»ha nu ja ...«, gähnt der schemen, »... ha schon aber öh ... sie ...wissen doch ... selber sicher ... was sie da kriegen ...«
»ich fürchte, es sind mehrere pakete zu mir unterwegs. ein paar filme aus england, einige ...« ich hätts nicht für möglich gehalten, daß der schlurfer bei seinem tempo jemandem ins wort fallen kann, aber es geht: »ja also na hier ... isses nicht ... ich muß ... hinten gucken ...«
hinten, so siehst du aus. würd mir gern eine anstecken, geht hier drin natürlich nicht. der lemur kriecht davon, sein kollege am schreibtisch hat sich seit unserm eintreten nicht mehr bewegt; spart batterie.

nach zwei ewigkeiten wissen konstantin und ich, wo hinten liegt: gleich rechts nach tasmanien. der bleichling kommt mit einer groben blauen plastiktüte zurück, oben zusammengehalten von einer schwarzen klammer. aus diesem sack befreit er ein paket und malmt: »ich finde da ... drin ... die rechnung nicht ...«
das paket ist von amazon. der staat hat es aufgeschnitten und zettelchen drangeklebt.

»die rechnung müßte drin sein. bei den sachen«, sagt konstantin. der typ hört gar nicht zu: »ich muß . . . ja wissen was . . . das ist, was das . . . kostet . . .« dabei kann sogar ich erkennen, daß der einzige nicht deutsche aufkleber auf dem paket klar und deutlich eine summe von 107 dollar angibt.

»hören sie, es ist mir klar, daß hier alles ordentlich abgewikkelt werden muß, aber vielleicht könnte das ein bißchen weniger demonstrativ schikanös passieren«, grummelt mein schönster. der beamte kriecht zu seinem computer, der nachbar sinkt ermordet in sich zusammen, soll wohl ein wegducken sein. »verzeihung ? ich rede mit euch !« ruft konstantin dem ersten zu, der in zeitlupe nach der maus auf seinem schreibtisch greift.
»ich muß rauchen gehen, ich kann das nicht mit ansehen«, zisch ich konstantin zu, der verärgert nickt. ich klacker auf meinen flamencoabsätzen aus dem bunker und könnt mich selber in den hintern treten für den rock und die strümpfe – was muß ich rumlaufen wie stefanie, wenn ich sie doch heute gar nicht seh, überhaupt: wer zwingt mich, die visualkeikiste mitzumachen, jessas ist das kalt hier. die raben auf dem dach des möbelmarkts sind beleidigt: wir können uns nicht warm anziehen; du könntests und bist zu blöd dazu.

die dritte kippe ist weg, als ein zolltrottel konstantin die tür aufhält, dessen gerötetes gesicht und zusammengezogene brauen die geschichte davon erzählen, was drinnen los war: »danke, sehr freundlich, zum glück wird man euch bald alle auf die straße stellen. verdient habt ihrs ! alle, wie ihr da sitzt, in eurem . . . deutschen . . .«, der mann schüttelt den kopf, schließt die tür wieder, andächtig und vorsichtig, als wärs das tor einer kirche. konstantin legt das zerfledderte paket auf die motorhaube.

»streiken würden sie nie, oder sich mit ihrer obrigkeit sonst anlegen, aber wenn ihnen jemand ausgeliefert ist, dann wird die empfangene gewalt weitergegeben, aus einem langen sinnlosen leben. alles haben sie verdient, was die herrschende klasse mit ihnen anstellt, alles.« er schlägt die papierklappen auseinander. es sind bücher; für mich.
wegen alaska.

003896

um halbdrei hüpf ich, schwarzfahrerin, aus der straßenbahn, ausnahmsweise, man kann ja nicht überall mit dem auto hin, wir treffen uns zum mittagessen. du sitzt da wie eine thailändische prinzessin – kalt und hinreißend enthüllst du mir dein neuestes geheimnis, beste freundin, es ist so finster, ich kanns gar nicht wiederholen. aus meinen augen tritt eiswasser, aus meiner seele ein schwall kranker obszönitäten – ah ich bin gestorben, beim pommesfritesessen, im restaurant an der ecke, als du mir das herz gebrochen hast. ich mußte weinen, weil ich mir auf die zunge gebissen hab, denn

die wahrheit wird über dich herfallen wie ein ausschlag

003900

wenn ich nicht nur den bruder, sondern außerdem eine schwester hätt, wär ich sicher anders drauf; weniger verbissen und kalt. aber damit das möglich wär, müßten meine eltern anders sein, und die sind so, wie sie sind, weil ihre eltern so sind oder waren, wie sie sind oder waren, und dann zieht sich das weiter durch in deren umwelt, geschichte, alles, in immer weiteren kreisen, spiralförmig, das heißt es ist eigentlich so: wenn ich eine schwester hätt, wär nicht nur ich anders, sondern die ganze welt müßte eine völlig andere

zuerst 960 kilowatt, endgültiges ziel 3,6 megawatt, signal und gesang der sirenen, aussendung in die ionosphäre, um zu erfahren, ob

denn wir sind alle noch hier

aber bei kafka: »nun haben die sirenen eine noch schrecklichere waffe als den gesang, nämlich ihr schweigen. es ist zwar nicht geschehen, aber vielleicht denkbar, daß sich jemand vor ihrem gesang gerettet hätte, vor ihrem schweigen gewiß nicht.«

004911

ich besuch meinen geliebten, von dem niemand wissen darf, schon um siebzehn uhr. es ist dunkel auf der straße, weil ich mich sonst schäm oder ärger. nein: stimmt natürlich nicht: weil die natur es will, deshalb ist es schon dunkel. der tag war nämlich regnerisch und bleibt verhangen, schleicht um seine ecke und wird nacht während mein schatten

how can i ever get over you
i'd give my life for yours

das schämen kommt vor; das ärgern auch.
es stimmt nicht, was man immer hört – das heimliche wär so geil.
mich macht es bloß sauer: daß ich zum beispiel zuhause erzähl, ich wär mit stefanie unterwegs, weil ich zufällig weiß,

daß stefanie heut abend wirklich unterwegs ist und mich höchstens per handy mal nervt – das ist doch fürchterlich. stefanie weiß nix, papa und mama wissen nix, konstantin weiß nix. weil niemand was wissen darf.

erst hab ich noch laune, meinem geliebten von der zollamtsgeschichte zu erzählen, auf dem ganzen weg zu ihm, den berg runter im auto, im café, wo ich mir die bücher anguck, und auch noch nachdem ich das auto hinter der turnhalle weggeparkt habe und zu seinem haus geh, damit nur ja niemand die karre dort stehen sieht, wo er wohnt. aber dann, als er die tür aufmacht und ich reinschlüpf ins gelb wollige licht, vergeht mirs sofort: wieso soll ich hier im versteck erzählen von meinem sonstigen leben, wenn es doch meinen geliebten in meinem sonstigen leben auch nicht gibt?
eine einsamkeit ergibt sich aus dieser liebe, die man gar nicht

erst irritiert mich der ballast und knickt mich innen zusammen.
dann klammern wir und rutschen auf der liege rum, bald auf dem boden. ich bin jetzt doch froh über den rock und die schwarzen stricksachen, über alles, was ihm gefällt. wir küssen uns und ich denk wieder, es ist wie trinken: für mich bitte ein rotwein oder cognac, was schweres, für ihn wahrscheinlich eiswasser, das im hals sticht, weil ich jung bin.

so jung noch, das sagen seine blicke und griffe immer, obwohl er sich tödlich vorsieht, davon zu reden: vom altersunterschied. aber es wirklich vergessen zu müssen, wäre so, als dürfte man nicht wahrhaben, daß er ein mann ist und ich nicht.
was ist das, was uns so gefällt? eben.
ich lieg, zerwühlt und unrichtig halb angezogen, auf ihm, als er eine pause macht und wissen will: »immer noch nichts?«
sehr romantisch, danke baby.

nein, sorry, ich hab noch keine nachricht von der panikfront. das müßte ihn bremsen, was ich einerseits nicht will, weil die geilheit sich jetzt schön langsam überall ausgebreitet hat, in und um uns, an der wand, in der atemluft, bis in die ohrläppchen und kleinen zehen – andererseits aber fände ich es irgendwie angebracht, wenn er mal kurz eine kleine angstattacke hätte oder sowas, wegen der verzögerung, aus respekt vor mir.
früher hätte es immerhin geheißen, er hat mich in diese verzweifelte lage gebracht naja. statt dessen leckt er mir im ohr rum, so daß ich lachen muß, und klatscht mit der hand auf meine rechte hinterbacke. genau richtig im prinzip, tut nicht weh und macht alles wärmer. ich bäum mich etwas auf und will runter, um eine kleine show abzuziehen, aber heut möchte er das scheinbar nicht, oder kann nicht drauf warten, bis es getan ist, sondern packt mich lieber selber aus, ich darf dafür dann, auf die seite gedreht, am gürtel arbeiten und am hemd mit siebzigtausend knöpfen. aber sollten wir jetzt nicht reden, über die gefahr der schwangerschaft, über die probleme der

jetzt erst merk ich, daß er musik laufen hat, wieder die kate bush. bäh? bäh. nicht, daß ich sie nicht mögen würde, aber jedesmal dieselbe, das hat was ungut automatisches, auch zu sehr für mich inszeniertes, genau wie das große weiße ziegenfell, auf dem wir uns wälzen. meinetwegen gekauft, da bin ich sicher, soll mich beeindrucken.
er dreht mich auf den bauch und küßt mein rückgrat, noch mal, noch mal, noch mal, immer eine handbreit abstand zwischen den küssen, vom nacken bis runter zum po. ich leg den kopf seitlich auf meine haare und spür, wie sie mich beim atmen kitzeln an den wangen, wie er küßt und anfaßt, streichelt.
dann dreht er mich um, ganz vorsichtig, nicht ohne noch

mal beide pobacken zu drücken, das findet er das schönste: dein arsch, als ob nur ich allein unter allen menschenkindern einen arsch hätte; da ist er albern, aber süß. von was anderm spricht er nie, als ob er nicht wüßte, wie das alles heißt, an der jungen frau, die fußsohlen, brustwarzen, alles, was er zu sehen kriegt, taille, schenkel, gespreizte gabel, haare. jens hat mehr gesagt, das ist wahr, das hat mir immer gefallen, wie er mich besungen hat.
aber das, weshalb ich hierherkomme, weshalb ich immer wieder zu meinem geliebten hinwill, von dem niemand wissen darf, das hat jens beim sex nie gesagt.

kate bush kommentiert einen andern film:

could you see the storm rising?
could you see the guy who was driving?
could you climb higher and higher?

jetzt küßt mich mein geliebter da, wo ich mich selber angefaßt hätt, wenn es noch eine minute so weitergegangen wäre, und leckt rührend vorsichtig, nur mit der zungenspitze, weich, trotzdem gierig, daß ich mich leichter fühle und salzig summend, als ob ich aus lauter bienen gemacht wäre. ich kreis mit den hüften, zuck mit dem po und seufz ein bißchen. das kreisen und zucken bin ich, das seufzen ist heimlich unwahr, nämlich erfunden, für ihn, zum dank und um ihn anzutreiben, daß er mir nicht erlahmt.

er denkt wahrscheinlich, daß ich vor wildwahn gar nicht denken kann. das glauben die gern, weiß ich von jens und vor ihm von stephan, die macht das ganz wahnsinnig, wenn sie annehmen dürfen, wir verlören ihretwegen den verstand. wenn man schön feucht guckt oder wimmert wie ein opferlamm, dann rasten die aus, dann wird es hoffentlich toll.

dabei ist es so, daß ich an alles mögliche denken kann dabei, an die ausgedachte musik, die meine kehle für ihn macht, ans mündliche abi, an stefanie, die mir noch cds schuldet, und trotzdem spült mich alles völlig unaufhaltsam immer höher, diese wellen aus der mitte, das beben unter den bienen, glut-hell, bis immer mehr von mir wie empfindliche haut ist, die gestreichelt wird, echos ins herz rein und in den kopf. dann wird es ganz still auf einmal vom licht, so atme ich aus; mehr atem, als die lungen fassen können, atem aus den adern und nerven. ich muß leise lachen, er hört auf und guckt mich von unten an, lustig naß im gesicht, schaut so, als ob er wissen wollte, wie es mir geht. ach dummer ich bin so oh je

wenigstens stellt er nicht diese doofe frage, die jens immer gestellt hat, ob ich »schon fertig« bin. klar bin ich fertig, ich bin fertig auf die welt gekommen, ihr spinner, nur noch gewachsen und ein paar mal überarbeitet worden. ich keuch, er stemmt sich hoch auf beiden armen und fragt: »willst du ...?«, wohl, weil er denkt, ich kann nicht mehr, das ist wieder dieses goldige an ihm, daß er sich derartige sorgen macht.
komm, sag ich mit einem kuß in die luft. obwohl ich, wie der große frauenkenner jens sagen würde, fertig bin, kommt jetzt erst das schöne – nicht das ficken, das ist zwar nett und außerdem unbegreiflich, aber ich bräucht es im moment gar nicht mehr, bin auch ein bißchen übersensibel gerade, naja es geht schon. aber, danke ihr engel und luftgeister, jetzt sagt er, was ich hören muß, weswegen ich herkomme, das, was nur er sagt beim sex, weswegen ich ihn will, weswegen er mein geliebter ist: »claudia«, sagt er, »claudia«, und dann mit immer kürzeren abständen und als ob es ihm wehtut, das zu sagen, als ob es ihn wie honigmetall durchströmt: »claudia claudia, claudia claudia, claudia claudia claudia«, als ob die welt so heißt.

da weiß ich, er liebt mich wie wahnsinnig, das könnt ich stundenlang am stück hören, das muß ich immer bei mir haben und in mir, daß ich so doll geliebt werde, wie zwei wochen tanzen ohne pause ohne

später im bad denk ich etwas total unpassendes: wie gut, daß ich seit jens die pille nehme, sogar, na herzlichen glückwünsch, fast immer regelmäßig – das ist ja im moment die sorge, egal jessas jessas –, aber wenn er vorhin nach dem lekken und vor dem vögeln erst ein kondom drübergemacht hätte, dann wäre das irgendwie kaputtgegangen, weil die sich dabei immer so anstellen, und einen angucken, als wollten sie fragen, ob es okay ist, wenn sie leider einen schwanz haben sorry kleiner käfer

zurück im wohnzimmer, wo er sich schon wieder angezogen hat und einen von meinen schwarzen strümpfen in der hand hält wie einen schlafenden hasen, hör ich, wie

er schenkt mir ein buch, das ich mal bei ihm bewundert hab – nicht sein exemplar, er hat eigens eins bestellt für mich. warum schenken mir heute alle menschen bücher? ist ja nicht so, daß ich nicht selber genug kaufen würd. wann soll ich das alles lesen?
konstantin wird sich nicht drüber freuen, erstens nimmt es mir zeit weg, die ich mit dem alaskazeug und der abivorbereitung und seinen bescheuerten klassikern aus dem ewigen ostblock verbringen könnte – in dieser reihenfolge –, und zweitens ist er gegen dieses spezielle buch hier wahrscheinlich schwer allergisch.
ach mensch, hey, die geste ist toll: mein geliebter schenkt mir was, das mir niemand anderer schenken würde, der mich kennt. jetzt könnten wir uns, wie es immer so super heißt, einen netten abend machen.
leider muß ich fort.

wir sind uns beide im klaren drüber, daß das noch lange so weitergehen wird, bevor es besser werden kann. er ist ja gebunden, und das ist noch das kleinste problem. er sagt noch mal meinen namen, ich sag jetzt seinen.
dann hau ich ab.

007737

man entwickelt waffen, mit denen man leute lebendig kochen kann.
das erfahre ich aus einem der verzollten bücher, es heißt: »war x – human extensions in battlespace« und ist von jemandem namens tim blackmore. konstantin hat mir die stelle angestrichen und das buch empfohlen, »weil du erst mal die zweifellos seriösen sachen lesen solltest, die sind finster genug«. er meint damit, daß es auch noch bücher über die anlage in alaska gibt, in denen sich zutreffende informationen mit ungedeckten spekulationen vermengen, und schließlich solche, die komplett balla

blackmore soll mich wahrscheinlich darauf einstimmen, daß die grundlegende idee, die mir ziemlich sciencefictionmäßig vorgekommen ist, als konstantin das erste mal davon erzählt hat, nämlich der gebrauch von radio- oder mikrowellen als waffen, tatsächlich in den überlegungen von militärs vorkommt. ich hab ja nicht dran gezweifelt, daß es für itchy nicht gut ist, wenn scratchy ihn in den mikrowellenofen sperrt und den einschaltet. aber daß es da schon eine eigene nomenklatur gibt, directed energy weapons (dews), active denial weapons (adws) und highpower microwave (hpms) und daß die letzteren vor allem gegen computernetzwerke eingesetzt werden, »which are scrambled, crashed, rebooted or destroyed«, das kann radarsysteme fallen aus, die stromversorgung schmiert ab, die luftabwehr des feindes ist im eimer. man kann das zeug aber auch auf menschen richten, dann

ein republikanischer senator aus new mexico namens pete domenici hat der menschheit im jahr 2001 versichert, daß sie sich keine sorgen machen muß, denn die dinger seien so kalibriert, daß »permanente schädigungen von personen ausgeschlossen sind«. sehr beruhigend, vor allem weil einem dadurch klar wird, daß man sie auch ganz anders kalibrieren könnte.

ich schau mir an, was im internet offiziell über die alaskanische anlage zu finden ist, also keine spinnersites, sondern nur das, was die betreiber selbst verlauten lassen.
konstantin läßt an dem punkt paranoia durchblicken: »mach das nicht von daheim aus, mach das in der schule, in eurem informatikraum, am besten in irgendeiner pause oder nachmittags, wenn du keinen unterricht hast. sie können zurückverfolgen, wer sie zu welchem zeitpunkt angewählt hat, man kann da gar nicht vorsichtig genug sein.«
wird sich also um halb zwei eingeschlichen, denn bis eins sind burkhardts menschen aus der elften drin und meistens schalten die ihre kisten nicht aus, weils um drei gleich weitergeht, nämlich mit der freiwilligen arbeitsgruppe für oberstüfler aller klassen, die ebenfalls

hier les ich also auf der selbstdarstellungspage, daß das high frequency active auroral research project, abgekürzt haarp, zu finden ganz in der nähe des magnetischen erdnordpols, eine reine forschungseinrichtung ist, keine rede von irgendwas militärischem – wir haben hier einfach mal die größte antennenanlage der welt hingestellt, 650 spargeltürme, mit der man funkwellen hoher und niederer frequenz in die ionosphäre schießen kann.

daß konstantin mir erzählt hat, daß das pentagon einen haufen geld zur errichtung dieses vorgeblichen forschungsobservatoriums zugeschossen hat, wahrscheinlich einfach wegen der vielen güte in den herzen der militärs und ihrem lebhaften interesse daran, daß auch die zivile forschung vorankommt, wo sollen sie denn schließlich auch hin mit dem vielen geld, das ihnen der

mit sowas also beschäftigt sich ein mehrfacher millionär, der sein geld mit einer elektrokette (siebzehn filialen) verdient hat, die »sputnik« heißt, was man besonders witzig findet, wenn man weiß, daß dieser millionär kommunist ist. er kümmert sich ja, obwohl er sein unternehmen vor sieben jahren verkauft hat, weiterhin um ehemalige und gegenwärtige angestellte, ist traurig drüber, daß das kleine reich demnächst von einem konzern geschluckt und eingegliedert, also umbenannt wird, aber »so ist das, die monopole machen reinen tisch«, und das läßt ihm genug zeit für

007748

woher sie kommt, diese wut, so heftig, daß es wie ein greller rotknall vor den augen ist, einen würgenden moment lang, will ich gar nicht wissen: wahrscheinlich ist das ein erbteil von konstantin, meine eltern sind beide beherrschter, man könnte auch sagen: labbriger.

ich steh da, auf dem klo, wie die angeklagte im babymordprozeß, die kurz mal raus darf aus dem verhandlungssaal, und les diesen scheißdreck durch, dieses herablassende gelall, verpackt in miese schmeicheleien, geschmückt am ende mit der guten note wie mit ner schleife: »deine arbeit geht weit über den erwarteten grad der auseinandersetzung hinaus. was mich besonders freut: die belege deiner belesenheit schieben sich nie eitel vor die von dir vertretene sache, sondern zeigen eindrucksvoll deine auseinandersetzung mit dem problem. deine schlußfolgerung ist das ergebnis eines gedanklichen prozesses, den du keinen augenblick aus den augen verlierst. so sind inhalt und aufbau hervorragend, die sprache – nun ja, wie gehabt, nein: doch wohl etwas durchsichtiger.«

denn wir müssen dem kind hier ja was bieten, dem töchterlein des musikkritikers, deswegen dieser fabelhafte kleine essay unter die klausur, das öde gespreize mit der schlampigen wiederholung des nullworts »auseinandersetzung«, dann noch ein lob dafür, daß die schlußfolgerungen doch tatsächlich, parbleu, ergebnis einer gedanklichen auseinandersetzung sind, nicht einfach nur so rausgelaufen aus der kleinen. bin ich ne angestochene milchtüte oder was?
ungelogen, es ist mir selber peinlich, aber ich krieg richtig krämpfe im unterleib davon, drück mir die fingernägel in die handballen und hab wahrscheinlich schneeweiße strichlippen – ich kanns nicht beweisen, aber das ist sexuelle belästigung. echt der sack baggert mich

es klopft an meiner lieben klotür.
»besetzt!«
»clautschi, hör auf. was ist los? hab dich bloß die treppe runterrauschen gesehen, als ob de mich nich kennst, da denk ich mir: entweder sie hat drogen genommen, die du auch mal schnell brauchst, oder sie is ganz übel drauf, dann mußt du als beste freundin . . .«
»fotzenbesen«, raunz ich und entriegle.

»was gibts?« drängelt sie.
ich halt ihr das heft hin.
»na und, egal, grundkurs, auf das kommt's eh nicht an«, sagt stefanie und atomisiert mit ihrem schärfsten hexenblick zwei hühnchen aus der unterstufe, die es wagen, uns in unserem offiziellen klo beim andiekachelnlehnen und rauchen zu stören. stefanies neuer lippenstift hat die farbe von heizöl, ich schwör die macht die dinger selber, in ihrem labor.

»lies doch mal, was der da schreibt. der will mir an die wäsche, stefanie!«
»na und, normal«, findet sie, liest und blättert, ich mach die augen zu und paff, als wärs endlich opium. »hier, der ist auch gut«, sie hat einen anderen kleinen notenbegründungstext gefunden und liest vor: »dein aufsatz, gedanklich von gewohnter qualität, ist teilweise in gedankenführung und satzbau in hohem maße eigenwillig – boah clautschi, eigenwillig in anführungsstrichlein, voll sweet: das ist an und für sich für die geistige existenz eines menschen – wow, der gibts dir heavy – eine wichtige voraussetzung. bedenke aber, daß ich einen alten hodensack habe und du nicht.«
»was wie?«, ich fall wirklich drauf rein, muß ich primitiv sein, und nehm's ihr aus der hand und lese da natürlich etwas noch viel schlimmeres: »bedenke aber, daß ein aufsatz ein träger rational bestimmter kommunikation sein soll. dieses ziel verlierst du teilweise aus den augen.«
warum findet stefanie das lustig, und ich könnte an die decke gehen von diesem tonfall?
»jetzt lach halt mal, clautschi«, sie knufft mich. so machen wirs. ich lach mir ein schwein und nenne es steffi. steffi das lachschwein, ich glaube, so kommen wir weiter.

»außerdem ist das jetzt mode, du mußt mit der zeit gehen.«

»was?« sag ich und deut durch keine bewegung, kein zukken an, daß ich den gong gehört hab, der zur nächsten stunde ruft. geschichte grundkurs bei pohl, das können sie jetzt auch behalten. ein paar monate, und ich darf vergessen, daß es geschichte überhaupt je gegeben hat. steffi das lachschwein plappert ungerührt weiter: »daß die auf uns stehen, die lehrer. ich meine, ich raffs ja, daß man nicht davon träumt daß einem der wenzel . . .«
ich heb bloß die hand, das reicht, sie malt es nicht weiter aus. die vorstellung, daß der erforscher und benenner des trägers rational bestimmter kommunikation in meinem heft eine nennen wirs sexualität hat, geht, wie konstantin sagen würde, gegen die parteilinie.

»aber zum beispiel hermann«, sie verdreht die augen und leckt sich übers heizöl, »der fährt voll auf mich ab, und ich muß mich total beherrschen.«
ich lach, ein bißchen schrill, und sag dann: »träum weiter.«
»mit offenen augen«, bestätigt stefanie, zieht einen französischerfilmschmollmund und sagt: »ich weiß ja. unser englischgott ist christ. der würde nie.«
»außerdem hat er eine freundin«, belehr ich sie und bin affenstolz, wieviel ich über hermann weiß, »eine sozialtante von der katholischen mädchenfürsorge.«
»soll lieber selber mädchenfürsorge machen, der hermann«, lästert stefanie, dann schmeißt sie ihre halbe kippe ins waschbecken und winkt mir, daß ich mitkommen soll: »komm, wir gehen ins café, hier ist heut eh nix mehr los.«
sie hat recht, wie meistens immer.

»jessas, muß das sein, bei tisch?«
so redet mama selten, in diesem strikten gouvernantinnensound. sie muß echt stinkig sein. papa läßt das buch sinken, ein kleines elektrisches schlägchen wie furcht spür ich plötzlich, weil die schwarte mit dem rand fast in die soße rutscht und er dann seinerseits fies werden müßte, wenn das

statt dessen sagt er, den blick gesenkt und kauend, ein besonders großes stück vom rind im mund: »möme blomawimm mie ...«
»bitte?«, jetzt wirkt mama eher amüsiert als pikiert, so schnell geht entspannung hier. ich löffel sehr ruhig die suppe; als wär ich nicht da.
»ich möchte«, sagt er, nachdem er demonstrativ geschluckt hat, »mal wissen, wie man das von mir erwarten kann, daß ich den ganzen kram«, er tippt mit der soßigen gabel richtung buch, mikrofeine spritzer nieseln auf den umschlag, er merkts nicht, »vor dem wochenende noch gelesen haben soll, nur weil die großen blätter es schon haben. der hat vorstellungen«, er meint seinen chef, »was mit einem einzigen musikredakteur, der fast alles selber bespricht, möglich ist, da zieht es dir die schuhe aus, und jetzt auch noch dirigentenbiographien ...«
wahrscheinlich wollte er was derberes sagen und hat sich meinetwegen gefangen.
ochmensch das ist alles so elend, ich muß hier raus.

»morgen abend bin ich bei konstantin und koch ihm was«, sag ich, um das schon mal anzukündigen, und papa mumpft: »ist ein segen für ihn, daß es dich gibt, der würde nur tiefkühldreck fressen da oben in seiner villa.« mama nimmt so-

fort anstoß, wegen »dreck«: »michael! bitte!« er zuckt mit der oberlippe, verächtlich, und sagt: »ist doch wahr. wenn sie nicht hinginge, wäre er schon komplett verwahrlost.«
»er ist dein vater«, also was hat sie heute bloß, sie redet, als ob weihnachtsabend wäre, total angstbeißermäßig: verteidigung von familie, anstand und sitte.
»dann hätte er sich ja auch mal um meine mutter kümmern können, wenn er mein vater ist, statt sie rauszuschmeißen und dann nicht mal ihren tod zur kenntnis . . . zu registrieren.« worum geht es hier? wahrscheinlich haben sie wieder mal gerechnet und festgestellt, daß sie noch eine ganze weile nicht aus dieser wohnung rauskommen, von wegen eigenheim, während konstantin allein und mit ordentlich geld in seiner »villa« – in wirklichkeit einfach einem bescheidenen kommoden häuschen auf dem berg – hockt und, räusper, verwahrlost.
ich sag das nicht, ich nehm mir brot.

zu seiner sache zurück: »große zeitungen haben richtige redaktionen, verstehst du, mit mehreren leuten, und dann noch freie mitarbeiter. ich weiß nicht, was er denkt.«
»soviel mehr zeit haben die auch nicht«, es klingt wie widerrede, ist aber ein ganz demütiges versöhnungsangebot, weil sie ihm damit auf sein erwünschtes themengelände folgt.
»die müssen, anders als du, das sogenannte gesellschaftliche leben wahrnehmen, viel telefonieren, tratschen, sich auf empfängen sehen lassen, kontakte pflegen, besuch ausfragen, den plattenmarkt überwachen, besprechungen von fremder hand redigieren, juryarbeit leisten, umfragen beantworten, sich interviewen lassen, konferenzen ausrichten, hitlisten in kooperation mit plattenfirmen und dem fernsehen betreuen, vorworte schreiben, anthologien herausgeben.«
jessas, wo kommt denn das jetzt her, dieser anfall von rhetorik?

er zwinkert ihr, meine fresse ist das bizarr, launig zu und gratuliert: »was du alles weißt.«
»ich meine nur«, wie tief will sie noch sinken, mir ist schlecht, »die haben wahrscheinlich noch weniger zeit zum lesen als du.«
»ja, bei uns sind die befehlswege kürzer, die sachen direkter«, salbungsvoll.
da reicht es mir, da sag ich denn doch auch mal was: »klar, viel direkter, diese befehlswege, man kann den willen der gesellschafter nicht ignorieren.«
er erkennt das zitat sofort, macht aber erst herausfordernd langsam sein buch zu. dann schaut er mich direkt an: »da warst du noch gar nicht auf der welt, claudia, so lange ist das her.« »noch was zu trinken?« wirft sich mama hündisch auf den boden, er nickt in ihre richtung, schaut sie nicht mal an. sie steht auf und geht eine neue flasche holen, während er den blick nicht von mir läßt: »das ist zwanzig jahre her.«
»und du willst mir erzählen, daß es das heute nicht mehr gibt, ja? mit der ... der grundhaltung und den gesellschaftern und dem aufsichtsrat?« ich hab das flugblatt gesehen, konstantin hat es aufgehoben. die bunte liste, die damals im stadtrat war, hatte es verteilt, nachdem ihr dieses protokoll zugespielt worden war, von wegen: zu linke ausrichtung, zu stark pro friedensbewegung und zu kritisch gegen die polizeiaktionen in sachen hausbesetzung, so daß der mehrheitseigentümer, ein lebensmittelgroßhändler aus der region, sich darüber beschwert hat. und da haben sie gekuscht, papas kollegen.
»ich weiß, wo du das her hast«, sagt er drohend.
»er hat es mir gezeigt ja. aber ohne häme, nur, damit ich was lerne, über deine pressefreiheit.«

»ohne häme«, wiederholt papa, als ob er es zerkauen müßte. »pfffzz«, macht er dann und steht auf, gerade als mama mit der flasche zurückkommt, »ich habe keinen hunger mehr«, und ist schon fast draußen, da kehrt er um, holt sein buch, schaut übern tisch wie über eine pfütze blut uns beide an, das soll heißen: wage es ja niemand, das zu kommentieren, daß ich den wälzer liegengelassen habe.
wenn mama jetzt fragt, wie es in der schule war, bring ich mich um.

008800

konstantin überreicht mir einen artikel aus der »uz – sozialistische wochenzeitung – zeitung der dkp« vom 28. mai 2004, ausgeschnitten und mit den relevanten teilen in gelb markiert.

das gelbe liest sich:
»ebenso geheim ist haarp (high frequency active auroral research project), das unter federführung des pentagon in der nähe des magnetischen nordpols in alaska entstanden ist. hierbei handelt es sich um eine riesige sendeanlage, die sowohl hochfrequente als auch niederfrequente funkwellen mit sehr hoher energie in die ionosphäre schießen kann. die über 640 antennen abstrahlbare sendeenergie kann buchstäblich löcher in die ionosphäre stanzen oder sie elektrisch so aufladen, daß sie wie ein hohlspiegel die energie verstärkt und zu beliebig bestimmbaren punkten auf der erde zurückleitet. in der umgebung ähnlicher, wenn auch bei weitem nicht so leistungsstarker forschungsanlagen soll sich berichten zufolge das wetter verändert haben. viele wissenschaftler befürchten, das haarp werde auch dazu genutzt, die psychi-

sche beeinflussung von menschen durch niedrigfrequente strahlung zu erforschen. die forschungsarbeiten werden zwar vorwiegend als ›zivil‹ deklariert – die behörden geben jedoch durchaus zu, daß sie militärischen nutzen haben. darüber erfährt man jedoch offiziell keinerlei details. durchgesickert ist jedoch, daß haarp auch eine bessere kommunikation mit getaucht fahrenden ubooten sowie die manipulation der globalen wetterverhältnisse ermöglicht. durch manipulation der ionosphäre kann man die globale kommunikation stören, gleichzeitig bleiben die kommunikationsverbindungen des anwenders erhalten. das system soll darüber hinaus fähig sein, eine art röntgenaufnahme von der erde zu machen. es soll in der lage sein, bis in eine tiefe von mehreren kilometern (erddurchdringende tomographie) die erdoberfläche zu durchleuchten, um öl- und gasfelder, aber auch unterirdisch stationierte militäranlagen aufzuspüren.«
wenn das kein vollständig abgefahrener

II.

009400

im riesenplasmafernseher, den er sich vor zwei jahren gekauft hat und den wir zusammen in sein haus geschafft haben wie diebe, läuft ein aufstand, eine randale, nö: »bambule«, sagt konstantin, und zwar »mitten im reichen westen«, wie er ständig wiederholt, als erkundung für die präzisierung des

die viel zu hohen türen und viel zu weiten tore der städte: seattle washington genua melbourne quebec prag babylon heiligendamm

tonfall einer seltsamen mischung aus angst und begeisterung, während ich die eingekauften sachen auspack, um ihn damit zu bekochen, nach einem rezept von thomas, den wir beide vermissen, seit er weggezogen ist nach doofberlin.

alles in diesem haus mit papier zugedeckt, bebaut und dekoriert, auch in der küche liegen zeitungen, stapeln sich bücher, aber dreckig ist es nicht, obwohl papa das behauptet. konstantin hält eine von seinen linken zeitungen fest, über die er sich immer so ärgert und die ich alle nicht kenn, er wedelt damit und liest mir dann draus vor: »hier, krise der repräsentation, so heißt das bei denen, und dann schau auf den schirm. blanquistischer unsinn, es könnte einem das herz sprengen, wie perspektivlos diese armen hunde sind. sachen anzünden, sprachlose wut, und dann schreibt so ein schnösel hier – schau auf den schirm, sieh dir das an, und dann hör

nur: ›diese jugendlichen sind kein neues revolutionäres subjekt, keine helden. aber sie handeln auch nicht dümmer oder unpolitischer als die über die verschärfte kapitalistische gangart klagenden gewerkschafter und feuilletonredakteure. es wäre keine überraschung, wenn ihre revolten am ende die inwertsetzung, die ökonomisierung des lebens stärker bremsten als der gehegte protest von gewerkschaften und kritischen autoren. manchmal sind krisen vorboten von katastrophen, manchmal aber auch manifestiert sich in ihnen eine kollektives wissen, das nicht aussprechen kann, was es will, und genau damit eine entwicklung ermöglicht, die mit emanzipation mehr zu tun hat, als die politische aufklärung und organisation von massen durch eine bereits wissende linke.‹ so eine heimtückische ferkelei!« ich seh das feuer im fernseher brennen und frag: »warum?«
er guckt mich, während ich die zitronen aus ihrem netz befreie, wieder an mit diesem blick, der immer sagt, er sei ein kommunist; was soll ich damit? kommunisten, das ist für mich wie ›altkatholisch‹, bin ja selber links.
seit ich wählen darf – seit anderthalb jahren – hab ich zweimal die grünen gewählt, also was will er immer? wieso soll die idee, daß sich leute wehren müssen, bloß dann gelten, wenn sie in irgendeiner partei sind? ist er denn selber überhaupt noch in einer partei, wo er doch

»mystizismus«, sagt er, gar nicht streithammelmäßig, mehr erschöpft. »wo werden sich denn staat und kapital davon beeindrucken lassen, wenn die armen ihre eigenen quartiere abfackeln? ich erinnere mich – du weißt es nicht, du warst zu jung –, wie hier ein asylbewerberheim gebrannt hat, anfang der neunziger, im staubertal, das alte gefängnis. da hatten sie die leute untergebracht – in einem knast«, das wort spricht er laut und pointiert, »und eines nachts stand der in flammen. ein wunder, daß niemand sein leben lassen mußte – man hat

sie rausgeführt, ich stand dabei, bei den gaffern, mit steiner, der damals noch gelebt hat, von der dkp, der hatte mich hergerufen, wir wollten helfen. feuerwehr und polizei haben uns paar hinfällige gestalten – greise, auch ganz junge, mit bunten haaren – nicht durchgelassen, und am übernächsten tag stand im sauberen blättchen von deinem vater, der oberbürgermeister sei enttäuscht: da bietet man denen in aller gastfreundschaft ein quartier, und dann zünden sie es an. so denken sie, so reden sie, und was dagegen ein wissen sein soll, das nicht aussprechen kann, was es will – das ist doch ... es gibt überhaupt nichts, was man nicht sagen kann!«
»äh?« mach ich; den einfall hab ich ja noch nie gehört.

»das unsagbare«, nörgelt er, »die alte religion der muskeln, politik des blinden dreinschlagens. bitteschön, also wenn du etwas unaussprechliches kennst, dann sage mir doch mal, was das sein soll, ich glaube nicht daran!«
ich lach: »aber wenn ichs dir sagen würde, wäre es ja nicht mehr unaussprechlich.«
»eben«, sagt er, mit kindlicher freude an seinem beweis. wir gehen in die küche; dank der großen durchreiche kann man von da aus sehen, wie die rebellen kaputtmachen, was sie kaputtmacht und eine schwarze wolke der wut von

während wir zwiebeln in würfel schneiden – seine augen tränen kaum, die riesenbrille ist ein guter schutz –, setzt konstantin den kleinen lehrgang fort: »links, anarchistisch und autonom, diese fetischisten des unmittelbaren aufstands, und lassen der geschichte ausrichten, die partei werde nicht mehr gebraucht, ja, sie wäre schädlich, und das nennen sie dann krise der repräsentation – wenn ich das höre, lese, so eine schleimige umschreibung dafür, daß politik und intelligenz ganze regionen, ganze bevölkerungsgruppen einfach aufgeben. nun also, gleichheit und wohlstand für alle, die möglich

wären, das möcht anstrengender sein – so ein programm stört nur beim feierabendradikalen sicheinrichten im kapitalismus, folglich dreht man es um, stellt es auf den kopf und sagt, diese verlorenen fühlten sich nicht mehr richtig vertreten, ja vertretung sei ohnehin von übel, nämlich illegitime repräsentation, ja schierer substitutionismus – das haben sie uns immer schon anhängen wollen, die sogenannten undogmatischen, pannekoek und wie sie alle hießen, daß wir mit der partei selbstherrlich für andere sprächen, die doch lieber selber ihr unaussprechliches wissen und begehren artikulieren sollten, womit freilich gemeint war: nur soviel widerstand und umsturz ist zulässig, wie ein demoralisierter nach so und so vielen stunden maloche, wo nicht gar im zustand völliger geistiger verödung infolge rausfallens aus arbeit und gesellschaft, noch zustande bringt. die leute sollen ihre anliegen selber vertreten, das klingt edel, heißt aber in der praxis immer nur: bloß keine professionelle, planmäßige gegenwehr, nur keine berufsrevolutionäre, alles brav dilettantisch und chancenlos. die eroberung der zukunft samt verjagung der machthaber als bürgerinitiative, gewiß: laßt doch die menschen in der sogenannten dritten welt mit stöcken und steinen kämpfen, mit nichts als aberglauben und hunger und wut im tornister. statt daß die privilegierten, wie dieser schmierfink da«, er wischt sich die hände am verhaßten blatt ab, zerknüllt es umständlich und wirft es in den papierkorb, »ihre privilegien systematisch verrieten und stellvertretend, ja, in der tat: stellvertretend für die machtlosen ein konzept erarbeiten und verbreiten, wie man abschafft, was die menschen quält. propaganda fürs spontane, für den planlosen kampf von unten, das ist nur verdeckte hetze für den status quo.«
als ob man, ach

kommt mir, wie meistens, zu gleichen teilen einleuchtend und überkompliziert vor, irgendwie ausgedacht, aber ich

sags nicht, sonst fängt er wieder mit seiner »dialektik« an, die ich auch nicht versteh und die angeblich der grund dafür ist, daß konstantin immer recht hat. meine verteidigung gegen diese ganzen ansprüche an alle welt, die da in seine vorträge verpackt sind, gegen dieses drängeln, ich und alle menschen sollten jetzt endlich auch seiner kirche beitreten, läuft heut auf die denkbar hilfloseste art: »danke für die weltanalyse, jetzt laß mich mal alleine hier, daß ich werkeln kann, du stehst im weg.«
folgsam räumt er das feld, dreht auch gleich die kiste leiser, tapert zu seinem schreibtisch mit dem blauen lämpchenlicht und schreibt irgendwas geharnischtes auf irgendwelche blätter.

ich bin selber überrascht, daß tatsächlich alles so wird wie bei thomas, daß mir nichts anbrennt oder anders verkommt. die dummen putenstreifen, die ich beim zurechtschneiden verflucht hab, weil sie so glitschig waren, lassen sich ganz leicht unter die angedünsteten zwiebeln mischen, und die brühe mit zitronen und sahne macht die soße genau so gelb, wie sie sein soll, obwohl ich die präzisen mischverhältnisse nicht mehr weiß, sondern nach gefühl schütt und rühr, zack, currybananen rein, sogar das sogenannte garenlassen krieg ich hin – seltsam, in konstantins küche klappts, zuhause wirds nie. man kann wohl nur da kochen, wo man auch wohnen will – zum schluß packt mich eine knallidee, die von stefanie stammen könnte: ich geh ins wohnzimmer und hol die zwei tüten nüßchen aus meinem täschchen, mandeln und cashews, beide gesalzen, im moment regiert bei stefanie, bettina und mir ja der knabberwahn. in der küche streu ich die nüsse aufs brettchen und hau sie mit dem fleischklopfer klein, dann schütt ich die krümel ins brodeln; keine ahnung, ob das schmeckt.

soll ich hierherziehen? oft genug bei konstantin übernachten tu ich eh schon.
»das ist sehr gut«, lobt er mich, »besonders das mit den nüssen!« erst will ich was sagen, weil ich denke, da macht er sich jetzt über mich lustig und meine einfälle, aber dann merk ich, wie er wirklich immer wieder nußkrümel mit erbsen zusammenkratzt und extra auf die gabel nimmt; und mir wird klar, er meint es so. »stells in den ausguß, ich mach das nachher selber«, sagt er.
als ich zurückkomme, hat er das buch, das mir mein heimlicher geliebter geschenkt hat, aus meiner tasche geholt, weil die offen dastand, seit ich die nüßchen rausgeholt hab. man kann den fetten buchrücken mit der goldprägung schlecht übersehen.
»he, das ist meins«, sag ich gespielt empört, in wahrheit verlegen, aber er blättert nachdenklich, rückt seine brille zurecht, blättert weiter und sagt: »ah, ausgezeichnet, ein verweislexikon am ende, lesarten, alles sauber ediert.«

»findest du doch wieder das allerletzte, wenn man so was liest, und auch noch auf englisch ...«
ehrlich erstaunt mustert er mich, das brillengestell ist bis auf die nasenspitze runtergerutscht: »wieso sollte ich? das ist bildung, das gehört zum menschen, damit fängt alles an. die kritik hieran«, er klopft mit den knöcheln der linken hand gegens buch, schlägt es laut zu und überreicht es mir, »ist der anfang aller kritik – das schult den geist.«
»aber über die partei steht nix drin«, neck ich ihn. er räuspert sich: »willst du darüber denn was lesen?«
ich drück seine hand und weiß gar nicht, wieso. er sieht traurig aus, ich sag, weil es stimmt: »wenn du mal was kurzes dazu hast, gern ich mein, nicht wieder ›das kapital‹, das ...«

»hast du aufgegeben, ich weiß. aber da steht ja auch nichts drin über die partei ...«, ich falle ihm ins wort: »nee, jedenfalls nicht auf den ersten fünfzehn seiten.«
er macht ein »tss«-geräusch, dann laß ich seine hand los und setz mich mit meinem heißen orangentee auf sein breites knautschsofa.
er geht zum schreibtisch, zieht eine schublade auf und kramt in roten heftchen, din a 5, massendrucksachen, davon scheint er hunderte zu haben. nach einer weile hat er zwei gefunden, sie sind nicht dick. er kommt damit zurück und gibt sie mir: hammer und sichel klein draufgedruckt, beide aus der serie »marxistischleninistische schriftenreihe für geschichte, politik, ökonomie und philosophie«, das eine ist heft 2, von j. w. stalin: »die partei«, das andere, etwas umfangreicher, von j. m. jaroslawski: »was fordert die partei vom kommunisten«, ohne fragezeichen, heft 16, »erschienen im verlag ausländischer arbeiter moskau 1936«. ich versprech, daß ich das lesen werd und frag, ob ich hier pennen darf. er ist einverstanden. als ich daheim anruf, ist zum glück mama dran, die zwar nicht in jubelrufe ausbricht, als ich mich abmeld, aber ihre meinung wenigstens für sich behält. meine begründung ist ja auch super: »ich hab morgen sehr früh schule, und der weg von hier mit der karre ist kürzer, das weißt du.« manchmal denk ich, wenn ich tot wär, würden meine alten sofort

es stört ihn nicht, daß ich viva einschalt. popmusik allgemein hat sozusagen seinen mißtrauischen respekt, seit ich ihm gezeigt hab, daß das wort »communist« in zwei songs von »hitschnepfen« (papa) vorkommt, nämlich in dem sonnenlied von sheryl crow, wo sie am anfang »my friend the communist« erwähnt, und bei shakira, wo sie ihrem angebeteten versichert: »for you i'd move to a communist country«.
konstantin setzt sich nicht zu mir, um beim angucken der ringtonecharts auf die erwähnung von herrn stalin oder

herrn jaroslawski zu warten, sondern geht noch mal an den schreibtisch und arbeitet an ich weiß nicht was, während ich erst im buch, das ich von meinem geliebten habe, dann in einem über alaska lese, das von bergen erzählt, denen die menschen bis heute keine namen gegeben haben, weil sie da so selten hingehen oder keine

nach oben, damit ich im bequemen, warmen

mitten im dunkeln wach ich auf und muß aufs klo, mir ist mau, ich stell fest, daß unten noch licht brennt, flackerndes, er sieht leise fern. manchmal weiß ich nicht, ob es mich gibt. vielleicht hat er sich mich nur ausgedacht, damit er nicht so allein ist mit seinen richtigen ansichten, seiner sturheit und seinem mut. hab ich nämlich alles auch, sagt er immer mal wieder, und ich glaube, das ist ihm wichtiger, als ob ich stalin gern les. meine armbanduhr behauptet, daß es halb drei ist. auf dem klo find ich raus, daß ich endlich meine tage hab, eine volle woche zu spät.
der geliebte wird erleichtert sein.

009503

der einzige leidlich bibelfeste mensch, den ich kenn, hat mir bei hermanns christlichen anwandlungen und kleinvorträgen ja immer den eindruck gemacht, als fände er den einen heuchler. ich stell jan jetzt ab und zu fragen, zu meiner bibellektüre, und merk dabei, daß es richtig ist, zu ihm zu gehen, statt zum religionslehrer rapp. denn für diese leute ist die bibel bloß literatur; jan dagegen liest sie, weil er in der sekte ist, genau so, wie sie gelesen werden muß, wenn man sie verstehen will: als ein buch, das etwas weiß und etwas befiehlt. ich will nicht so weit gehen, anzunehmen, daß SIE ihn mir geschickt haben, aber froh bin ich schon, weil

0095II

zwei frauen bei der vordertür, ein kind dabei. eine ist die mutter, sie hält sich das kind vor den bauch, es ist eingemummelt in die neuste inkamode für säuglinge (während sie in peru, wo das herkommt, wahrscheinlich frieren oder die kleinen in t-shirts einwickeln, weil das folklorezeug zu exklusiv geworden ist).
die mutter albert mit dem kleinen rum, die andre frau hält ihm jetzt einen schlüsselbund vor die zwergnase, mit waldgrünem anhänger, guck guck ja da guck. die beiden frauen findens ganz klasse, wie dieses geschöpf, das noch nicht richtig denken kann, sich von dem sinnlosen ding hypnotisieren läßt, wie es seine ganze aufmerksamkeit herschenkt, bedenkenlos, herzige reflexmaschine. die deprimierende dressur hat noch nicht mal ein ziel, es ist die reine freude dran, das interesse von jemand ganz schwachem in eine bestimmte richtung lenken zu können. einen halben meter weiter sitzt ein geisteskranker im parka, der seine stofftasche festhält, als wär sein leben drin. er brabbelt vor sich hin, mit langen pausen. immer, wenn er wieder neu ansetzt, schließt er kurz die augen, als ob er sich erst selber anwählen oder hochfahren müßte, oder ins netz der allgemeinen weltverrücktheit einloggen.

am kartenautomaten schubsen die leute einander aus dem weg, wenn sie ne karte lösen wollen, niemand sagt bitte oder danke, so ist das morgens um sieben – um eins beim heimfahren siehts anders aus, da sind einige, nicht alle, ein bißchen höflicher, wahrscheinlich diejenigen, die dann erst loslegen. wenn man die menschen nämlich ausschlafen läßt, werden sie zivilisiert. ist dieser gedanke einer von der marke »materialismus«, die konstantin so gern lobt? schafft nettere

lebensbedingungen, und ihr werdet die personen verbessern; aber ist das nicht auch dressur? wo bleibt der freie wille?
arschgummi.

009759

»he«, sagt jens; er kommt die treppe hoch, mir entgegen.
»he«, sag ich auch, was denn sonst? er schaut an meinem grauen wollkleid rauf und runter, damit ich mich brav dran erinner, wie sehr er das immer gemocht hat, dieses kleid. ich will mich aber nicht erinnern, und als er stehenbleibt und sagt: »kommst du heute abend ins atlantik?«, mach ich bloß ein bedauerndes geräusch, aus dem hals oder aus einem toten herzen. das versteht er, lächelt männlich abgeklärt, soll heißen: ich komm schon klar. und er geht weiter, an mir vorbei.

mein heimlicher nähert sich mir unauffällig, als ich an der pinnwand steh und meinen ananassaft trink. er sagt: »alles klar? du siehst geschafft aus.«
»ähm ich ja«, stammel ich, irgendwie diffus beleidigt, und dann erlös ich ihn: »übrigens, gute nachrichten. es ist alles in ordnung.« er stutzt und zieht die brauen kraus.
»na ja, medizinisch. monatsmäßig«, es nervt mich jetzt schwer, daß ich das erklären muß, man sieht auch, daß er sich schämt und fast gern entschuldigen möchte, aber mir ist plötzlich ganz grausam, also tu ich ihm weh: »na dann bis freitag, zum nächsten inoffiziellen termin.«
er sieht erschrocken aus, und weil ich nicht weiß, ob das daher kommt, daß ihm meine bosheit was ausmacht, oder daher, daß er angst hat, die kleinen stöpsel an der treppe, die in hörweite über pc-spiele ratschen, könnten mitgekriegt ha-

ben, was ich gesagt habe, weil ich also nicht sicher bin, ob er angst um mich, um uns oder nur um sich selber hat, laß ich ihn stehen und wieg mich im gehen ein bißchen mehr als sonst, damit er den arsch sieht, in dem grauen wollkleid, das jens so scharf findet, nö ehrlich, männer, da soll doch

00988I

eher kein grund zu ausgelassener fröhlichkeit ist das, was ich aus dem buch »angels don't play this haarp. advances in tesla technology« von jeane manning und dr. nick begich erfahre. konstantin sagt zwar, daß der ganze teil über nikola tesla mit äußerster vorsicht zu genießen sei und ich mich lieber mit dem befassen soll, was die zeugen der anklage sagen, die begich und manning befragt haben und zitieren, als mit den theorien, die diese beiden selber vorbringen, aber begich ist immerhin der älteste sohn eines kongressabgeordneten für alaska und einer politischen aktivistin, war zweimal präsident des alaskanischen lehrerdachverbands und der erziehungsbehörde von anchorage und hat als sachverständiger für umweltfragen und haarpgefahren schon überall sowie im fernsehen und im europäischen parlament geredet, und frau manning ist journalistin, die sich schon seit vielen jahren mit energieproblemen befaßt.

umweltgruppen, jäger und sonderlinge, die da draußen leben, haben vor allem angst, daß das antennenarray ihre funkkontakte mit der zivilisation und untereinander stören könnte, so banal praktisch können probleme mit

dann fahren begich und manning wissenschaftler auf, die sich alles andere als beruhigend anhören: »einige dieser elektromagnetischen emissionen könnten irreparable schäden in der ionosphäre und also für die erde anrichten, das bedroht unsere existenz«, sagt eine teilchenphysikerin namens elizabeth rauscher, und ein elektronikmensch, der david yarrow heißt, erklärt: »haarp wird nicht, wie man manchmal hört, einfach löcher in die ionosphäre brennen. das ist eine gefährliche untertreibung. die erde dreht sich relativ zu dünnen elektrischen zwiebelschalen mehrerer ionosphären, welche die erdoberfläche schützen, indem sie intensive sonneneinstrahlung absorbieren, inklusive stürme geladener teilchen in sonnenwinden, die bei solaren eruptionen freigesetzt werden. diese rotation der erde relativ zur atmosphäre bedeutet, daß haarp bei jedem puls, der länger als ein paar minuten geht, wie mit einem mikrowellenmesser durch die atmosphäre schneiden wird. das produziert kein ›loch‹, sondern einen langen riß, einen einschnitt.« ein wissenschaftler aus nevada kanns kürzer: »das projekt ist selbstmord.«

im dezember 1994 und im januar 1995 wurde das system »integriert«, das heißt mittels diverser tests vernetzt und langsam hochgefahren, februar bis märz 95 haben sie die »performance« des fertigen systems ausprobiert, dann bis august probleme mit dem transmitter ausgebessert, versuche mit niedrigerem energieinput durchgeführt, wobei man resonanzen erlebt hat, die fehlfunktionen ausgelöst und material verschmurgelt haben, im winter bzw. frühjahr fing man schließlich an, die erddurchdringende

jedenfalls unterm eindruck solcher funde dazu übergegangen, mir nicht nur die derbsten stellen anzustreichen, sondern drüberhinaus auch das, was mir am glaubwürdigsten vorkommt, in ein heftchen zu schreiben, für die reise; vorbereitung, rechenschaftsbericht. konstantin hab ich das erzählt, er sagt, das sei sehr vernünftig: »lenin hat das auch immer gemacht, und so sind seine beiden besten bücher entstanden, ›staat und revolution‹ und ›materialismus und empiriokritizismus‹ – und auch das imperialismusbüchlein ist ja eigentlich schlechter als die vorbereitenden hefte zum imperialismus. man nennt das exzerpieren, und die hefte, die so entstehen, heißen exzerpte – ich nehme an, das hast du nicht gewußt, das lehren sie in eurer schule nicht.« er hat recht und ich sage ihm

009890

andererseits, wieso sollt ich ausziehen wollen, wenn ich mich, angegriffen und verschnupft wie heute, doch auf mein riesenbett legen kann, zwischen kissen, die ich kenn, im pyjama meines bruders und zwei dicken socken, die ohne weiteres als kindermützen

im battlespacebuch, im kalterkriegbuch, ich versuch, mir vorzustellen, wie das wird, die spionagereise zur »derzeit wahrscheinlich größten schweinerei auf erden« (konstantin); die muß er gesehen haben, bevor er stirbt. warum? ich hab das immer geschluckt, wenn ers gesagt hat, aber was bedeutet das eigentlich alles? blättern. staunen. grübeln. michwundern. zwischendurch programmier ich mit der fernbedienung den cd-player, daß er die aufgedonnerten sachen wegläßt und nur die ganz leisen spielt, in einer endlosen schleife, das kann beth nämlich viel besser. wenn orchesterdonner dazu kommt, wird es schnell scheußlich, erst recht mit diesem abgehalfterten rockkrach obendrauf, zu dem sie sich manchmal hinreißen läßt; kann man gar nicht weit genug wegschmeißen.

guckt mama rein, sieht heute wieder aus wie ein mops, und fragt, ob ich bitte noch mal rauskomm, wenigstens was essen. »formelles dinner gibts aber keins, oder?«

»du bist ganz schön frech, claudia, für eine, die nächste woche mündlich physik hat.«
»ich hol mir lieber was ausm kühlschrank. richtig kochen geht nicht: erstens hab ich gestern bei konstantin fett gegessen und zweitens ruft gleich stefanie an, die kann ich nicht warten lassen, bis n fünfgängiges mahl . . .«
»stefanie . . . auf dem handy, ja?«
»ich blockier ihm schon nicht die leitung.«
papa arbeitet nämlich wieder, heute abend, das heißt, er quatscht stundenlang mit der tante vom konzerthaus oder dem alten biehler oder diesen anderen staubtypen, die ihm immer die hübschen einfälle in seine artikel reindiktieren.
»ich meinte nur: schön, wenn ihr euch das leisten könnt, solche stundenlangen gespräche am handy.« damit rauscht sie ab; ich bin mir nicht mal zu blöd, ihr die zunge rauszustrekken, als die tür zu ist. papa macht auch immer so einen laden wegen der handygespräche, als ob er sie zahlen muß, das haben sie wahrscheinlich beide im »stern« gelesen, daß die jungen leute ihre eltern mit horrenden funktelefonrechnungen ruinieren. »oh, schon wieder ne halbe stunde stefanie gegen dich? wer hat gewonnen?« heißt es dann lustig pffftz

hymns raus aus dem gerät und die curtain call rein denn i just don't give a fuck.
als slim shady gerade so richtig in fahrt kommt und erklärt, er wär ein alkoholiker und leide an einer krankheit, von der die leute nicht wissen, wie man sie nennen soll, brummt und dudelt endlich mein handy los, ich war schon grad dabei, mir zu überlegen, ob ich mit stretching oder gähning anfangen soll. es lachschweint aber nicht stefanies foto auf dem display, sondern die anzeige unbekannter anrufer, ich nehm trotzdem ab: »ja?«
»du bist eine göttin von einem anderen planeten«, sagt unbekannter anrufer, »ich kann ohne deine grünen augen nicht

mehr sein, ich muß in deinem haar rumriechen und wühlen, ich flehe dich an, ich lern klavierspielen, ich schneid mir die haare kurz, ich versetz meine stiefel, ich breche mit meinen freunden, die du nicht magst«, es ist jens, wahrscheinlich von ner telefonsäule aus, vor dem club – ich bild mir ein, reichlich doomige bässe mitzuhören. er ist nicht betrunken; ein plus.
»ich hab gedacht, ich brenne, als du in diesem grauen fetzen die treppe runtergekommen bist, ich muß dir das sagen, du mußt das wissen.« ein glück, daß er mich jetzt nicht sehen kann, in meinem schlafanzug und den kindermützensocken, noch besser: daß er nicht weiß, daß ich lächeln muß, weil mir der anruf gefällt. er soll sich keine hoffnungen mehr machen, so süß er

ganz entfesselt weiter: »wenn ich dich sehe, in diesem bunker da, ich kann es nicht glauben, unser junges glück, wo isses hin? claudia, bist du bist du, bist du noch dran?«
ich lach, weil mir sonst nichts einfällt; er läßt nicht nach: »dein uuhhhhm verruchtes lachen, du riskantes geschöpf ahhm wollte ja bloß mal anrufen, ist das okay?«
»klar, mach halt«, sag ich so mehrdeutig wie möglich, und da erwischt er mich kalt mit dem nächsten, ganz ernsthaften satz: »weil ich dich nämlich immer noch liebe.«
ich wart einen moment, ob er es überhaupt aushält, das gesagt zu haben.
er kaspert nicht mehr.
»jens, weißt du ...«, aber das ist ihm zu gequält: »nee, sag mal nix. wir sehen uns morgen, und vielleicht ... kann man ja mal wieder was machen.« als ich wieder nicht reagier, hängt er dran: »mit mehreren, meine ich. stefanie und niklas und bettina und jochen und so.«
»wär geil«, sag ich lahm, dann verabschiedet er sich und ich ihn auch.

nach dem schock muß ich in die küche und mir buddhistisch zeremoniell salat zurechtmachen. das handy trag ich in der pyjamabrusttasche mit mir rum. mama legt fotoausdrucke vor sich hin auf den eßtisch wie patiencen, papa telefoniert in seinem chefbüro.
zurück im zimmer nehm ich nur mal so das wollkleid vom stuhl und fahr mit der hand drunter, faß es an, streich auf dem bett drüber, dann häng ich es in den schrank und bevor mir einfällt, was das sollte, ah endlich ist

»he clautschi, schon vertrocknet? du bist doch tot, wenn ich nicht da bin, gibs zu!«
»kommst du denn morgen wieder?«
»klar, hab mir schon die entschuldigung selber geschrieben, das ist ein shakespeare, die werden alle weinen! ich will doch den abend beim hermann nicht verpassen und dem seine ominöse freundin von der mädchenfürsorge, die soll uns was vortanzen, möglichst sexy.«
»hermann ist christ«, sag ich zum hundertmillionstenmal, »der zeigt uns diesen film, der ihn, ich zitiere, so sehr beeindruckt hat als jungen menschen, und dann labern wir noch und essen, ich weiß nicht, fondue, das war's. kannst ja sonntags in die kirche gehen, wenn du es ohne ihn nicht aushältst.«
»ich seh ihn jeden wochentag auf der schule«, dieses dialektzeugs ist ihr nicht auszutreiben: auf statt in der schule, das macht sie absichtlich, »da brauche ich ihn nicht beim beten belauschen.«
»gibt's sonst was neues, von deiner vogelgrippe?«
»jens will was von mir.«
»ah?«
»der hat heute mittag ganz nett angerufen, ob es was ernstes wäre, meine krankness. ob er mir den mathekram vorbeibringen soll, weil er eh da vorbei muß, wo ich wohn. ich hab

ihm gesagt, er solls vergessen, bin morgen wieder da, aber das war natürlich nur ein vorwand mit der mathe. ich sag dir, der will was von mir.«

erst wollte hermann was von ihr, jetzt jens – stört mich langsam, dieses gehabe. als sie es zum dritten mal wiederholt, weil ich stumm nachdenk, was ich dazu sagen soll: »jens will was von mir«, fällt mir endlich die passende antwort ein: »ja, mich wiederhaben. das will er von dir. durch eifersucht oder was er sich denkt.«

»aber das kann er natürlich voll vergessen, denn du hast längst was mit robbie williams.«

»was bitte?«

»glaub ja nicht, ich wüßte nicht, daß irgendwas geheimes und verschwiegenes läuft in deinem leben. entweder das, oder dein opa zwingt dich, mit ihm die raf wieder aufzubauen. clautschi? sag was!«

»mußt du immer clautschi sagen?«

»wie willste denn heißen, eichhörnle?«

»jedenfalls jens ...« und so weiter und so weiter und

010188

daß tine königer mit ihrem affigen japanfimmel und ihrer ranschmeißerei an stefanie die vernageltste person ist, die SIE in IHREM unerforschlichen ratschluß auf die erde gesetzt haben, aber wenn ich die zicke umbring, kann ich mein abitur vergessen und komm ins gefängnis und so was nennt sich demokratie, da soll

010194

es sieht so aus. wie sieht es aus?
als ob jemand den moschusochsen erzählt hat, daß wir kommen. sie bleiben ruhig stehen, während links und rechts das neonblaue eiswasser wegspritzt, mein kleiner golf durch den fluß fährt, und ich

aus dem auto, ich hab gar nichts an, und falle, gestreckt, dann mit gekrümmtem rücken wie ein tümmler, ich denk noch: mein bauch ist so glatt, ich bin ein delphin, dann klatscht es, ich schwimm, das ist salzlösung, ich bin ganz leicht hier drin. konstantin schwebt im auto, in der luft, ruft besorgt aus dem fenster: »bist du in sicherheit? bist du in ordnung?«, dann schweigt er, und ich schau nach unten, wasserkräusel: das gesicht meines geliebten, von dem niemand weiß, er atmet unter wasser, i'm growing fins, so war das schon immer, es geht nur darum, die zeit zu überbrücken bis zum schulabgang. dann können wir aufhören, uns zu verstecken, man muß ja nicht immer gleich alles richten, die jungs denken, daß man das von ihnen will, ein geordnetes

fahren wir auch nur aneinander vorbei in unseren leben, geisterbahn achterbahn, wie sieht es aus? ich sitz im knast bei meinen eltern, das ist mein karma, ich bin eine mit guten noten getarnte versagerin, macht nix, steffi das lachschwein weiß nicht, was angst ist, jesus will was von ihr, stalin will was von ihr, ich will was von ihr. ist ja alles kein verbrechen. wie sieht es aus? terror wird jetzt bundeskanzler. alles ist eine nadelspitze, ich schwimm ihr davon, mich piekt nix. wie sieht es aus? jetzt fragt mich konstantin direkt: »wie sieht es aus?«
es sieht so aus, sag ich und erheb mich aus dem wasser, es tropft von meinen armen, während ich auf die moschusoch-

sen und die berge ohne namen deute, auf das ganze alaska, in dem nirgendwo antennen stehen, es sieht so aus, als ob wir es hier weg schaffen, als ob wir wieder heimfahren werden, wieder heimfahren, wieder heim

aufwach, hab ich eine zunge im mund, die schmeckt wie gestorben.

011976

»wieso, was hast du gegen den?« frag ich stefanie, als sie kotzgeräusche macht und sich den finger in den weit geöffneten mund hält.
»der gehört nicht aufs gymnasium, schwester«, sagt sie und zieht die mundwinkel runter, »und jedenfalls bestimmt nicht in den englischleistungskurs. der kann nicht mal ...«
ich gucke nervös auf die straße, die lenkerei hier am kreisel ist heikel, stefanie macht ralf nach, wie der »massachusetts« sagt: »menschenschunsetss, clautschi! menschenschunsetss!«, und dann gibt sie ihm den rest, weil dazu natürlich auch noch gehört, wie er »george bush« sagt: »schonsch bunsch! president schonsch bunsch! ich glaube, der ist analphabet, dieser ralf, der ist schwachsinnig und bescheuert und stinkt und braucht eine stunde, bis er dir auf irgendwas eine antwort gibt, was du ihn fragst!«
»er hat sehr gute manieren und gibt sich mühe. er redet nicht, wenn er nicht gefragt ist. zurückhaltend, einsilbig. er sagt bitte und danke, wer macht das noch?«
»manieren, au ja! als ob gerade du den nicht total abstoßend finden würdest, den lieben ralf. aber zugeben, frau was besseres als andere? nee. immer schön auf moralisch überlegen machen. das ist dieses verlogene, dieses linke, das ist bei euch, das liegt bei euch in der familie, dein opa, na und dein vater ist ja auch in der spd ...«

»auch« ist gut, wenn konstantin wüßte, daß sie ihn in diesen zusammenhang bringt, würde er mich beauftragen, sie mit blausäure im bier zu vergiften.
»jedenfals wärs mir lieb«, wenn sie unbedingt will, daß ich ihr moralisch komm, dann erfüll ich den wunsch halt, »wenn du nachher nicht so daherreden würdest, sobald er im auto sitzt.«
»alles, was ich sag, ist, daß du dich ja wohl kaum für ralf heute so aufgedresst hast.«
»aufgedresst? aufge...? wer hat denn haare, als ob sie in der steckdose rumgeleckt hätte, und fakewimpern, und glitterpuder auf der backe und im dekolletee?« ist doch wahr: das bißchen lipgloss und katzenaugenstift bei mir; wenn das aufgedresst ist, dann heiß ich paris hilton.
»das hemd, clautschi. please! die enge hose, und dazu dieses hemd, unterm schwarzen jäckchen. das ist nur noch superschlampe, sonst gar nix.« »das hemd gehört thomas. die hose ist halt schön warm, die jacke auch, fertig.«
»und die ohrringe von königin nofretete, sind die auch warm?«
»mensch hör auf jetzt!«
»denkadent sind die, diese ohrringe.«
au nö, seit nem halben jahr ungefähr, als sie das referat über oscar wilde gehalten hat, versucht stefanie mir weiszumachen, daß sie das wort »dekadent« nicht aussprechen kann, weil sie damals vor versammeltem leistungskurs »denkadent« gesagt hat und ich das so peinlich fand – ich mußte da, sagt sie, offenbar die haare vors gesicht fallen lassen, den kopf senken und mich verstecken, daher wiederholt sie das jetzt dauernd, alles mögliche ist andauernd »denkadent«, von den pädophilen, die sich im internet als junge mädchen ausgeben, bis zu meinen offenbar ägyptologische assoziationen weckenden ohrringen aus dem secondhandladen.
»leck mich, stefanie.«

wir sind nicht die ersten beim herrn johannes hermann, er macht uns nicht mal die tür auf, ist nämlich mit bowle beschäftigt, statt dessen läßt uns die ominöse freundin angelika ein, wirklich, angelika, paßt ja, engelchen, zu unserem jesusmäßigen typen.
sie redet sofort von »johannes«, wie um zu sagen: der gehört mir.
jan 1, trampel, michi, hänschen, doro, jasmin, silvie sind schon da, maria, karin und jan 2 kommen, während wir ablegen, die schuhe ausziehen und uns im wohnzimmer auf den boden setzen. es sind ein paar kissen aufgeschüttet, zusammengefaltete decken liegen dabei. der fernseher ist fast so groß wie bei konstantin, ein kleines kino.

angelika macht einen schweren, für die meisten von uns brüllmäßig lustigen fehler, von dem wir sie nicht abhalten: sie sucht sich ausgerechnet ralf aus, um die konversation in gang zu bringen. »was lernt ihr denn grad beim johannes?« fragt sie leutselig. leichtes spiel für ralf: »englisch.« stefanie kreischt los wie angebrannt, ich umarme sie und sag, um die situation zu entschärfen: »komm mal wieder runter, der alkohol wird erst noch aufgetragen.«
»macht er wein aus wasser?« fragt jan 2, unser atheist vom dienst, mit dem hermann mal eine geschlagene doppelstunde über die anglikanische (aha!) kirche gestritten hat, da hätten wir andern echt heimgehen können. niemand findet den sparscherz kommentierungswürdig, es bilden sich statt dessen die ersten minigesprächsgruppen.
ich gerate irgendwie vors bücherregal und damit an angelika, die mich beschnuppert: »du bist die tochter von michael starik, ja?« »und die enkelin von konstantin starik, richtig«, sag ich aus ner bizarren laune raus. ihr gesichtsausdruck ist bemitleidenswert; man sieht richtig, wie es in ihr

arbeitet, ob sie den etwa kennen müßte, diesen konstantin starik, wie meinen vater, den sie selbstredend aus dem käseblatt kennt, ob das jetzt peinlich ist und so fort. zum knuddeln, wie der dicke norwegerpulli, ich dachte immer, solche gibt's nur noch im comedyfilm und in den erzählungen konstantins aus brokdorf, wyhl, mutlangen, schwarzwaldhof, startbahn west, all den bösen furchtbaren

bevor es zwischen uns giftig oder lächerlich wird, kommt der gastgeber mit der schüssel rein; großes hallo, hochzeit zu kana. er macht seine späße, die mädels schmelzen dahin, die jungs bewundern ihn grollend. angelika verteilt teure gläser, dann spricht er über den film: »das erste mal habe ich den mit neunzehn gesehen, so alt wie ihr. er ist aber älter als ich, von 1961 ...«
»schwarzweiß, was?« macht sich jan 2 wichtig; der blick, den er dafür von seiner doro einfängt, ist vernichtend.
»ich sag mal weiter nichts, außer daß es eine christliche allegorie ist, aber das wußtet ihr ja vorher, also steinigt mich nicht. wir hatten über die allegorie als literarische form geredet, über ›christmas carol‹ von dickens, da dachte ich, das wäre ein schöner jahresabschluß.« aus jedem anderen mund unglaublich bieder, aber er hat so einen ausdruck dazu im gesicht, so was ausgeruhtes und klares, der mann kann einfach nichts dummes sagen.

der film erzählt von drei geschwistern auf einem englischen bauernhof; sie sind halbwaisen, die mutter ist tot – zwei mädchen und ein junge. vor allem der kleine ist hinreißend, ganz ernst und schüchtern. es fängt damit an, daß die kinder ein paar kätzchen vor dem ersäuftwerden retten. auf dem heimweg versucht der bub, eine frau von der heilsarmee, die auf der straße dicke vorträge über nächstenliebe hält, davon zu überzeugen, sich um die kätzchen zu kümmern.

verlogen sagt sie: »jesus will take care of it«, wenn er nur betet und fromm ist.
der knirps nimmt den ratschlag ernst und wiederholt ihn als große offenbarung vor den schwestern in dem stall, wo sie die kätzchen verstecken. da sagt kathy, die älteste, jesus könne er vergessen, der sei doch tot. die andern beiden erkennen das sofort als schwere blasphemie; auch kathy selbst bereut ihre

die körnung der bilder ländlich dick, der schlamm ein echter dorfmatsch und eben nirgends der zucker von herrn spielberg, auch die verschlossenen gesichter der erwachsenen, ein wiedererkennen wie aus der selbsterlebten scheußlichen haft in so einem tunnel von welt, daß der film praktisch die sprache der extremen trostlosigkeit benutzt, um eine aussage von ganz anderen aussichten auf

nach den tieren zu gucken, da liegt ein mann im stroh. er wacht auf, erblickt das kind, das ihn fragt: »who are you?« und flucht, weil er so erschrocken ist: »jesus christ!«
der kerl sieht aus, das ist die pointe, wie ein bilderbuchchristus, und weil er es ja sozusagen selbst gesagt hat, hält kathy ihn für den heiland. in wirklichkeit handelt es sich um einen mörder auf der flucht vor der polizei, aber kathy und ihre schwester, mit der sie das geheimnis bald teilt, bringen ihm brot und wein, weil sie aus der bibel wissen, daß er das gern hat.

zur welt kommen im stall, drei kinder = drei könige und eine seltsam von innen her leuchtende

die mädchen wollen anfangs vor dem bruder verheimlichen, wer im stall liegt. der bruder merkt was; er schimpft: »you rotten cows!« und kommt natürlich rasch dahinter. der verbrecher ist von den mitbringseln und der frommen pflege, die er, zunächst halb komatös, dann zusehends wieder bei kräften, von den kleinen empfängt, teils verwirrt, teils erleichtert, teils verärgert. brot und wein? er will lieber zigaretten. die geschichte ist lustig, gleichzeitig traurig: durch den glauben der kinder an ihn mausert sich der flüchtige ganz gegen seinen willen zum besseren menschen; allmählich stoßen noch andere kleine jüngerinnen und jünger zur gemeinde, das netz der polizei zieht sich immer enger ums versteck – der film ist wirklich, ganz wie unser gastgeber versprochen hat, wahnsinnig gut; nicht mal jan 2 macht nach ner halben stunde mehr witze, wir sind mucksmäuschenstill geworden und haben alle eingeschnürte herzen vor lauter bangen um den kerl, der ein bißchen aussieht wie russell crowe, und um die kinder.

warum sie ihm eigentlich helfen, fragt der pseudojesus.
»because we love you«, sagt kathy, und da liegt plötzlich stefanies hand so warm auf meinem knie, daß ich meinen kopf unwillig zu ihr hindreh und sie anzisch: »was is denn, was willst du?«
»alles in ordnung, claudia?« – warum nicht clautschi? sie schaut mir direkt ins gesicht, sieht besorgt aus, mitfühlend, da merk ich erst, daß meine nase verstopft ist und mir die heißen tränen die wangen runterlaufen, daß ich heul wie ein seehund wegen diesem wunderschönen, schrecklichen film, wegen dieser armen kinder, dieser furchtbaren situation, es muß doch alles rauskommen, es wird alles rauskommen, auffliegen,
entlarvt
entdeckt
ent

»claudia?« fragt jetzt auch der gastgeber, da steh ich auf, weil es nicht auszuhalten ist, wend mich ab und renn aufs klo. ich hör noch, wie stefanie für mich drum bittet, den film doch mal kurz anzuhalten, dann mach ich die tür zu und jaul richtig los, klapp vor dem waschbecken zusammen, halt mich tränenblind am beckenrand fest, bin völlig außer mir, kann nichts dagegen machen, es will alles raus nur strömen klagen jammern naß hilflos

nach einer weile gehts besser, ich japs nach luft, meine brust hebt und senkt sich wieder regelmäßiger. ich roll drei meter klopapier raus, tupf mir die augen ab. es klopft an der tür, ich kling wie eine schwerverletzte, als ich sag: »ja, bitte?«
»claudia? geht es dir gut?«, umgotteswillen, angelika, wie entsetzlich
ent

zwingt mich dazu, mich zusammenzureißen. ich richt meine klamotten her, stemm mich in die höhe, »moment, ja?«, ich werf den zellstoff in die schüssel und spül, dann mach ich die unverriegelte tür auf. angelika von der mädchenfürsorge schaut mich mit echter besorgnis an, ich sag schwach lächelnd: »ist schon öh geht schon wieder. der film hat mich an was . . . an was erinnert. private geschichte.«
»magst du . . .«
»nein, ich möchte nicht drüber reden«, wenn sie mir den arm um die schulter legt, schrei ich. sie läßts, ich hör die andern reden, auch zaghaft lachen. der gastgeber kommt zu uns: »möchtest du nach hause?«
»ach was«, das muß ich nicht mal spielen, ich bin wirklich wieder fit, die verzweiflung verzieht sich so plötzlich, wie sie gekommen ist, während johannes hermann und seine freundin einen nicht zu deutenden blick wechseln. »ich will ja noch den film fertigsehen.«

ich geh zurück, keiner fragt was, auch stefanie rückt mir gottseidank nicht weiter auf die pelle. als angelika und johannes wieder sitzen – jetzt nicht mehr aneinandergelehnt wie vorhin beim gucken –, gehts weiter, und natürlich wird er wirklich geschnappt, der peudojesus, aber am ende zittert ein komisches gefühl von erleichterung und hoffnung in den bildern mit, denn kathy sagt zu einem kind, das zu spät gekommen ist, den heiland auch sehen wollte, aber ihn verpaßt hat, daß er bestimmt wiederkommt, da denk ich, vielleicht wird

niemand will so richtig was sagen, ich spür aber – oder bild mirs ein –, daß alle den film toll fanden. nach einer weile quatschen wir über schule, die zukunft, pläne – doro nervt mal wieder extrem mit ihrem »ich will unbedingt kinder«, jan 2 findet es sichtlich auch nicht so toll, aber den hat sie im griff, der muckscht nicht. um halb eins hauen der ziemlich betrunkene ralf, stefanie und ich als letzte ab.
»superfilm«, sagt stefanie. ralf schafft es, so prall er ist, allein aus dem wagen in sein haus. ich fahr stefanie noch heim und plapper dabei ununterbrochen übers wochenende, die nächste party, die prüfungen, was immer mir einfällt, kreuz und quer, nur ja keinen gedanken zulassen und kein ernsthaftes gespräch. sie küßt mich beim aussteigen auf die wange, das macht sie selten, irgendwie rührt mich, daß sie einerseits den abstand wahrt und nicht bohrt, aber andererseits zeigen muß, daß sie für mich da ist und mich genauso lieb hat wie ich sie.
ich fahr nicht heim, sondern zurück. es brennt noch licht. reden sie über mich, er und angelika? streiten sie?

011979

»also ein normales, nicht versichertes päckchen.« scheiße, das gesocks versucht wirklich alles – die alte frau steht ratlos am schalter bei mcpaper, hat ihr wahrscheinlich liebevoll mit blutenden, gichtigen alten händen zusammengepuzzeltes päckchen hingelegt und will es verschicken, da kommt ihr die meckifrisur mit »nicht versichert«, hat sie natürlich noch nie gehört, da wird sie ganz bleich um die nase, die suggestion soll wohl sagen: das kommt so nie an, das können sie vergessen, und verantwortlich ist dann auch niemand dafür. also fragt sie, was ihr viereurosonstwaspäckchen denn kosten würde, wenn es versichert würde, und der typ spuckt ihr »sieben euro« auf den kopf, als obs drauf ankäme, ihr mitzuteilen, daß er das nun wirklich eine zumutung findet, sich mit leuten auseinandersetzen zu sollen, die nicht wissen, was sie wollen, erst ein normales, unversichertes päckchen, und dann doch wieder ein versichertes, so wichtig wird der ramsch ja wohl nicht sein, oma. ganz zaghaft wagt sie eine widerrede und versucht, die mündige bürgerin darzustellen, die sie angeblich ist, von wegen wahlrecht und so weiter: »was ist denn der unterschied?«
noch genervter als bisher, das geht tatsächlich, läßt sich der allmächtige zur antwort herab: »ja na wenn sie es unversichert einfach so losschicken, dann haben sie halt keinen beleg, daß es abgegangen ist.« und dir geht auch gleich einer ab, mein freund, wenn du sie noch länger und doller demütigen darfst. der hund der alten frau, ein mitleiderregendes, frierendes mäusewesen aus papier und haaren, zuckt auch schon ganz verschüchtert an seinem leinchen. die frau macht alles wieder gut: sie rückt die sieben euro raus, da ist der drecksack auf einmal freundlich und wünscht einen »schönen tag«. ich kann nur inständig hoffen, daß sie dieses zeug

auf quälenden, bei ihnen selbst durch und durch verhaßten schulungen lernen, diese drohverkaufsgesprächstechniken, denn wenn er sich für seinen horrorlohn, den er hier wahrscheinlich bekommt, diese gemeinheit selber ausgedacht hat, dann ist die arbeitende serviceklasse

III.

011985

bin gar nicht wirklich da und der raum sieht so klein aus, daß ich mich frag, wie hier eigentlich die sechzehn schülerinnen und schüler reinpassen sollen, die in meinem jetzt fast schon erledigten letzten schuljahr praktisch jeden tag

»das einfachste, der, der einfachste vor, vorgang«, hör ich meine stimmbänder quäken, meinen mund stammeln, meinen verstand gegen mein totales desinteresse ankämpfen, während messmer auf meine hände guckt und der erste beisitzer, der gnadl heißt, auf dem papier rummalt, wozu wiederum die zweite beisitzerin, deren namen ich nicht verstanden habe, die augen fest geschlossen hält, »ist wenn, wie man w konstant halten kann, wenn ein teilchen aus i nach i + k«, die hand malts auf, die zweite neonröhre (rechts von der tür her gezählt) flackert vorwurfsvoll und es ist dämlich kalt hier drin, »springt und gleichzeitig also ehm springt ein anderes teilchen von j nach j – k und also ... das erst ... beim ersten ändert sich die zustandswahr... wahrscheinlichkeit um, geht hier die ...«, ich schreib es hin und red weiter, geb antworten auf fragen, langsam klappt es besser, messmer wird immer zufriedener, seine zähne sieht man jetzt auch schon, er fletscht sie, es soll aufmunternd sein, er will mich durchbringen, mit erstklassiger note, auch wenn er einmal die daumenschraube auspackt: »claudia, das verstehe ich nicht – was ist mit der gesamtwahrscheinlichkeit?«, die frage ist natürlich eine goldene brücke, ich hätt nämlich fast vergessen, zu sagen, daß sich die nicht ändert. gnadl und frau kennichnich lassen solche kleinen hilfestellungen durchgehen, fragen fast nichts selber, einmal kann gnadl was nicht lesen, was ich auch absichtlich ein bißchen undeutlich geschrieben habe, weil ich plötzlich nicht mehr ganz sicher bin, ob es wirklich »s« oder »t« heißen soll, manchmal hilft ja meine knubblige mädchenschrift bei solchen problemen. ich muß mich also entscheiden und entscheid mich richtig.

gnadl und messmer geben mir danach sogar die hand, alle stehen auf, ich schau zwischen ihnen hindurch auf den hof, wo der große baum verkatert schwarz rumsteht und schwer an seiner einsamkeit trägt, bruder baum, ich versteh dich gut.
sofort danach renn ich zum spanier, wo stefanie schon auf der treppe sitzt, mit kippen und zwei colas, ich muß mir gar nichts kaufen – der spanier schielt entsprechend böse zu uns hin, wie wir da unnütz vor seinem laden hocken statt

»und, gutgegangen?«
»eh.«

ich bin so froh, daß ich ihn heute noch nicht gesehen hab. unterricht bei ihm hab ich erst morgen wieder, aber da bin ich natürlich krank – die seuche fängt in einer halben stunde an, in französisch, ich werde mich bei bisson hochöffentlich höflich abmelden und den rest der woche nicht mehr in diesen knast zurückkommen, das einzige, was ich mit schulzeug noch zu tun haben will, ist die abizeitungssache, die erfreulicherweise sehr sicher in bettinas händen liegt. die kann ja morgen bei mir vorbeikommen, zum kaffeetrinken und durchsprechen der textchen, die ich ihr gegeben hab.

»denkadentes wetter, was?«
es hat entschlußlos zu nieseln angefangen, fast ist das gar nicht wahr, ein sprühnebel, den man sich höheren orts nicht richtig überlegt hat.
»ja, das hats früher nicht gegeben, auch der schnee um diese jahreszeit, während der winter umgekehrt bloß noch aus sturmwind besteht und der frühling aus backofen, neuerdings. in anderthalb monaten soll sommer sein, und es schneit.«
»denkadent«, wiederholt stefanie, vielleicht hofft sie, daß ich lach. statt dessen sag ich: »du glaubst mir bestimmt nicht, aber vielleicht find ich was raus übers wetter, in alaska, das ding soll ja auch solche sachen beeinflussen, klimasteuerung ...«
»sag mal, dein opa, wieso haßt dein vater den eigentlich so? nur wegen dem geld oder was? weil er ihm nichts abgibt, und deine mutter muß hier kunst unterrichten, und dein vater schreibt immer diese plattenkritiken, anstatt ...«
»ich weiß nicht«, sag ich und steh auf, es wird mir jetzt doch zu feucht auf dieser treppe; stefanie kommt folgsam mit zum fahrradunterstand, »ob hassen der richtige ausdruck ist. konstantin ist nicht ehm wohlgelitten bei uns, aber er will ja auch nie ... er kommt selten vorbei, er ist ... zufrieden bei sich.«
»aber irgendwas hat er doch angestellt, mit deiner oma?«
»du ehm ... er hat, wie hieß das? sie verstoßen.«
»was heißt das denn«, sie zündet sich eine zweite kippe mit der ersten an, zieht durch, bläst den rauch aus der nase, »im wald ausgesetzt, bei vollmond hinter der eiche?«
»na ich ... das war, als ich grad in die schule gekommen bin, glaub ich, da gab es einen ... da war ein gerichtsverfahren gegen so richter aus der ddr. weil die ... da ging es um alte prozesse, nach dem krieg, wo irgendwelche nazitypen ver-

knackt worden waren, nicht nur kriegsverbrecher, sondern auch, ich weiß nicht, spitzel für die gestapo und so was. dabei kam dann raus – du weißt, daß meine großeltern ursprünglich auch aus dem osten sind? in den öh fünfzigern sind die hergezogen.«
»aus der ddr geflohen?«
»kann man so glaubich nicht sagen. mein großvater ist ja kommunist, der war hier in der kpd, bis sie verboten wurde, und auch danach wohl noch, ist mal ganz kurz im knast gesessen. das war, bevor er das viele geld verdient hat, mit dem elektrozeug.«
»und deine oma?«
»eben also da gab's diese prozesse, wegen rechtsbeugung, weil die wohl ziemlich abrechnungsmäßig mit den leuten umgesprungen sind, diese ddr-richter, also die hatten keinen anwalt oder irgendwas, und das sollte jetzt . . .«
»da kam nach der wende die rache für die rache.«
»sozusagen, ja. und dabei . . . also, das hat mein opa halt, ist ja klar, besonders aufmerksam und gespannt verfolgt alles, den medienzirkus, es ging um menschen, die er kannte, irgendwie auf beiden seiten, glaubich, also auch die nazis, das muß alles um, ehm, aus der gegend gewesen sein, wo sie gewohnt . . . da sind die alten akten wieder aufgemacht worden, die ganzen protokolle, oder was davon noch übrig war, und dabei . . . dabei kam dann raus, daß meine großmutter wohl mal irgendwen verpetzt hatte, an die nazis, irgendwelche . . . genossen.«
»ist ja hart.«
»tja. und da hat er sie rausgeschmissen. großzügig mit geld versorgt, ne weile hat sie bei uns gewohnt, dann hatte sie ne kleine bude im nordend, und dann wurd sie krank und ist gestorben.« ich hak das so knapp ab, wies in meiner erinnerung vorkommt: sie hat kaum spuren hinterlassen; brutal traurig.

»boah. wie lange waren sie da verheiratet?«
»keine ahnung, vierzig, fünfzig jahre? er war ja schon siebzig, als das passiert ist.«
»puh, clautschi, stell dir das mal vor, du bist fünfzig jahre mit jemand verheiratet und dann ...« »ich heirate nicht. los komm, hör auf mit dem gequatsche, hast du nicht noch was wichtiges heute morgen?«
»scheiße!« ruft sie wie getreten, »mensch ich muß los zu meier, das kann ich nicht bringen, die note fürs zweite halbjahr ist total lebenswichtig ...«
wie ne störchin stakst sie durch den modder zwischen den hecken, ich folg ihr und überleg, was ich bisson erzählen werd: monatsbeschwerden, grippe, liebeskummer, faschismus?

012000

in mehreren der quellen find ich, daß der programmdirektor von haarp, john heckscher, sich zu den frequenzen, die von haarp ausgestrahlt werden, beruhigend geäußert hat: kann man alles kontrollieren, hat man im griff – einige der anwendungen finden im bereich von 1 bis 20 hertz statt, aber da gehts, sagt heckscher »um energielevel, die verglichen mit dem sowieso vorhandenen hintergrund so klein sind, daß wir besondere empfangs- und spürgeräte werden benutzen müssen, um sie überhaupt ausfindig zu machen.«
dazu nur zwei sachen, die durch sämtliche haarpkritische literatur, die von vernünftigen wie die von spinnern, hartnäkkig geistern: die schumannresonanz und das frequenzenspektrum des menschlichen hirns.
die schumannresonanz ist ein vom physiker winfried otto schumann 1952 mathematisch hergeleiteter effekt, den die erde hervorruft, eine strahlung, die vom zwischenraum zwi-

schen der erdoberfläche und der wellenleitenden ionosphäre erzeugt wird – die frequenz hängt ab von der lichtgeschwindigkeit und dem erdumfang, also ganz soliden, nicht veränderlichen größen (okay, der erdumfang könnte sich durch irgendwelche katastrophen schon mal wandeln, aber die lichtgeschwindigkeit ist verläßlich). der niederstfrequente schwingungsmodus der schumannresonanz liegt bei etwa 7,83 hertz, das ist damit die natürliche frequenz der erde – deshalb übrigens heißt der verlag, in dem das büchlein von begich und manning erschienen ist, »7,83 hz«. was bedeutet es, daß haarp durchaus in diesem bereich sendet?

und in dem des denkens, träumens:
betawellen (13-35 hertz) zeigen normale, wache hirntätigkeit, die höheren bereiche dieses spektrums haben mit streß zu tun, agitiertheit, da ist die fähigkeit, zu folgern, dann schon angegriffen. alphawellen (8-12 hz) sind zeichen entspannterer zustände – wenn man lernt zum beispiel, oder sich konzentriert. thetawellen (4-7 hz) verraten mentale bilder, das abrufen von erinnerungen, und kommen häufig bei kleinkindern vor, oder wenn das verhalten verändert wird: trance, schlaf, traum. dann gibts noch die tiefschlafwellen, delta, (0,5-3 hz), da ist schon alles aus, da bist du völlig weggetreten. so, und jetzt die gretchenfrage: wie sieht es aus mit phasenmanipulation durch externe stimuli? könnte das eine waffe sein, so wie diese mikrowellenapparate, mit denen das wasser im leib gekocht wird und zu deren existenz sich die vaterlandsverteidiger immerhin schon bekennen? werden feinde in zukunft wirr oder panisch gestrahlt? ist haarp eine verblödungsmaschine, so wie schulen und medien, nur billiger? wie sagt doch homer simpson zu seinem hirn: du magst mich nicht und ich mag dich nicht.

012003

er sieht mich lange an, versunken im sessel und in gedanken; es stört mich nicht, und wenn er seine aufgesetzte pfeifenraucherei mal bleiben lassen würde, könnt ich ihn vielleicht sogar ernstnehmen. bettina ist eben gegangen, und weil wir die sachen im wohnzimmer durchgesprochen haben, hat papa in seinem büro alles mitgekriegt, denn die tür war offen.
»die sind gut. die sind wirklich gut«, sagt er und legt die ausdrucke wieder hin.
ich leg den kopf schief und versuch so auszusehen, als ob ich »na und?« sagen wollen würd.
»weißt du, wie man so was nennt? deine sachen da?«
ich frag mich, was er sucht, so wie sein blick mich ausforscht. gehts ihm wirklich um die sachen für die abizeitung, obwohl die nicht so neu sind, wie er tut – im »schwan« stehen seit monaten ähnliche von mir, toller name für ne gymnasiale schülerzeitung übrigens, bettina, da wäre wahrscheinlich sogar dem tumben ralf ein besserer

»epiphanien. das nennt man epiphanien. kleine beobachtungsskizzen, die bis zum zerreißen mit bedeutung aufgeladen sind. james joyce hat so etwas gemacht, als training für seinen ersten roman. dann kamen kurzgeschichten, über seine stadt, und dann der erste autobiographische ...«
»ist kein training. mach ich nur zum spaß.«
»dein deutschlehrer, ich weiß, du haßt ihn, aber er hat recht, glaube ich. du solltest mit dem schreiben ... du solltest da was draus machen.«
»damit du mich dann weiter beurteilen kannst, als journalist?« er ist verblüfft über die schärfe, zuckt ein bißchen im sessel zurück, und ich füg hinzu, in etwas milderem tonfall:

»tut mir ja leid, aber beruf, ey, das ist erwachsenwerden – als kind muß man sichs gefallen lassen, daß die eltern einen ständig einschätzen und bewerten, aber wenn ich einen job habe, dann bitte. da hättest du schon ... das hättest du bei thomas versuchen sollen, der ist viel ästhetischer drauf als ich, künstler halt.«

papa schüttelt den kopf, während er aufsteht: »claudia, sag mir nur, was ist eigentlich los mit dir?« in dem moment rettet mich mama, die durchnäßt und unter großem schlüsselrassellärm von draußen reinkommt. sie fuchtelt mit der zeitung, bei der papa arbeitet: »sag mal, warum erzählst du mir das nicht, hast du das gewußt, michael?«

»was denn?«, er ist genervt, zieht sich schon wieder in sein büro zurück, ja klar: nur nicht in der nähe der küche stehen, wenn es drum geht, mit mama zusammen frischgekaufte lebensmittel einzuräumen, die er dann aber wegfrißt, als ob sie im kühlschrank wachsen.

»die ausstellung. die rauchausstellung in basel! du weißt doch, wie gut ich sie finde, da müssen wir hin.«

»du vielleicht. ich hab zu arbeiten«, mault er, und ich seh zu, daß ich zurück in mein zimmer komme, neue epiphanien schreiben, weil ich gar nicht weiß, wen ich verkorkster finde: ihn, wie er sich aufführt und mit ihr umspringt, oder sie, die sich seine zicken bieten läßt.

jessas ist das alles geschafft hier.

0|2018

umfangreiche literatur über »stoßreizmethoden«, magnetronsysteme etc., die einige haarpkundler dazu inspiriert hat, die anlage in alaska auch für ein testgelände auf der suche nach »elektronischem schrapnell« und bei der weiterentwicklung von radarpulswaffen zu halten. je mehr man gräbt, je tiefer man schaut, desto vielfältiger werden die killeranwendungsszenarien – hirnprozesse stören, die erde durchleuchten, unabhörbar mit ubooten kommunizieren, das wetter verändern, empschrapnell streuen – gemeinsam haben alle diese sachen, daß sie zur beteiligung der navy und des verteidigungsministeriums passen würden, wenn sie wahr wären, aber es gibt skeptiker, die nicht das militär, sondern »die oligarchen« für die treibende kraft hinter allem halten, also konstantins gute alte »herrschende klasse«, der gegenüber sich das militär nicht hinreichend verselbständigt haben soll, um solche großen kekse ganz alleine zu backen. garry vassilatos, »haarp ist mehr«: »die führungsriege des militärs dient jetzt dazu, jeden aspekt der direktiven aus der industrie im bürokratischen sinne zu überblicken. es ist eine tatsache, daß die dienststellen des militärs dazu aufgefordert worden sind, das von der industrie geführte haarp zu organisieren. aber das militär führt das haarp nicht, und es besitzt es auch nicht. die industrie verfügt über das haarp, und sie besitzt es.«

einer ominösen, zuinnerst in das ding verstrickten patenteignerfirma namens »raytheon«, was zwar als wort durchaus gänsehautqualitäten hat (»strahlengott?«), aber oligarchenmäßig nicht entfernt an cocacola, disney oder exxon

0|2024

daß jemand so viele zeitschriften und zeitungen abonnieren und wirklich lesen kann – und einer, der einem ab und zu sagt, wenn man ihm ein buch zurückgeben will, das man sich von ihm ausgeliehen hat: »nein, behalt das mal, ich habe es gelesen und werde es in den paar jahren, die mir bleiben, wahrscheinlich kein zweites mal lesen« – ich mein, was will er mit dem ganzen zeug?

die grüne tonne ist schnell voll, aber konstantin weist mich an, den rest auch noch mit ihm rauszutragen und neben der tonne auf die straße zu stapeln, in der hoffnung, daß es heut nacht nicht noch mal regnet.
»kriegst du da keinen ärger mit den papierentsorgerjungs? ist das nicht viel zuviel stoff?«
»nein, die herren mögen mich alle, ich bin vermutlich der einzige hier in der siedlung, der noch weiß, was trinkgeld ist. wir kommunisten geben ja gern.«
immerhin: seine behausung wird gleich viel wohnlicher – und das soll sie auch, ich bin angetreten, um dabei zu helfen, und soll mich nachher wieder nach hause verdrücken, ich arme kranke maus, denn da bekommt er dann besuch: ein alter freund »von weit weg«, wird wohl irgendein kgb-mann

das wichtige hat er »entnommen«, wie er sagt, das heißt, es ist viel zeug rechteckig ausgeschnitten oder weggerissen und in seine irren leitzordner gewandert, »ich bin ja korrespondierendes mitglied der nichtexistenten internationale. es gibt noch ein paar ... nun, es gab sie, bis vor kurzem, männer und frauen von meinem schlag, die den funken aufheben, bis er mal wieder gebraucht wird – rolf vellay, friede seiner asche, der früh den gorbatschow durchschaut hat, und kurt gossweiler, der große erforscher des modernen revisionismus – wir sitzen auf unseren inseln und funken uns kommuniqués zu – vielleicht ist die sintflut ein besseres bild: wir treiben in verschiedenen kleinstarchen auf dem meer der unwissenheit, des verrats, ach, warum nicht klassisch: des irrtums, und schicken einander brieftauben. alles dient der vorbereitung einer wiedererstandenen partei. aber das müßt ihr machen«, er zwinkert, »die besten von euch.«

beim sortieren, zusammenpacken und raustragen lern ich, daß das »claremont review« ein konservatives magazin aus

amerika ist, »denkschule des klassenfeindes«, während »the nation« zwar rechts klingt, aber »linkssozialdemokratisch« ist, genau wie »freitag« und im gegensatz zum »bahamas«, hinter welchem lustigen namen sich »die antideutschen« verbergen, was immer das wieder fanatisches ist. es gibt zungenbrecher wie »arranca – für eine linke strömung« oder »iz3w: informationsszentrum 3. welt«, es gibt »gigi« für schwule und lesben – ich bin mir ziemlich sicher, daß thomas das nicht liest, zuviel bleiwüste, würde er sagen – eher braves wie »ak: analyse & kritik«, die taz natürlich, die konstantin ganz scheußlich findet, das »times literary supplement« und die »new york review of books«, deren titel sich selbst erklärt, während ich bei »wildcat« passen muß: was sind das für welche?
»anarchosyndikalisten, befürworter von wilden streiks. die haben mumm und das herz auf dem rechten fleck, aber sie schrecken natürlich vor jedem konsequenten plan zurück – praxislos historisierende theorie und theorielos drauflosholzende praxis. in etwa die heutigen erben von erich mühsam – das war ja immerhin ein charakter.« und dies hier? »›gleichheit. zeitschrift für sozialistische politik & kultur.‹ das sind die jünger trotzkis, fade aber aufrecht.« auf fast jedem umschlag jeder nummer von dem ding demonstrieren irgendwelche leute gegen irgendwas, ich wußte gar nicht, daß in deutschland noch so viel demonstriert wird.

ich ruh mich bei orangentee und schokocroissant vom geracker aus. er setzt sich an den rechner, und als ich seh, daß er in england filme bestellt, hüpf ich dazu und lehn mich an seinen stuhl, um ihm ins ohr flüstern zu können: »du, krieg ich eigentlich was als belohnung für das hier heute?«
»was hättest du denn gern?« knurrt er freundlich.
»da gibt es so nen film, wo du doch eh grad in england bei sendit bist . . .«

»wie heißt er denn, dieser film?« »irgendwas mit whistling und wind, oder whistle und wind . . .«
»das hilft mir bei sendit.com herzlich wenig, eine suchfunktion für ungefähre treffer geht ihnen ab – ich muß zu amazon.co.uk«, er spricht die ganzen urls immer aus wie geheime zauberformeln, gibt sie auch jedesmal von hand ein, obwohl ich ihm tausendfach erklärt habe, wie er sie bookmarken kann und daß sie sowieso im cache sind. er versuchts mit »whistle«, »wind« und dvd. es kommt ein treffer, aber das cover ist farbig – das kann nicht der richtige film sein, obwohl: das kind, das mädchen da sieht schon ein bißchen aus wie kathy. »clicks doch mal größer, ich weiß nicht« – doch, das ist sie –, und dann, als er das bild wieder schließt, sehe ich auch, daß »whistle down the wind« von 1961 ist und ein schwarzweißfilm. »doch, der stimmt.«
»also, gekauft«, sagt konstantin, und ich bin nicht bekloppt genug, ihn dafür zu küssen, denn bei kleinigkeiten mag er keinen dank, wir kommunisten geben ja gern.

ich trink die restlichen säfte aus, die hier unberührt im kühlschrank rumstehen, seit ich letzte woche die pute gemacht hab – besonders gesund ernähren muß man sich offenbar nicht, um alt und störrisch zu werden, wenigstens überläßt er mir das rauchen und den parteiaufbau. er ist schon ganz hibbelig, schaltet ständig auf die uhr am stumm vor sich hin laufenden fernseher, schiebt seinen stuhl am schreibtisch vor und zurück, bringt mich schließlich auf den flur. »muß ja ein bedeutender gast sein.« aufs stichwort klingelts.
ich öffne die tür, da steht ein mann, der prima als erzengel gabriel in »whistle down the wind« gepaßt hätte: riesenschlapphut, langer schal, rotbrauner mantel, ausgeprägte nase und ein wahnsinnig intensiver blick, röntgenmäßig.
er sagt was englisches; ein brite, denk ich sofort – er nimmt sein wagenrad ab und lächelt, der schal irritiert mich, er

leuchtet so regenbogenbunt. der mann tritt ein, an mir vorbei, konstantin ergreift freudig seine hand: »doctor, welcome!«, der schräge vogel drückt konstantins rechte und sagt: »old friend, well met indeed«, dann räuspert sich konstantin, weil der typ mich anschaut, ganz schön forsch – wie alt ist der eigentlich, vierzig? fünfzig? zweihundert? eine abartige lockenpracht hat er jedenfalls auf dem kopf, und als konstantin sagt: »mein freund, doctor …«, und dann was nuschelt, was ich nicht versteh, darf ich lächeln, weil ich vorgestellt werde: »this is my granddaughter, claudia, she helps me out with all things practical and challenging about the modern world.« doctor werauchimmer sagt: »charmed!« und gibt mir die hand. »likewise, i'm sure«, fällt mir immerhin ein; das mag er; da lacht er.
»i was just on my way out«, sagt mein leistungskursenglisch. konstantin scheucht mich mit »then don't let us keep you« aus dem haus, bevor ich auch noch einen knicks mach – mir ist nämlich danach, keiner weiß wieso.
draußen auf der dunklen straße such ich des doctors auto, weil ich mir ein tolles oldsmobile drunter vorstelle, aber da ist nichts, kein wagen, der vorhin noch nicht da war.
ist der kauz zu fuß gekommen? woher? vom mars? ich steig ins auto und schüttel lachend den kopf, das erste mal gut drauf seit letzten mittwoch.
es geht wieder aufwärts, es wird bald sehr

0|2027

steigt stefanie zu: »wie gehts dir?«, so förmlich, das liebt sie, sehr lustig, und ein kuß auf den mund: schmatz! »gut«, sag ich und krieg für diese knappe und souveräne antwort einen bewundernden augenaufschlag. ein sparkassenmensch hält stumme zwiesprache mit seinem handy; alter sms-mann, war wohl sogar bei der waffen-sms. alle münder aller mädchen, die zur schule fahren, auch stefanies und dementsprechend vermutlich auch meiner, sehen verschmollt aus, wegen der unausgeschlafenheit, und unsre augen sind noch zu, das wirkt vornehm desinteressiert. ja: wir sind wahnsinnig sexy. stefanie hat weißen flaum am unterkiefer, links und rechts unter den ohrläppchen, das macht die männer bestimmt extraverrückt. sie sagt: »sieben punkte gibt sie mir in sport. ich sitz ja eh immer an der sprossenwand! ich! und dann sag ich, ich mach nicht mit, aber gott und die welt erzählt mir, wie unsportlich ich bin, und jetzt habe ich da sieben punkte am arsch, vielen dank.« ich hör nicht zu und merk mir alles.

eine muslimin, etwa so alt wie ich, mit kopftuch und im schwarzen sack, hat schwer an ihrer tasche zu tragen und würde sich gern wo festhalten, weil sie sehr durchgerüttelt wird. ihr macho nimmt ihr die tasche ab, stellt sie zwischen seine beine, greift dann aber, schneller als sie, genau die haltestange, die sie selber gern gegriffen hätte, so muß sie sich an ihm festhalten, perfekt.

dünne beine bei uns jungen frauen sind schön und gehören in bellbottoms, bei alten männern sind sie traurig.
ein happy-end: die muslimin hält sich jetzt doch an der stange fest, er dagegen versucht, auf seinen stämmigen beinen zu balancieren. eine andere muslimin kriegt ihr kinderwagenbaby, das anfängt, zu schreien, durch liebliches ansingen in zwei minuten wieder still. ist das kulturklischee und idealisierung, oder können deutsche mütter sowas wirklich nicht? wir steigen aus. der größte drängler ist, einmal aus dem wagen, am unsichersten auf den füßen, in glänzend schwarzen italienischen schuhen.

012032

»war doch keine so schlechte idee, oder? du mußt mir halt auch mal vertrauen.«
sie hat recht, meine mama, obwohl ich das bei dem sauwetter wirklich nicht für möglich gehalten hätt, aber die losung des tages lautet in der tat: eisdiele. wir sind mit ihrem wagen hier, in meinen hätte sie sich für die strecke nach basel nicht quetschen mögen, und außerdem, ich sags ihr nicht, aber sie weiß es auch so, sieht meine mama schon liztaylorhaft genug aus, daß man erkennt, daß sie was von schweizer eisdielen versteht – jemanden, ders sich so gut schmecken läßt, schnallt man nicht in einen golf.

»was ist das jetzt also für eine ausstellung?«
mama holt ne zeitungsseite aus dem täschchen, streicht sie glatt und gibt sie mir. da ist ein riesenbild von einer sympathischschüchternverschlagen von unten nach oben nach rechts guckenden jungen frau in einer shiny schwarzen lederjacke abgebildet; erinnert ein bißchen an diese holzmalereigeschichten, die wir schon mal zusammen angeschaut haben, totaler fotorealismus – »mama, wie hieß der typ, zu dem du mich letztes jahr mitgenommen hast, der mit den rockstars und den jungen frauen?«
»franz gertsch.«
»genau. so sieht das bißchen aus.«
»es geht aber nicht nur um die bilder. diese nicoleserie hat eine geschichte, das ist . . . da gibt es dann noch videos dazu und texte.«
»so ein installationsding?«
»gewissermaßen. steht alles da drin.«
»soll ichs jetzt durchlesen?«
»ich kanns dir auch erzählen, wenns dich interessiert.«

»sonst würd ich doch nicht mitkommen, oder?«
ein neuer tropisch dekorierter milkshake wird vor sie hingestellt, dann sagt sie: »die nicolebilder sind über drei jahre hin entstanden, die letzten aus dem gedächtnis und von fotos. johanna rauch ist eine junge künstlerin aus, ich weiß gar nicht genau, ich glaube sie lebt jetzt in freiburg, war mal in berlin eine weile mit ihrem ...«
»jung? so wie ich?«
»neinnein, ende dreißig, vielleicht auch schon anfang vierzig. aber erst seit zwei jahren ein name – seit den nicolesachen. die geschichte ist spannend, mysteriös.«

das mädchen auf den bildern, nicole, war die freundin eines typen namens paul debus, mit dem die künstlerin in ihrer schulzeit selber zusammengewesen war. diese nicole war autistisch oder schizophren, jedenfalls nicht normal – aber mit ihrem zehn jahre älteren paul zusammen offenbar eine einzige wolke sieben; allein die ausstrahlung dieses glücks hat die künstlerin, statt daß sie eifersüchtig geworden wäre, irgendwie aus einer langjährigen depression befreit und ihr einen ganz neuen grund zum arbeiten gegeben. also hat sie die beiden befragt, gezeichnet, gemalt, gefilmt und untersucht, und dann hat diese nicole von dem debus auch noch ein kind bekommen, ein mädchen. danach, als schon die erste ausstellung über das paar stattgefunden hatte und die künstlerin johanna rauch gemerkt hat, daß sie auf einmal von kritikern geliebt wird und daß es für sie richtig abgeht, karrieremäßig, verschlechterte sich nicoles zustand rasant: gemütsverfinsterung, wahnvorstellungen, vielleicht, rat ich, wegen dem kind – mama sagt nichts dazu, ist vielleicht auch nicht die beste idee, mit der eigenen mutter die frage zu diskutieren, ob man vom kinderkriegen plem wird. jedenfalls ist sie dann ausgerastet, die arme frau, und hat irgendjemanden schwer verletzt, da hat man sie in die geschlossene expediert.

»und dort ist sie verschwunden«, sagt mama und schlürft, weil ich so verdattert ausseh, in aller maliziösen ruhe ihren monsterflip. »wie, verschwunden?«
»man weiß bis heute nicht – das war vor, ich glaube, zwei jahren –, was passiert ist, es heißt, sie hätte sich umgebracht, oder daß sie mit einer anderen frau ausgebüchst ist, jedenfalls bleibt sie unauffinddbar.«
»und das kind? und der ... dieser paul?«
»das ist die pointe, die man ein bißchen pikant finden kann, oder unmoralisch: paul und das mädchen leben jetzt mit johanna rauch zusammen, ich glaube, er hat sie sogar geheiratet.«
»meinst du, die zwei haben nicole umgebracht?«
»sag mal, wie kommst du nur immer auf so was?«, in dieser strengstimmlage, das äußerste an distanz, was sie ausdrükken kann. also stimme ich sie versöhnlich damit, daß ich ihr recht gebe – es ist zwar ein schiefes, aber ein eigenartig passendes happy-end, diese neuentstandene familie mit der künstlerin als eine art matriarchin, bei der

die halle ist eine andere als ich dachte, es gibt offenbar in basel mehr kunstschauplätze, als ich dank meiner expertin bis jetzt mitgekriegt hab. der boden ist himmelblau, die videos laufen nicht in den üblichen kleinen kästen auf gekalkten sockeln, sondern auf drei riesigen schirmen, mit beamer.
nicole und ihr kind, auf dem balkon, erst im gegenlicht, dann richtig, und wie die junge mutter immer abwechselnd erst das kind noch mal anders in sein deckchen dreht und sich dann selber eine haarsträhne, die einfach nicht hinterm ohr bleiben will, wieder zurücksteckt: das ist sehr zart, das ist verdammt entzückend, muß ich schon sagen.
aber am tollsten sind trotzdem die bilder, auf gewaltigen stellgerüsten oder direkt an der nackten hallenwand, alle

mehrfach überlebensgroß, einige porträts superstarhaft glamourös, alle haben eine still vergnügte, irgendwie wissende aura, als ob die frau mehr über mich erfährt, wenn ich vor ihrem bild stehe, als ich über sie je

nicole in einer schwarzen lederjacke
nicole schief grinsend, mit ohrringen wie regentropfen
nicole mit tiefem ausschnitt und zwei kettchen um den hals, knochigem gesicht, hochgestecktem haar
nicole schwarzweiß, überrascht
nicole mit pagenschnitt, im weißen pulli
nicole lachend, unscharf, fröhlich
nicole skeptisch, freundlich, schau mal, wie grün die augen sind
nicole mit halboffenem mund, milde entsetzt über etwas, abwesenden blicks
nicole schüchtern, im gelben sommerkleidchen
nicole frech, den kopf zur seite geneigt
nicole lieb und harmlos, absolut bereit, fotografiert zu werden
nicole mit löckchen, perlenkette, weißem kleid, wie zur hochzeit, sie winkt

am anfang zockeln mama und ich noch vorschriftsmäßig mutterkindmäßig nebeneinander her, vors erste bild, schieb, vors zweite, schieb, vors dritte, aber dann traue ich mich auch mal ein, zwei schritte weit weg, sie nickt mir zu, und bald haben wir einander, bald habe auch ich mich in diesem kosmos einer verschwundenen verloren und fühle mich darin zugleich aufgehoben, beschützt von

zuerst ist es wie in den berichten von unfallopfern, die einen arm oder ein bein verlieren und ungerührt weiterhumpeln oder dastehen, weil der schock so groß ist, daß sie gar nicht kapieren, wie ihnen geschehen ist und ob sie daß johannes hermann und seine grauenvolle angelika an der kasse stehen und kurz danach reinkommen, aber es bedeutet gar nichts, ich weiß nicht, wie ich reagieren soll, ich nehm das nur zur kenntnis, wie der typ vom zoll letzte woche konstantins beschwerden. sieht sie mich oh jessas jessas sie hat mich ge

ich bin nicht mal alert genug, mich hinter einem bild zu verstecken, häsin im scheinwerferlicht eines herannahenden schwertransporters, und dann schlägts durch: der magen rutscht nach unten, die hände sind taub, der mund ist staubtrocken, und das blödeste klischee von allen stimmt auch: ich hab beine aus nasser watte, knie aus brei, ich fürcht mich davor, hinzufallen, auf den hintern, wie im slapstick wie eine

als er meine mutter und mich, obwohl wir nicht richtig dicht beieinanderstehen, ungefähr gleichzeitig erkennt, und weil er und angelika näher bei mama stehen als bei mir, gehen sie noch einen schritt auf sie zu. er begrüßt sie leise, gibt ihr die hand, guckt freundlich zu mir rüber, nickt, während er angelika und mama einander vorstellt. mein herz schlägt laut und wütend in brust und hals bis rauf in die schläfen, wie sagt stefanie immer, »fall«, die hat n fall der hat n fall, statt anfall, das findet sie cooler, diese verkürzte

wenn er und die sau mich jetzt auch noch betutteln, dann erstick ich, also mach ich ohne zu überlegen das einzige, was mir einfällt

nee nicht mir es fällt meinem körper ein

um nicht einzuknicken, geh ich in die offensive und klakker – es hallt ganz laut in diesem der kunscht geweihten saal – entschlossen auf die drei zu, setz meine gefrorenste grinsmaske auf und ruf laut genug, daß sich sogar ein, zwei leute nach uns umdrehen: »he, ist ja toll, mein lieblingslehrer und, entschuldige? angela?«, mit gegluckstem g, wie bei frau merkel, und so ner ganz leichten hebung der stimme auf der ersten silbe, die sagen soll: ach ich dummerle, hab doch tatsachlich vergessen, wie du heißt, du nebelkrähe.

nein: er hat ihr nichts erzählt, er kann ihr nichts erzählt haben, der drecksack, denn so blöd ist nicht mal die, daß sie das spielen könnte, dieses leicht verlegene, aber freundliche: »claudia, hallo.« »ich dachte, du bist krank!« sagt er, gespielt entrüstet, ne show für meine mutter und seine vogelscheuche, das wird er bereuen, das überlebt er nicht, ich werd

bin tatsächlich sprachlos, so sehr ich mir gerade noch vorgenommen hab, die nummer »offensive schlampe« bis zum bittern ende auszureizen. er hat jetzt doch manschetten, daß das entgleisen könnte, und sagt ziemlich hastig und pseudolaunig: »na, ich verrat es keinem. du hast hart gearbeitet dieses jahr, du solltest dich ruhig mal ausruhen. ja . . . dann viel spaß noch in der ausstellung.« »euch auch«, sag ich, als wär ich

als er weggeht und ich ihm gerade mit letzter kraft mit meinen spitzen schuhen in die kniekehle treten will, sagt meine liebe mama das allerbescheuertste, was ich in meinem leben jemals gehört hab: »ein sehr netter mann, wirklich.« diszipliniert mit ihr noch exakt zwanzig weitere minuten in der ausstellung, mit gelegentlichem blickkontakt zum größten arschloch aller zeiten und seiner charmanten rübentrulla, deren furchtbares tittengesicht mich

im auto, auf dem weg nach hause, fragt mich mama: »du bist ja gut gelaunt heute, du pfeifst sogar mal wieder! hat dir gut gefallen, die ausstellung, nicht?«
»ja. ein unvergesslicher tag«, sag ich und

scheiße alles scheiße haß

012044

abstrakt weiß ich, daß ich ihm das nicht zumuten sollte, daß ihm das keinen gefallen tut, aber zu wem sonst soll ich gehen? wenn stefanie es weiß, kann ich es auch gleich unterm titel »denkadente epiphanie mit ficken« in die abizeitung geben.

also konstantin.
er zeigt mir auf ganz simple weise, daß mein verzweiflungsgebornes vertrauen absolut gerechtfertigt ist: er sagt nichts von dem ganzen bockmist, den fürsorgepersonen in solchen lagen sagen sollen, von wegen »das ist ja eine üble geschichte« oder »oh je« oder »was machen wir denn jetzt mit dir«.
er schaut bloß sinnend in seinen grog, dann in mein gesicht, er ist blasser als sonst, ich seh viele blaue äderchen und leicht gerötete augen, die haut schimmert um die nase und am kinn milchfarben, fast wächsern.
»das muß aufhören. egal, was sonst geschieht, was du sonst tust oder unterläßt, aber er muß von dir eine klare mitteilung erhalten, daß das zu ende ist. ohne drohungen, ohne melodram. klipp und klar.«
»ist ja nicht ganz allein seine schuld, das alles, ich hab ihm sehr zugesetzt am anfang, ihn praktisch verführt.«

»das interessiert mich nicht, wie diese dummheit angefangen hat. was mich interessiert, ist, was du mit deinem jungen leben anstellst.« er steht auf und geht in die küche, um eine flasche ganz besonderen schnaps zu holen, ich watschel hinterher wie ein entenküken. er läßt sich umarmen und vollflennen. als ich wieder sprechen kann, sag ich, daß er recht hat; er weiß, daß ich das auch wirklich glaube. wie schwer es wird, danach zu handeln, viel schwerer als die ganzen übrigen katastrophen seit letzter woche, die übelkeit, das grauen, der haß, erzähl ich konstantin nicht, denn das

012067

macht die tür auf, kriecht rein.
»hallo.«
»hallo.«
»wohin willst du fahren, claudia?«
»staudamm.«
»ok«, aber abwartend, immer noch mißtrauisch, mit nem beigeschmack von, tatsachlich, lehrertadel, den ich bei ihm noch nie bemerkt hab zuvor. wir sind stumm, während der fahrt, peinlich quietscht der scheibenwischer. als klar ist, daß es dabei bleibt: kein regen, schalt ich den wischer ab. bei den weiden überm staudamm halt ich an, schnall mich los. er hat sich gar nicht angeschnallt, ist mir doch egal, soll er sich

dreh mich zu ihm.
»mensch, echt. johannes, ehrlich. jessas daß das so eine schwache vorstellung wird, das hätte ich von dir nicht geglaubt. hast du schön gebeichtet?«
er wird nicht aufbrausend, winselt auch nicht, sondern schaut kurz suchend aus dem fenster, dann sieht er mich wieder an und sagt: »wenn du dich später an das alles erinnerst, wirst du einsehen . . .«

»ihh, nee, nee nee nee, das machst du nicht mit mir, johannes, zu meinem eigenen besten und diesen käse. wenn du mit der scheiße kommst«, und natürlich hört sich das jetzt verheult an, obwohl ich nur wütend bin, »dann kannst du den ganzen schönen weg nach hause laufen. ob du schon gebeichtet hast, hab ich dich gefragt.«
»ich habe angelika nichts ... wir trennen uns sowieso.«
»im kunstmuseum, vor allen leuten? wird das ne größere sache, soll ich die kids vom leistungskurs einladen?«
»ich sag das nicht wegen dir. ich will dich nicht halten, oder wiederkriegen oder ...«
ich schnaub, der spinnt doch: »dann erzähl es wenigstens deinem pfarrer, sonst zerreißt es dich am ende.«
er macht den mund auf, irgendwie ahn und spür ich, daß er jetzt schon wieder meinen namen sagen will, und das darf er nicht, das soll er nicht, also sag ich: »wenn du mich noch mal küssen willst, jemals, du feigling, dann mach es jetzt.«
er macht es wirklich, und renkt sich dabei fast die schulter aus.

kommt mir vor, als wäre das jetzt die wahrheit und der ganze laberquatsch und der große betrug und das elend wären bloß theater, aber auf dieses gefühl bin ich vorbereitet, ich weiß, daß das eine süße selbsttäuschung ist. er geht mir mit der hand durchs haar, streicht zärtlich eine strähne weg, küßt meinen hals, ich bin naß, bin geil. er will was sagen, ich leg ihm den finger auf den mund und zisch: »schhh, halt die klappe«, dann kurbeln wir die sitze runter und ziehen uns aus, so gut es geht, einander, uns selber – er denkt, ich will auf dem rücken liegen, aber da denkt er falsch, ich zeige ihm, wie es geht, senk mich in die hocke auf dem sitz, beug mich hinten drüber, das gesicht nah an der rückscheibe, der atem macht das fenster beschlagen. er hat probleme, ich dreh mich noch mal um, hol ihn ran, die hände an seinem hintern, und nehm seinen schwanz in den mund, zum ersten mal. ist weicher als in der hand so, seltsam, alles ganz leicht, schnell sind die probleme weg, und damit nicht gleich alles fertig ist, zwick ich ihn ins bein, dann rutsch und ruck ich wieder in die position von gerade eben. er steigt mühsam auf meinen rücken, kommt zu mir, es ist besser als

er drückt seinen bauch gegen meinen po und ich werd unvorsichtig werd schneller werd richtig laut bin oben, auf so einem plateau, aber noch nicht weg, noch nicht da, es passiert nicht, irgendwie zündet es nicht, obwohl alles ja in flammen steht, das ganze auto voller flockigzerrissenem feuer, und dann ist er vor mir fertig, das erste mal, und ich entziehe mich sofort. so nicht so nie mehr nichts wir

wir brauchen lange, bis wir wieder in ordnung sind.
dann fahr ich sofort los und sag, als wir die kurve zurück auf die hellerleuchtete breite straße nehmen: »und das war das letzte mal. ruf mich nicht an, schreib mir nicht, oder ich gehe zum rektor und zu meinen eltern – ich bin zwar volljährig, aber nicht nur der papst und angelika werden not amused sein. du siehst mich noch in der schule und auf der abifeier, und dann höchstens noch auf der straße. die zwei briefe kannst du behalten und dir einen drauf runterholen.« er schmollt seitlich aus dem fenster, weint nicht, aber ich weiß, das sitzt.
ich fahr ihn vor seine wohnung. er steigt wortlos aus, aber dann faßt er noch mal mit der hand in den türrahmen, beugt sich vor, schaut mich an und sagt: »claudia, du bist . . . wunderschön und klug und . . . stark.«
ich weiß auch nicht, wie blöd ich eigentlich bin, aber da muß ich lächeln, und beug mich zu seiner hand und küss sie. er schaut mich fragend an, versteht nicht. ich sag, immer noch lächelnd: »jetzt hau schon ab«, das soll heißen, daß ich ihn

immer noch gern hab, so weh es tut. er nickt, macht sich gerade, nimmt haltung an, haut die tür zu und verschwindet, ohne sich umzudrehen.

»das hab ich doch gut hingekriegt, finde ich«, sag ich zum spiegel und mir ist auf angenehme art übel dabei, wie wenn man gerade zuviel zuckerwatte

das beste wirds sein, wenn ich das in zehn jahren mal alles stefanie erzähl.

012070

was ich denn das beunruhigendste find, will konstantin wissen. natürlich das mit der gedankenkontrolle, mit dem stören der hirnwellen.
er sagt: »dieter kaufmann. die wellengeschichte. der paranoiker.« ich weiß nicht, wer das ist, da kann er wieder seufzen, weil ich so

IV.

013001

»ficken!« johlt jens und guckt beifallheischend zu mir rüber, schwingt seinen dumpfen jack daniels wie ne keule und findets spaßig, während ellen schwörer, der wir diese party im keller des jawiesollmansagen herrenhauses ihres supernetten vaters verdanken, mich zum siebten mal um »kippe, bitte« anbettelt, langsam wirds ein wort: kippebitte, schlimmer: kibbebidde.
ich lach und schwitz und denk, daß ich nicht hätt herkommen sollen. aber ellen hat recht: wenn wir diese nackensteife abifeier aushalten wollen, mit all den lehrern und eltern, die »n stock im arsch haben« (stefanie, im moment vor der stereoanlage am limbotanzen unter ner billardstange, die bernd schabs und unser lieber sven aus dem physik lk halten), dann müssen wir »so oft wie möglich vorher selber feiern« (ellen). aber was feiern wir? ich leg mich auf eine der matratzen, neben tine königer und eine aus meinem deutschgrundkurs, die mich, glaub ich, bewundert für meine aufsätze und für die art, wie ich dem blödmann manchmal die meinung sag, der mich so gern zur schriftstellerin machen würde. ärgerlich irgendwie, daß ich nicht weiß, wie sie heißt. tine königer fängt sofort an, mit mir rumzumachen, denn sie ist besoffen, und ich lach noch mehr, mach mit und sag: »he ich krieg noch ne cd von dir zurück, du lesbe«, was sogar stimmt: die madonna ist das, die sie brennen wollte.
meine namenlose anhängerin guckt ganz sehnsüchtig, da muß ich leider tines viel zu viele arme loswerden, denn das

ist mir zu hart, das geht zu weit. ich such stefanie mit meinen supergirlsuchscheinwerferaugen, aber ich find bloß ellens vater, so daß ich mir sofort instinktmäßig das top ein bißchen wieder zurechtzieh, ist ja unmöglich sowas hier.

aufs witzspielchen eingelassen, das jens von mir will, also schau ich an ihm vorbei auf die schüchterne namenlose, die sich grad einen joint anzündet und an tine gelehnt dahockt, der musik lauscht, bif naked, ein erfreulich lahmes und schweres stück mit pulsbaß, gut zum sichbedröhnenlassen. ich geb ihr ein handzeichen, daß ich auch was will von ihrer tüte, da steht sie auf und reicht sie mir. der besoffene jens guckt von ihr zu mir, von mir zu ihr und verliert schlagartig alles interesse. er läßt sich nach hinten wegfallen, zwischen seine freunde und fans. der alte schwörer ist weg. ich steh, arm um ihre hüfte, sie mit ihrem um meine, ein paar minuten mit der schüchternen an der wand und laß mich vom baß durch meinen eigenen bauch schieben. dann trennt sie sich von mir mit einem funkeln in den augen und geht auf die quasitanzfläche, wo sie sich an einem jungen reibt, den ich auch irgendwoher kenn und jedenfalls heute abend schon häufiger mit der schüchternen gesehen habe, was will sie mir denn jetzt damit

ich geh aufs klo und will mich da frischmachen, aber es geht nicht, denn in diesem kleinen, nicht abgeschlossenen raum sind stefanie und, schluck, ausgerechnet der angeblich so minderwertige und stinkige ralf ganz extrem am schmusen.

nein bitte ach also ich versteh das alles nicht, wie gefühle bei andern leuten immer dieses explosions- und alleswirdneumäßige haben. bei mir sind das langwierig vor sich hin brennende entzündungen. ich muß die dann immer loswerden, wie man überzählige hündchen und kätzchen im see ersäuft,

oder so wie vorhin in dem dummen rammsteingebrüll: »willst du dich von etwas trrrennen, dann mußt du essss verbrrrrrennen!«
ich versteh es nicht; aber daß die andern alle anders sind als ich, find ich gut. eine welt voll mit leuten wie mir wär echt schlimm.

013030

als kreuder in geschichte von diesem dr. crippen erzählt hat, den sie im august 1910 verhaftet haben, zusammen mit seiner freundin, nachdem er seine frau vergiftet hatte und nach kanada ausgebüxt war. auf dem dampfschiff erfolgte der zugriff, kurz vor quebec – einer der berühmtesten englischen mordfälle aller zeiten, so kreuder, hunderte von büchern, filmen, artikeln, weil es das erste mal war, daß die drahtlose telegraphie benutzt wurde, um einen kriminalfall zum abschluß zu bringen: der kapitän hatte das flüchtige paar von zeitungsskizzen her erkannt, das geschah etwa drei stunden, nachdem das schiff von antwerpen ausgelaufen war, und da hat er dann per funk scotland yard verständigt. der skipper hat später reportern erzählt, daß crippen die ganze zeit an deck gesessen sei und den telegraphenmast angestarrt habe, auf der überfahrt. er sei fasziniert gewesen vom knacken und zischen, den geräuschen der anlage, die ihn fangen würde, und habe bei sich gemurmelt: »what a wonderful invention it is.«
soll ich also physik studieren oder lieber nicht?

013042

»daß die darlegung der wahren oder auch vermuteten, mitunter wohl frei ersponnenen zusammenhänge und hintergründe fast immer in verblüffend realistischen, wenn auch sehr braven vorschlägen für konkretes politisches handeln kulminiert«.

ich habs nachgesehen und versteh, was er meint. bei begich und manning zum beispiel: »die autoren schlagen vor, daß menschen, die wegen haarp besorgt sind, die bundesgesetzgeber kontaktieren und protestieren sowie darauf bestehen, daß statt solcher projekte die lebenswissenschaften stärker aus öffentlichen mitteln finanziert werden. (...) wir hoffen, daß unabhängige wissenschaftler auch persönlich, nicht nur im internet, über themen im umfeld von haarp miteinander ins gespräch kommen. ein internationales symposium wäre dringend zu wünschen. philanthropen könnten reise- und forschungskosten für diese wissenschaftler aufbringen, denn unabhängige denker sind meist nicht mit hochbezahlten jobs gesegnet. finanziell knapp gehaltene berater von umweltinitiativen etwa können nicht einmal die jährlichen beiträge aufbringen, die nötig sind, um zugang zu den nasadaten der national oceanic and atmospheric administration zu erhalten.«
das klingt, es stimmt, vergleichsweise pragmatisch – das interesse an seriösen messwerten zum beispiel, das im letzten satz angemeldet wird, findet man bei leuten, die an die jüdische weltverschwörung glauben wollen, wahrscheinlich eher nicht. selbst der verrückteste haarpwarner, ein jerry e. smith, dessen haarpbuch im – dem katalog nach zu urteilen (atlantis, antischwerkraft, hinduistische ufotechnik) – schwer esoterisch durchgeknallten verlag adventures unlimited erschie-

nen ist, hängt seinen mutmaßungen und alarmrufen ein ordentlich engagiertes postskript an: »selbst wenn sie nach all dem der meinung sind, haarp sei etwas, das durch- und fortgeführt werden sollte, können sie ihr interesse daran artikulieren, daß ausreichende öffentliche sicherheitskontrollen durchgeführt werden. im augenblick wird haarp vom kongreß finanziert, also sollten wir dort wohl anfangen« – folgt der name des zuständigen kongreßabgeordneten im verteidigungsausschuß und eine lange liste mit staatlichen und halbstaatlichen einrichtungen, verbänden, komitees, denen man mit »briefen, faxen, emails und persönlichem kontakt« auf die pelle rücken kann, von der national telecommunications & information administration und der air force über das bureau of indian affairs – klar, die rechte der ureinwohner werden durch technische megaprojekte in mehr oder weniger freier natur in den usa sofort berührt – und die fischereibehörde von alaska bis zur ölfirma alyeska und dem nationalparkbüro. ich schau mir das alles artig an, les es durch, exzerpier auch die auffälligsten sachen, und erst dann frag ich konstantin, was davon zu halten ist – er wird nämlich grantig, wenn man das fragt, bevor man einen leseauftrag ausführt, »benutz deinen eigenen kopf«. ich frag ihn, ob das denn gut oder schlecht ist, dieses auffordern zum briefchenschreiben, weil ich mich erinner, daß er irgendwann mal gegen bürgerinitiativen gewettert hat. die antwort fällt überraschend ausgewogen aus: »es kommt ja nun ganz darauf an, siehst du. bürgerinitiativen sind gleichsam ein instabiler aggregatzustand – um mich physikalisch auszudrükken, für die zukünftige physikerin – des politischen, das heißt: sie sind so etwas wie eine opposition, die nicht opposition bleiben kann, auf dauer – früher oder später muß sie revolution werden oder eingemeindet, oder sie wird untergehen. mit den bürgerinitiativen verhält sich das folgendermaßen: sie sind durchgangsstadien, gekoppelt an die partei oder nicht.« ah, da ist es endlich wieder, das parteichen.

»so haben wir dergleichen seit lenin sehen gelernt – die historisch größte und erfolgreichste bürgerinitiative in diesem sinn ist ja die gewerkschaft: eine schleuse. das heißt, wer, nun ja, nicht in der gewerkschaft vielleicht, aber doch in der, wie es dann eben heute heißt, bürgerinitiative tätig ist, strebt historisch in den letzten dreißig, vierzig jahren« – auch schön, wie so eine dekade einfach übern daumen geploppt werden kann, wenn man erst mal älter als achtzig ist – »immer entweder gerade aus einer partei heraus oder in eine partei hinein. die initiative ist vorstadium oder zerfallsprodukt. das konnte man schön sehen an den sogenannten neuen sozialen bewegungen.« wann das war und was das ist?

»in den späten siebzigern, frühen achtzigern ...« »sprich«, sag ich ein bißchen spitz, »knapp vor meiner geburt. kann ich nun wirklich nicht wissen, oder?« er übergeht das: »gegen kernkraftwerke, gegen berufsverbote, gegen autobahnen und startbahnen und für bürgermitbestimmung – also hauptsächlich kleine zirkel. demokratie, grundrechte, umweltschutz, im grunde dieselben ziele und dieselben methoden wie in der haarpliteratur. petitionen, demonstrationen, ziviler oder wie es damals hieß, gewaltfreier widerstand. sitzblockaden.« wie beim castor?« »so etwas, ja.« »und die partei ...« »tja, diese grüppchen waren zerfallsprodukte der k-gruppen und vorstufen von bunten listen, später grünen.«

»k-gruppen«, ich wiederhol das, damit er weiß, daß er auch das erklären muß. er hats schon mal erzählt, irgendwas mit china, aber er mault nicht, sondern schaltet es bereitwillig dazwischen: »als der sds – die na nennen wirs dachorganisation der studentenbewegung, achtundsechziger, wie man heute sagt, obwohl das wichtige alles siebenundsechzig passiert ist – als der sds zerfiel, haben die radikaleren eingesehen, daß man eine partei braucht. eine kommunistische par-

tei – aus all den gründen, die bei lenin und bei stalin stehen.«
ich roll mit den augen: ja, ich hab das heftchen noch, könntest du bitte

»also gründete man, ja, man könnte sagen, eben bürgerinitiativen – kleine protoparteien als sammlungsgruppen, die hießen dann auch meist just nicht partei, sondern, weil es keimzellen sein sollten, etwa bund oder gruppe oder aufbauorganisation, also das b in kb oder kbw, zwei der größten k-gruppen, k steht dabei für kommunistisch, dieses b bedeutet bund, und das ›ao‹ bei kpdao bedeutet aufbauorganisation – was da aufgebaut werden sollte, was diese bündnisse vorbereiten wollten, war eine zeitgemäße, neue version dessen, was die 1956 verbotene kpd zur weimarer zeit gewesen ist.«
»in der du drinne warst.«
»nicht in weimar, aber: ja. solang es sie gab. und aus diesen k-gruppen wurden dann . . . nun, sie wurden von der repression zerrieben, hauptsächlich mithilfe der berufsverbote, denn die meisten der studenten strebten ja nun mal nicht in die betriebe, sondern in den staatsdienst, da war in der sozialdemokratischen zeit ein, wie soll man sagen . . . eine hausse . . .«
»ein boom.«
»meinetwegen. studieren hieß, jedenfalls für linke: staatsdiener werden wollen. forschung, lehre und verwaltung. wenn man denen dann verbietet, den organisierten von diesen meine ich, etwa lehrer zu werden . . .«
»da gab es ein gesetz? wegen der kpd?«
»nein, das war etwas neues. radikalenerlaß, ausgeheckt von der spd unter willy brandt, niemand sollte in den öffentlichen dienst – also auch briefträgerei oder dergleichen –, der nicht, wie es hieß, die gewähr bot, jederzeit für die freiheitlichdemokratische grundordnung einzutreten . . .«

»aber der willy brandt war doch ein linker? ostverträge und so?«
»ein trotzkist, ein heuchler und verräter.« da frag ich lieber jetzt nicht weiter nach, ich kann den blutdruck steigen hören.
»nun, hast du nicht gesehen sind sie alle weg vom kommunistischen und in privatistischen kleinkram eingestiegen, zum überwintern – krötenwanderung, kernkraftwerksprotest. die ironie der geschichte indes hat es so gewollt, daß gerade diese neuen sozialen bewegungen und initiativen die kristallisationspunkte einer neuen partei wurden, also das vorfermentiert haben, woran die k-gruppen gescheitert sind.«
»die grünen.«
»richtig.«

den bogen kapiert, das argument, um das es ging, als er mich aufgefordert hat, den politischen appellteil der haarpsachen nachzulesen: »das interessante bei den haarpleuten ist also, ob diese geschichten so ein vorstadium sind – ob daraus etwas wird . . .«
»was diese zeit dringend braucht, ja: eine fundamentaloppositionelle organisation nicht irgendwo am rand oder in der dritten welt, sondern im zentrum des imperialismus, ausgehend vom kampf gegen dessen monströseste, auf eigenem territorium unternommene großverbrechen. da zuschlagen, da streiten, wo der fortschritt ist, im guten wie im bösen.«
das sagt er mir, als ob er eigentlich meint: sehr gut, claudia, setzen.
in mündlichem kommunismus bin ich spitze.

013044

bevor die leute den einfall hatten, löcher in die ionosphäre zu brennen, bevor sie, wie das lehrbuch sagt, sich zeit und raum mit auto, fahrrad und flugzeug gefügig machten, vor dem fordismus und dem taylorismus, vor erdöl, elektrizität und atomkraft, vor eisenbahn und dampfschiff, vor der chemischen und der textilindustrie, vor den uhren, den automaten und rechenmaschinen, vor dem bergbau und dem hüttenwesen, vor dem verkehr, vor steigbügel und feuerwaffe, wasserversorgung mit aquädukten und heizung, vor steinbearbeitung, kupfer, bronze, eisen, ackerbau und viehzucht im großmaßstab, war der erste einfall der leute, sich gegen SIE aufzulehnen, gegen IHREN heiligen namen und gegen die seele vom geschäft. und alle waren dabei, es sollte derselbe plan für die gesamte menge gelten.

als sie aus dem osten gekommen waren, von oben nach unten, vom land israel hinunter nach babel, sagten sie, das sei ein guter platz dafür; eine gelegenheit, sich einen namen zu machen, und was wir uns danach von unten holen, wird alles an diesem schauplatz verzehrt und verbraucht werden können. denn wenn der gerichtstag kommt, wird dieser ort widerstehen können, von diesem ort aus, dem sitz einer gerechten regierung für menschen durch menschen, wird der rest der welt wohltaten und nahrung empfangen, denn die können nicht aus dem himmel kommen, der ist zu weit weg, auf den wird niemand hoffen dürfen. außerdem werden wir, was den himmel betrifft, schließlich dort hinaufgelangen und eine schlacht schlagen, damit nicht noch einmal eine flut von dort sich über uns ergießt.
und SIE haben diese leute angesehen und gesagt: seht, sie sind ein volk und haben alle dieselbe sprache. weil sie alle

zusammenstehen, wird ihnen ihr vorhaben gelingen. WIR müssen sie alle zerstreuen, in alle richtungen sollen sie verlorengehen.

warum also ist deren eine sprache verstreut und zerschlagen und entstellt worden – weil sie alle in einer heiligen zunge redeten und diese sprache ihnen geholfen hat? denn der akt des aussprechens ist unerläßlich dafür, daß man seine absicht erreicht, wenn man als ganze gesellschaft handeln will. mit diesem geeinten willen und diesem werkzeug haben sie den bau gestützt, den sie zu errichten hofften. deshalb, sag ich, haben SIE ihre sprache verstört, um sie

013051

röhren und jaulen mir zu, »he, he süße guckma«, einer pfeift, die beiden mädchen tun so, als wäre es ihnen ganz wurst. die jungs stehen zu acht bis zehnt in einem ring, einem kreis wie in den amerikanischen filmen beim football, die mädchen kieksen in der mitte, überhaupt alles sehr amerikanisch bei unsern hiphopjugendlichen, und ich steh da wie festgeklebt, in meinem neuen weißen jäckchen, spezialpilotin der geheimstreitkräfte. »he he du süße!« ruft noch mal einer. ich beweg mich nicht, hände in den blousontaschen, und schau konzentriert auf den eingang zum glasturm, in dessen oberstem stockwerk die doofe »lounge« leuchtet und blitzt, wo stefanie grade noch feiert und, zitat: »abhottet«, jetzt aber hoffentlich bald runterkommt.

was mach ich nachts um elf am hauptbahnhof, mitten in der woche? angeblich toastbrot kaufen, das hab ich jedenfalls konstantin erzählt: er hat keins mehr, die speisekammer und der kühlschrank sind in traurigem zustand, und morgen früh muß ja irgendwas da sein. jetzt, wo die bäckerei in seiner straße zugemacht hat, kann man nur noch vorkaufen, im supermarkt oder eben hier – in wirklichkeit bin ich noch mal raus, weil stefanie mich angerufen hat, ich soll sie heimfahren, da sie sich allein nicht mehr in die bahn traut, die raus in ihr zugegebenermaßen nicht besonders gepflegtes viertel fährt – angst hat sie allerdings erst, seit diese geschichte mit der jungen russin passiert ist, aber ich glaub, sie will mich auch einfach noch mal kurz sehen, ein sentimentalitätsanfall, den ich gut find. na sie klang schon ziemlich angeschickert, wer weiß ob

die mädchen haben ihre rapper wieder einigermaßen im griff, als ich das nächste mal hinguck, nur einer pöbelt noch was rüber, dann teilen sie ihre zigaretten neu auf – der mit dem barett und dem weißen wollschal gibt aus, er ist der dandy und finanzier der truppe – und ziehen schließlich weiter; wahrscheinlich haben sie ausdebattiert, ob sie sich die lounge leisten können, und schließlich dagegen entschieden

»clautschi? he!« hätt ich mir denken können, sie ist nicht allein da, sondern hängt an ralfs arm. er nickt mir zu, stumm wie immer, und ich spür einen kleinen ärgerstich in der milz oder wo: warum fährt der sie denn nicht heim – oh, alles klar: weil er wieder reingeht.

»ich job da oben, weißt du«, entschuldigt er sich bei mir, und ich beschließ, mich erst später und allein drüber zu wundern, daß ein abiturient während der letzten schulwochen jobbt, wo er doch bald einen riesenhaufen ferien vor sich hat, in denen er soviel geld

»ich muß noch in den laden runter, stefanie.«

»hä wieso?« sie lächelt verzückt, völlig neben der kappe.

»toastbrot kaufen.« das findet sie witzig und zerkaut das

wort: »toastbroat. toast. broaat. geil geil geil.« mir ist die nummer lästig, hätts gern ein bißchen nüchterner und sag deshalb auf der rolltreppe: »sagma ernsthaft stefanie, wieso jobt n der eigentlich, kurz vor schluß?« »weiler mit zwei freunden auf tour fahren will, skandinavien, und das. wird. total. denkandent. teuer. toaastbroaaathihihi.«
»stefanie, hör auf, das nervt.«
»boah mensch clautschi weißt du, ich dachte, der ist irgendwie dumm und lahm, stimmt überhaupt nicht. der nimmt bloß total viele drogen. toootal viele drrrohuohuogänn!« die zwei wachmänner vor dem lebensmittelladen gucken osterinselkopfmäßig steinern zu uns her, ich freu mich sehr, daß stefanie so gut weiß, wie man auffällt, allein hätt ich das nicht so gut gekonnt, trotz neuem bomberinnenjäckchen.
ich nehm beim reingehn superbrav einen blauen plastikbehälter vom stapel, über dem das handgemalte schild »um missverständnisse zu vermeiden, nehmen sie bitte einen einkaufskorb« angebracht ist. der verschlafene dicke hinter der kasse sieht so aus, als ob er dieses schild nicht lesen kann. ich pack toastbrot in mein körbchen und schäm mich, daß stefanie mich lauthals dazu überreden will, einen albernen mitbringselschnaps zu kaufen, der begeisternderweise »bummstropfen« heißt – auf dem etikett liegt ein pärchen im bett, sie ist sauer, er schnarcht, und dazu steht der goldwerte spruch – stefanie liest ihn in bester laune vor: »nehm ich diese tropfen, bumms schlaf ich ein.«

denkadent wie es ist, neulich erst zum beispiel, als sie im pausenhof und in hörweite von zwei lehrern extrem wichtig mit mir diskutieren wollte, ob man »votze« mit v oder mit f schreiben sollte. sie macht das, weil sie glaubt, daß es mich schockiert, in wirklichkeit ärgert es mich bloß, wobei es andererseits vielleicht noch eine schicht drunter gibt, in der

ich bezahl das toastbrot und schieb, trag und schubs stefanie in die tiefgarage und ins auto.
auf dem sitz legt sie sofort den kopf an die scheibe und schläft ein – darüber bin ich erleichtert, denn bei mir ist gerade eine gefährliche phase: jetzt wo die sache mit meinem heimlichen geliebten futsch ist und für außenstehende fast keine spuren hinterlassen hat, jetzt, wo ich auch jemandem davon erzählt hab, ist die hemmschwelle irgendwie niedriger, gleich weiterzumachen, mehr leute einzuweihen, stefanie vielleicht oder thomas – konstantin gibt sich damit zufrieden, daß »es aus ist«, wie ich ihm gesagt hab, aber dieses zufriedengeben kommt mir lasch vor, ich hätt gern von jemandem ne dramatischere reaktion, die dem entspricht, was in mir immer noch rumtobt und mich eklige, heiße, kalte und schwindlige stimmungsschwankungen durchmachen läßt, die ich nicht zu zeigen versuch. ein glück, daß stefanie ratzt, bis wir vor ihrem bau ankommen, denn sonst wär ich

»endstation. vielen dank, daß sie mit uns geflogen sind.« sie hat natürlich nicht richtig fest geschlafen, war nur dösig – also reißt sie jetzt weit die augen auf, gibt mir einen ganz lauten wangenschmatzer und sagt: »ich liebe euch alle auf extra schön super arschwarmem twwooouäöäöohhstbrooöäääaaht!«, bevor sie aus dem auto mehr fällt als steigt und dann zur haustür stolpert, die aufschließt und das licht anmacht. erst als die tür zu ist und sie nach oben verschwindet, fahr ich los. ich bin ja schließlich verantwortlich, daß sie auch

013055

ob ich mir von IHNEN einen engel wünschen darf, in persilsauberem leintuchkleid, mit einem breiten schwert, um dessen klinge flammen tanzen, der an meiner schwelle steht und mich bewacht, bis ich mich entschieden habe, wer ich sein will ? der gute kerl hat seine gäste nicht herausgegeben, mich aber investieren die alten in alles, in ihre träume und absichten, für sie soll ich studieren oder kommunistin werden, ich wäre lieber bloß eine bitch, deren wünsche man nicht ignorieren kann. können SIE mich dahin führen, kann mich einer IHRER engel dahin begleiten oder eben, siehe, mich bewachen, bis ich weiß, was ich brauche, wo es ist, um selber dahin aufzubrechen ?

013060

haus ist aufgeräumt, kein licht, keinen herd oder sonstwas hat er angelassen, warum soll er nicht nachmittags mal weg sein, vielleicht ist ja wieder sein bizarrer doctor zu besuch oder sonst ein scharfer sowjetagent. nach einer stunde rumlesen erst in der king james, dann in der deutschen lutherbibel aus konstantins bibliothek – sie steht in der ecke mit irgendwelchen monsteralten hardcorephilosophen, die für mich absolut mit null bedeutung behaftete noble namen wie »pierre bayle« und »henry sidgwick« haben – geb ich meinem äffchen zucker und schalt die nachmittagstalkshows ein. agga agga grunz furz stink wichs wurstel schrei ugga gaggi waggi wubbi. nicht sehr gebildet wird da der letzte rotz aus

nach dem ziemlich schlimmsten, was fernsehen bietet, ist es halb sechs und der hausherr immer noch abgängig. bei so was merkt man erst, wie das stört, daß die alten alle keine handys haben, oder sie nicht überallhin mitnehmen, wie sich das gehört – papas liegt meistens auf seinem schreibtisch, auch und gerade wenn er in der redaktion ist, das führt er eigentlich nur am samstag im edeka mal gassi.

ich weiß nicht, wo konstantin steckt, und das breitet sich erst als dumpfes mangelgefühl, dann aber zunehmend als irritation, schließlich als panik in mir aus: hätte er nicht einen zettel hinlegen müssen? hat er doch auch bei jedem spaziergang gemacht, als das letzte mal so großer stunk zwischen mir und den alten war, daß ich drei tage am stück hier gewohnt hab. aber drei, nein: inzwischen schon vier stunden, das kann man hier in der siedlung eigentlich gar nicht totschlagen, da muß er schon mit dem auto los oder in einem öffentlichen verkehrsmittel. ok scheiße auto hat er keins, bus und bahn benutzt er nicht gern, was kann so dringend

daß ich um zwei, spätestens drei auftauche, das hat er ja gewußt! ich tiger durch das große wohnzimmer, steh betäubt vor seiner arbeitsnische, stell die bibel zurück und hol sogar den herrn bayle und sein weltwichtiges antikdings »historisches und kritisches wörterbuch« raus, blätter drin rum und les: »xenophanes. xenophanes, ein griechischer philosoph, geboren in kolophon, war einigen zufolge ein schüler des archelaos.«
aha einigen zufolge, ist ja interessant, das werden so welche sein. und kolophon, ich dachte, das wär n satzzeichen – ich stell den bayle wieder ins regal und reg mich jetzt wirklich auf, weil mir überhaupt nichts mehr einfällt, was ich tun könnte, um meine besorgnis

nämlich daß konstantin nicht nur alt ist, sondern irgendwann weg sein wird, auf deutsch: tot, und zwar nicht erst in dreißig jahren, sondern ziemlich sicher bevor ich jemals kinder haben werd. der gedanke ist so glatt, daß ich ihn nicht anfassen kann, außerdem kommt es mir vor, als würd ich mich dran schneiden, wenn ich das versuch, aber the sun ain't gonna

tick ich denn noch? ich renn nach oben, das bad ist heller, hat ein größeres fenster als das unten.
»claudia? bist du das?« – ganz normal, durchdringend, kein bißchen zittrig oder todesnah.
es ist alles in bester ordnung. stalin hat auf ihn aufgepaßt.

»nun ja, also es gibt ja bekanntlich diese jahreszeiten – daß es im winter ständig dunkel oder hell ist, ich weiß auch nicht genau. und wenn man nachts eine schlafbrille aufsetzen muß, nun, dagegen hätte ich weiter nichts einzuwenden, ich benötige ohnehin nicht allzuviel schlaf, aber wenn es ständig stockfinster wäre, das würde natürlich den gesamten zweck der expedition, die besichtigung dieses verbrecherischen schandflecks, völlig zunichte machen.«
»und das fällt dir jetzt ein, so kurz vor der abreise?«
»ich werde eben langsam senil. was gibt's zum abendessen?«
»vorwürfe.«

ob ich denn keine antwort verdient hab, da merk ich, daß er mir schon eine gegeben hat, die er jetzt aber wiederholen muß, weil sie zu leise war: »auf dem friedhof war ich.«

013066

wer ich eigentlich bin, wenn nicht einfach die zeichnung, die thomas von mir

013069

tine königer unter der treppe, sie bemerkt mich nicht, hat ihren ipod in den ohren und singt eins von ihren japanischen liedern leise mit, es klingt wie:

hey my baby wakatte ita no yo mae kara
hiki tometai no kokoro
you're my special you're my bad boy
muo ichido sou mitsume naoshite hoshii

und plötzlich mag ich tine, die garstige, die verhaspelte, die stefanie gegenüber so eklig devote, weil es ja doch eine tine gibt, die sich nirgendwo reinschleimen will, sondern in ihrer eigenen seifenblase ihrer eigenen idee davon nachhängen kann, wie es wäre, eine japanische popmusikprinzessin zu sein.

das ist kein zufall gewesen, daß ich hier runtergekommen bin auf dem weg zum spanier, während dem unterricht (angeblich muß ich aufs klo), nein, das hat einen sinn, daß tine (freistunde? stemmen?) hier hockt und mich nicht mitkriegt, das ist eine kleine vorfühung, arrangiert von IHNEN, stimmts? damit ich lerne, daß die andern nicht weniger eigen sind als ich, daß man durch das fiese und intrigante durchgucken muß, um den menschen nicht zu verlieren. daß jede seele verdient, gerettet zu

013071

bin ganz kiebig, als ich den gang runtergeh und ihr zimmer such

das ist alles nicht so, wie es gehört, die welt spinnt: wieso liegt sie nicht in der uniklinik, was soll denn dieses total abgelegene elisabethenkrankenhaus hier, und wie kommt sie überhaupt dazu, erst ralf, dann dieser unsinn, wieso macht sie das, mir zuleide oder nur aus totaler unüberlegtheit?

sie liegt allein auf ihrem zimmer und lächelt so gottserbärmlich, daß ich auf die knie fallen, hinrutschen und ihr wie ein hund die hand ablecken will: »stefanie«, sag ich ganz kleinlaut, »was machst du bloß für scheiße.«
»ich bin eine wilde und ungebärdige generation oder so«, sagt sie und freut sich sichtlich, daß ich da bin. ich geh hin und beug mich drüber und küß sie auf die stirn, dann hol ich mir einen stuhl ran und zieh die stirn kraus, weil mir nicht gefällt, was sie da gleich schon wieder abwiegelndes von sich gibt, mit so einer verlöschenden tuberkulosestimme, die ihre worte lügen straft: »das ist alles gar … nicht so schlimm. ich hab halt … ich nehm ja tabletten, das weißt du eh …«

stimmt, wegen irgendwelcher »gemütsprobleme«, wie ihr dummer vater wichtigtuerisch gesagt hat, eins von wahrscheinlich nur drei hochdeutschen wörtern, die er überhaupt je gesprochen hat – seit sie vierzehn ist nimmt sie die, als sie mal auf einem weihnachstfest mit der lieben familie ausgerastet ist und irgendwas kaputtgemacht oder irgendwen verletzt hat, ich fands immer uncool, genauer danach zu fragen. dafür weiß ich noch, was es für einen tanz gab auf der skifreizeit vor vier jahren, als die betreuer routinemäßig unsere zimmer gefilzt und ihre medikamente gefunden haben, von wegen was das denn für drogen wären, und sie hatte natürlich kein rezept und nix da und weigerte sich, die nummern ihrer eltern an deren arbeitsplätzen rauszurücken, weil beide immer total sauer sind, wenn sie da gestört werden – bis abends haben sie stefanie in einen raum neben dem speisesaal gesperrt, dann war ihre mutter endlich daheim und hat die sache aufklären

»stellt sich raus«, sagt stefanie und schaut lächelnd mit entrücktem sehnsuchtsblick an mir vorbei ins blendend helle fenster, »daß sich das nicht so gut verträgt mit den andern pillen, die ich von ralf habe hihi.«
»sind auch verschreibungspflichtig, was?« erinner ich an unser gemeinsames tablettenabenteuer. sie maunzt ein klägliches geräusch und sieht mich dann durchdringend an, mit ihren klaren blauen augen, die in den neuen schicken dunklen höhlen noch intensiver strahlen als eh schon: »du sagst keinem was, von ralf, ja? daß es wegen drogen ist, wissen sie, das habe ich auch zugegeben.«
ich geh nicht drauf ein, ich hab gar keine lust, komplizin zu werden, schon gar nicht von diesem sack, der nur durch den mund atmet. statt dessen greif ich ihre verharmlosungsnummer an: »ich hab gehört, du hattest einen herzstillstand . . .«

»bah«, macht sie dünn und heiser, »ein kreislaufkollaps, höchstens. bin selber schuld, clautschi, ich war total dehydriert, hab zwei stunden durchgehottet und keinen tropfen getrunken.«
»du dummerle«, sage ich sarkastisch, sie kriegt hier keine chance, alles auf sich abzulenken. »da hättest du wohl besser aufpassen sollen, beim einführungskurs, den dir dein supertyp gegeben hat.«
sie schaut mich stumm an, wie vergebend, mit diesen schönen augen.
»ja, prima«, sag ich, ganz genervte mutter, »ich weiß, du bist erwachsen und entscheidest selber, und ich kenn ihn ja auch gar nicht, außerdem war, glaub ich, ich diejenige, die sich bei dir für ihn ... für ihn eingesetzt hat oder wie das heißt. als du ihn noch miefig fandest. aber er muß ja gar kein schlechter ... charakter sein, um nicht trotzdem, ich weiß nicht, für dich ...« »auf mich einen sauschlechten einfluß zu haben«, jetzt lächelt sie nicht mehr nur, sondern grinst – es sieht leicht mardermäßig aus, die zähne sind so klein, das ist mir noch nie aufgefallen, das zahnfleisch ist normalerweise wahrscheinlich auch dunkler.
»brauchst du gar nicht drüber lachen. ich weiß schon, du findest ihn denkadent und deshab toll.« daß ich das doofe wort über meine lippen bring, ist ein friedensangebot. sie geht drauf ein: »schon okay. ich übertreibs wirklich – im krankenhaus liegen, das muß nicht sein.« »versprochen?«, sie soll ruhig merken, daß ich sie brauch.
»versprochen.«

das fenster öffnen, zum lüften

013074

gerüstet zu sein für alle guten werke, weil ich die bibel kenn, aber wo in der bibel wird vom eis gehandelt und vom schnee? die front zu halten im klammsten und glatten, wo die falsche ernährung die einzig mögliche ist – eskimomädchen, hab ich gelernt, erreichen die menarche erst mit zwanzig, bei uns ist das alter gesunken, sinkt seit jahrhunderten, je besser und gesünder wir leben, im neunzehnten lag es noch bei fünzehneinhalb jahren, jetzt liegt es bei zwölf komma sechs, bei mir wars zwei monate nach dem dreizehnten geburtstag. sind die eskimomädchen froh, daß sie mehr zeit haben?
natur ist betrug, while this area will be closed to all forms of land entry which leads to appropriation of the title to the surface, it is our intention to permit the land to be opened to mineral leasing – oil, gas, potassium, sodium, phosphate, oil shale, und so hat alaska die jungfräulichkeit verloren, das war 1957, unter eisenhower, schmutziger schnee, furcht, schlechte nahrung.
menschen, bärinnen, alles ist weiß.

013078

»der hat schon wieder angerufen für dich, dieser … förster, ralf förster. ist das ein verschmähter liebhaber?« kumpelt papa mich an, als ich vom plattenkaufen zurückkomm, und damit wird es endgültig störend – das handy probiert ralf nicht, das heißt, entweder hat ihm steffi, das gute alte lachschwein, die nummer nicht gegeben, oder sie weiß überhaupt nichts davon, daß er mich zu erreichen versucht, behelligt belästigt be

»wenn er noch mal anruft, gib mir den hörer, dann ruft er nicht mehr an«, sag ich düster und verabschied mich vom grummelvater, mama ist nicht da, kauft heute groß ein, malutensilien, grusel, hoffentlich ist das jetzt nicht, mit verzögerung, der johannaraucheffekt. an meinem dummen auto steht menschenschunsetsralf, der abgesandte von präsident schorsch bunsch, sauber gewaschen, gekämmt und geleckt, und sagt: »hallo. wir sollten uns mal unterhalten.«
»ich wüßte nicht, wieso«, sag ich und mach ihm mit blicken klar, daß er den weg zu meiner wagentür räumen sollte, wenn er nicht will, daß ich »vergewaltigung« schrei. »claudia. ich weiß, daß du nix von mir hältst, aber ich wollte dir sagen, daß du die geschichte falsch siehst.« mit soviel eloquenz hätt ich nicht gerechnet; das ist für diesen typen fast ein bühnenmonolog. nenn mich dämlich, es verfehlt seine wirkung nicht – ich fühl mich zwar plötzlich beobachtet, als ob ich mich mit einem unberührbaren unterhalte, vielleicht steht ja papa oben am fenster und guckt durch die gardine (klar, bestimmt, und dann setzt er seinen tragbaren minihaarphelm auf und liest meine gedanken), aber ich wink dem herrn förster, er soll ums auto rum und drüben einsteigen.
»wir gehen was trinken«, sage ich fest und bestimmt, damit er sieht, wer hier die situation beherrscht, ah ist ja lächerlich. weil mir nichts besseres einfällt, fahren wir zum café bei der schule, wo er bestimmt noch nie war und ich seit jahren mit seiner freundin abhäng.

alles ändert sich andauernd: aus dem café ist über nacht ein FACHGESCHÄFT FÜR TAUBSTUMMENBEDARF geworden, nah dem glaskasten mit den dicken torten sitzt der sechsköpfige RENTNERBERG, frißt methusalemkompott, SCHREIT und LÄSST SICH ANSCHREIEN: »FRÄULEIN ich hatte ZWEI STÜCK bestellt, ZWEI STÜCK, FRÄULEIN!« daß ralf das mitkriegt, als er sich mit mir hinsetzt, aber nichts sagt und nichtmal schmunzelt, nimmt mich für ihn ein, es wär leicht gewesen und typisches jungsgeschleime, da jetzt einen witz und damit bei mir gut wetter zu machen.

er bestellt cola, weil ich herausfordernd kirschwasser bestell, und sagt: »klingt wie ne ausrede, aber ich habe ihr nix gegeben, nix verkauft, obwohl sie gebettelt hat. ich seh das, wenn jemand nix verträgt, und stefanie verträgt nix. sie hat es sich von jemand anderm besorgt.« »von wem?« frag ich, als wären wir auf der wache und ich schreib ein protokoll.

»ich weiß es noch nicht.«

»und wenn dus weißt, was machst du dann?«

»dann hau ichn vor die fresse.«

»und was soll ich jetzt dazu sagen? was willst du haben, meinen segen?« es fällt mir schwer, nicht an ihm vorbeizugukken, denn die sonne scheint scharf wie seit wochen nicht, die dächer draußen kriegen funky ränder, da ist musik, ich will hier nicht sitzen bleiben mit diesem typen. er sagt: »nee, aber ich« – er spricht es wie »isch« aus, richtig, wenn sie markig werden, versuchen sie, wie ausländer zu klingen, ein männlichkeitszeichen, »brauch den ganzen ärger nicht. wenn du sagst, ich hätt ihr das eingebrockt, dann sagen es alle, und dann hören es die lehrer, und dann versaut es mir den abschluß.«

okay, das motiv kann ich glauben. ich bestell nichts mehr, als er die zweite cola verlangt, soll er doch sitzen bleiben, wenn wir fertig sind. soll er überhaupt sitzenbleiben: »du willst ein leumundszeugnis?«

»isch mach dirn deal«, da muß ich jetzt aufpassen, daß ich nicht lach, irgendwas sagt mir, daß dieser junge imstand ist, mir sonst eine zu feuern, »isch sorg dafür, daß es aufhört. mit ihr und dem zeug. sie darf mich erstmal nicht mehr sehen, und ohne mich kommt sie in keinen laden rein.«

»so wichtig bist du in diesen läden, ja?«, ich sag das nicht ganz so mokant, wie ich mirs ausgedacht hab, aber skeptisch genug. er zuckt mit den schultern: »ich und meine freunde bringen jedenfalls mehr umsatz als stefanie. und wenn sie vernünftig wird, will ich sie wiederhaben.« ist das ein stierkämpfersound hier, süß, ey der hat sie doch nicht alle.
»mach, was du willst. ich habs mir angehört«, damit leg ich einen geldschein auf den tisch – hoffentlich den richtigen, ich schau nicht noch mal drauf, es wär nicht ladylike – und steh auf. er sagt, sehr leise: »ich weiß das mit dir. das mit dir und dem hermann.«

ich setz mich wieder hin, wie runtergedrückt, und starr seine glänzende stirn an. ich würd ihn gern verschlucken, und mir ist auch schon wieder nach lachen, aber ich sag: »ich weiß nicht, was du meinst. hast du das von stefanie?« daß die was bemerkt hat, ohne es mir mitzuteilen, ist zwar unvorstellbar, aber wie soll er sonst drauf gekommen sein?
»du denkst, isch bin blöd. is okay«, er hat sogar so was wie nonchalance drauf, »aber isch bin nisch blöd. isch will dir nix tun, du willst mir nix tun. is okay«, wiederholt er, es klingt nach zollbeamten: weiterfahren. er legt einen zusammengefalteten zettel neben meine hand, ich zuck nicht zurück, sondern nehm ihn – was ist da drauf, eine erpressersummenforderung?
ich überleg, ob es noch einen satz gibt, den ich sagen kann, ob ich den vielleicht im hals stecken hab wie ne patrone in der revolvertrommel, denn im hirn ist leider gar nix.
ich grins, es sieht bestimmt wächsern aus. ich steh wieder auf und geh raus, ohne noch einmal nach ihm zu sehen. »jetzt hat er sich aber danebenbenommen, der galan!« kreischt eine von den alten.
»ach fick dich doch!« lob ich sie dafür und taumel raus in die hohe

013096

»es wäre sowieso unmöglich. dein hirn? deine gedanken? viel zu durcheinander. wie willste das lesen, geschweige manipulieren«, er lacht, und auch ich muß lachen, aber nicht über seinen gehässigen witz, sondern vor freude, weil ich mit ihm red. weil es ihn gibt, meinen besten menschen, meinen superbruder, und er immer noch so beiläufig die luft aus allem schweren lastenden budenzauber rauslassen kann, der mich bedrückt, als wärs wie zu den besten zeiten unserer

»nein, ich meins ernst«, bekräftigt er, »ich hatte das neulich hier mit hartmut, du weißt, meinem neurologenfreund.«
»froind. meinem frooihnd«, maul ich röhrend rein, damit er weiß: auch ich kann peinlich werden, er braucht sich da gar nicht

»und zwar werdet ihr immer eulenmäßiger, ihr teenager, je näher das zwanzigste lebensjahr rückt, das heißt, das ganze gehirn, das gesamte zeitempfinden ...«
»pfrrr«, mach ich, aber er läßt nicht locker: »circadischer rhythmus, chronotyp ... wirklich, das ist eine der auffälligsten sachen in der pubertät, also im durchschnitt, die abweichungen sind ... ihr bleibt immer länger auf, die kernschlafzeit verschiebt sich, und das hat öhm dieselben folgen wie bei schichtarbeitern oder ich weiß nicht ... depressionen, angstattacken, auch essstörungen, euer immunsystem wird angegriffen – die hälfte aller leute, die am steuer eines autos bei unfällen sterben, sind zwischen sechzehn und fünfundzwanzig jahren alt. ich meine, wir brauchen ja alle licht, verstehst du, morgens, um unsere circadische uhr einzustellen. ihr kids – ihr geht in die schule, machmal in, naja, völliger winterdunkelheit, und seht kein natürliches licht bis spät am

tag, ein uhr nachmittags, und abens haltet ihr euch in beleuchteten räumen auf ... aber sogar in einem gut ausgeleuchteten raum kriegt man, ich weiß nicht, 400 lux oder so ab, und das vergleich mal mit den 10000 lux selbst an einem bewölkten, regnerischen tag, oder 100000 lux, wenn es, na, wenn die sonne scheint ...«

»der reine luxus.«

»nee, mensch ...«

»schon klar. ich verdurste! photonenmangel, arrrhhh!«

»nee echt, aber man kann das nicht ändern. biologische uhr. man sollte eure schulzeiten ...«

»genau, das sagt stefanie auch, ganz ohne wissenschaftliche begründung.«

»also komm, nimm es ernst: die zeitzone pubertät ist eine ganz andere. gilt auch für tage, wochen, monate ... da kommt einiges durcheinander, gestreckt, gestaucht, ich meine, wenn man direkt abfotografieren oder protokollieren könnte, was in so einem jugendlichen hirnjahr an schwerstwiegenden ...«

»praktisch wie permanenter jet lag, hm?«

noch weiter so, von wegen daß der präfrontale cortex ja unreif ist, und viele schlechte entscheidungen und riskantes verhalten sich vielleicht

mri-studien, die beweisen, daß adoleszente nicht so effektiv wie erwachsene dabei sind, wenn es darum geht, diejenigen bereiche des hirns zu nutzen, in denen das »working memory«

aber natürlich: »die umwelteinflüsse, ich meine, ich bin der letzte, der so einen stumpfen hirnforschungsmaterialismus öh monismus vertreten will, es ist ja andererseits auch ne tatsache, daß sich das hirn vom sechsten lebensjahr an größenmäßig nicht mehr arg verändert, es hat schon zu neunzig prozent seine spätere größe und ist genügend ausdifferenziert, um, na ja, ich meine nur . . .«

er meint nur, ich soll auf mich aufpassen.
so ist er, so hat er ja für mich stets überallezeit

damals in südfrankreich an diesem dings, wie hieß das, le port, als das fest zu ende war und ich bin vom boot gefallen. statt daß sie mir geholfen haben, wie sie da alle an der reling standen und gelacht haben und auf mich gezeigt. papa hats gefilmt mit seiner dämlichen super-8 kamera, am lautesten war thomas, auf und ab gesprungen isser, ich war so wütend und dann die scham

aber als ichs geschafft hatte, mich an land zu ziehn, aus eigner kraft, und er meine beine gesehen hat, das ganze blut, aufgeschnitten an den muscheln und harten ablagerungen der holzwand, da hat er alle angeherrscht, und sie weggescheucht, und mir hochgeholfen, er war richtig böse auf die alten und alle, die noch witze machen konnten, mein thomas. hat mich ins bad gebracht und abgewaschen, die wunden sauber ausgespült, ich hab so geschrien vom jod, kleines dummes mädchen, trotzig und zornig auf ihn, der mich verbunden hat und ins bett gebracht

mich beschützt

später, beim skifahren beim streit mit den jungs von gegenüber beim liebeskummer, mich beschützt

immer. er fehlt mir immer. jeden tag, auf all meinen

»du solltest ... wir sollten uns öfter sehen, hm?«
er stimmt mir zu: »ich hab schon probleme, glaubst du das, mir dich vorzustellen, wie du da ... ich mein, in deinem alter ...«
»als ob das so weit auseinanderläge ...«
»nee, aber, also als ich telefoniert hab den ganzen tag, mit meinen leuten da, mädels und kumpels und ähm ...«
»frooiihnden ...«
»da hab ich immer probleme gekriegt mit der telefonschnur, mit dem kabel vom hörer, eh claudia, ich sag dir, das war immer ein ... ich hab ihn dran hängen lassen, den hörer, nach jedem gespräch, und dann drehte es sich ne viertelstunde, bis das wieder klar war mit dem ringelzeugs. so würde ich mir dich jetzt vorstellen wollen, wie du mit dem finger da in dem kringelringel rumdrehst und fummelst, aber das ...«
»das gibt's nicht mehr, das ist alles drahtlos. das wird heute gar nicht mehr hergestellt.«
»ja, seufz, nich?«
»ja. seufz.«

jeden tag, auf

aufgelegt

V.

01322

meine schuhe drücken mich auch, vorn an den zehen, es war eine sehr dumme idee, diese spitzschuhmode mitzumachen, das steht vielleicht stefanie, aber nicht mir, ich watschel damit wie ne ente. kindersex – also bei mir ist es ja ganz anders, als die leute immer behaupten, ich erinner mich an alles bis zurück ins dritte lebensjahr total genau, auch sogenannte verfängliche situationen, wir sind im urlaub in frankreich ja alle nackt rumgerannt, aber es hat mir nicht geschadet, auch wenn ich dazu heute jedenfalls keine lust mehr hätte. papa immer mit seinem großen schwanz, das fand ich eher lächerlich, und auch mein bruder hat sich dafür nicht interessiert, also daher kann es nicht kommen, daß er schwul ist, und sicher hat es auch nichts mit meiner kindheit zu tun, daß ich mich, wenn stefanie und ich mal mit der straßenbahn statt mit meinem wagen in die stadt fahren am samstagabend zum clubbing, immer auf sie so halb drauflege, wenn sie einen sitz erwischt, als wäre sie mein kanapee, nee zum glück steht konstantin auf marx und nicht auf freud oder jung, sonst würde ich bestimmt andauernd analysiert um himmels

01325

es deshalb also um die rechtfertigung, daher auch der name »zeugen«, sie treten nämlich für SIE in den zeugenstand und sagen: nein, der mensch kann sich eben nicht selbst regieren,

das ist nur, was satan ihm einredet. satan, luzifer, lichtbringer: better to reign in hell than serve in heaven, diese ganze einstellung, non serviam, ziemlich pubertär eben, paßt mir gut, kann ich mich leicht reindenken.
jan sagt, damit spaßt man nicht, was soll er sonst sagen? »es geht ums prinzip«, wie stefanies vater immer schimpft – also die gesamte unheilsgeschichte ist eine abstrakte auseinandersetzung um die göttliche legitimität; so hab ich das von den kirchenchristen noch nie erklärt bekommen, es klingt fast wie neue geschichtsphilosophische thesen von konstantin: durch die rebellion gegen GOTT im garten eden, sagt jan, sei eine streitfrage aufgeworfen worden – als adam und eva die verbotene frucht aßen, ging es nicht ums konkrete der übertretung, sondern um die aberkennung IHRES anspruchs, den menschen vorschriften zu machen. ihr werdet sein wie GOTT, der spruch der schlange, sollte bedeuten: ihr könnt regieren. nämlich die welt, nämlich euch selber. hat GOTT das recht, der absolute herrscher über die menschheit zu sein, dürfen SIE für uns entscheiden, was gut und schlecht ist? deshalb dann alles, was danach kam, inklusive jesus, dessen opfer, himmelfahrt, und daher am schluß auch der weltuntergang in form des gerichts.
haarp und hybris: jedes riesenprojekt dieser art sagt, wir kriegen den planeten in den griff, das wetter, das denken, die militärischen zwistigkeiten.

jans weltbild ist in sich so stimmig und triftig wie konstantins; der eine sagt: unterwerft euch dem gesetz derjenigen macht, die alles verursacht hat und also auch alles beherrschen kann, der andre sagt: lernt auch das noch zu beherrschen, was bisher nur »naturwüchsig« über euch verhängt ist, nämlich eure gesellschaft und deren entwicklung. alles dazwischen kommt mir vor wie nicht zu ende gedacht.

ich erzähls konstantin, er sagt: »ja, das ist der entscheidende vorteil der jugend, daß man klare alternativen sieht und entscheidungen treffen will. später hat man nur noch vor allem muffensausen und möchte, wenn einer fragt, was ist denn nun, entweder oder, immer nur antworten: am liebsten hätte ich meine ruhe und möglichst wenig mit dem tod zu tun.«

01|3|28

überhaupt krieg, denk ich, das heißt, definition: die bereitschaft und die zuversicht, probleme politischer art mit gewalt zu lösen, ist die antwort derjenigen menschen, die am sichselberregieren festhalten wollen, auf die differenzen und zerwürfnisse, die aus der zerstreuung der völker, der verwirrung der sprachen zu babel resultieren. deshalb sind echte christen, auch die zeugen, notwendig pazifistisch drauf, denn sie brauchen IHNEN keine freche gewaltantwort zu geben, da sie ja der meinung sind, SIE hätten das recht dazu gehabt, die völker zu zerstreuen und die sprachen zu verwirren. zu meiner großen überraschung widerspricht mir jan: die zeugen JEHOVAS sind keineswegs gegen den krieg. ach, und ich hab immer gedacht: schwerter zu pflugscharen? und haben IHRE gehorsamsten leute nicht jede menge schwierigkeiten wegen wehrdienstverweigerung etcetera?

jan sagt, das seien zwei verschiedene dinge – natürlich müsse ein zeuge strenge neutralität in irdischen konflikten wahren, denn er ist (dazu schreibt er mir johannes 15: 19 und matthäus 26: 52 auf) kein teil dieser welt, sondern ein mensch, den der erlöser gemahnt hat, daß die, welche zum schwert greifen, auch durch das schwert umkommen. GOTT erledigt seine händel selber, die christen sollen nur zeugnis ablegen,

also nicht gegen GOTTES feinde in den krieg ziehen (matthäus 21: 14, 28: 19,20 und 5: 9, römer 12: 17-21). sehr wohl aber hat GOTT nicht nur das recht, krieg zu führen (2. mose 14: 13,14; 15: 1-4; josua 10: 14, jesaja 30: 30-32), sondern es haben sogar schon menschen in GOTTES namen legitime kriege geführt, nämlich die israeliten, zu der zeit, da ihr volk noch das auserwählte war – psalm 144: 1, apostelgeschichte 7: 45, hebräer 11: 32-34. das hat sich allerdings grundlegend geändert, seit jesus ist die erlösung auch zu den heiden gekommen, das heißt zu allen, die an ihn glauben und seinem wort gehorchen. es wird einen letzten krieg geben, den der engelarmee am tag harmagedon (offenbarung 16), der wird überhaupt nicht lustig. ich bin beeindruckt und freue mich über den bibliographischen zettel, les alles nach und frag dann konstantin, wie er die sache sieht. erstens: »schon deine definition ist kindisch, claudia. bereitschaft und zuversicht zur gewaltlösung? krieg ist eine handlung und ein ereignis, keine einstellung, du bist idealistin, wenn du etwas anderes glaubst. als handlung und ereignis dient krieg bestimmten zwecken. sie werden manchmal erreicht und manchmal nicht, sind den verwendeten mitteln kommensurabel oder nicht, schlagen auf den handelnden zurück oder nicht. mehr ist nicht dran. krieg ist nicht die antwort in einer debatte mit GOTT, sondern ein menschliches verhalten. ob er richtig ist, nützlich, fortschrittlich gar im rahmen des historischen gesamtprozesses, hängt davon ab, was er bewirkt, das weißt du hinterher, wie im leben alles. ich dachte, du bist eine wache junge frau, und jetzt redest du daher wie irgendein karl jaspers. ich bin enttäuscht.«
karl jaspers? kommensurabel? ich weiß zu wenig.
was ich gern wüßte: wie denn nun wirklich SIE das sehen.

013131

»du bist ein demenzidiot, das bist du!«
keine einzige auch nur einigermaßen aktuelle rechnung im haus, alles nur von 2002, 2003, mit abgetrenntem überweisungsteil, und wie soll man das dann bitte klären?

»vielleicht rufst du überhaupt besser erst bei der telekom an und ...«
»was ich nicht kapiere, hilf mir mal«, fall ich ihm ins wort und freu mich gleichzeitig sehr darüber, daß solche sachen offensichtlich auch schon früher vorgekommen sind, denn was ich jetzt in händen halte, aufgefunden zwischen einem blauen band der werke von marx und engels und einer broschüre von einem herrn mit dem drolligen namen hans heinz holz, ist eine mahnung aus dem jahre 2003, auf der sich immerhin ein buchungskonto und eine kundennummer finden, ok das bringt uns weiter, »was mir aber wirklich ein rätsel ist: wie kommt jemand mit deinem vermögen und deiner schusseligkeit dazu, sich rechnungen schicken zu lassen, anstatt daß das wie bei jedem normalen menschen, der einigermaßen liquide ist, einfach vom girokonto abgebucht wird?«
»ich habe«, das bringt er jetzt ganz würdenträgermäßig, »gar keine lust, liebe claudia, irgendwelchen monopolisten so einfach den zugriff auf mein konto zu gestatten, oder auf sonst irgendwelche, wie man heute sagt, datensätze, die mich persönlich betreffen und ...« »und aufschlüsse über deine extrem gefährlichen staatsfeindlichen umtriebe zulassen, ist recht.«
»bist du dir denn überhaupt sicher«, er greift nach seiner lesebrille auf dem äußersten wellenkamm der von mir losgetretenen papiersintflut, faltet sie priesterlich auseinander

und setzt sie in zeitlupe auf, dabei kann er von da oben sowieso nicht erkennen, was ich hier am boden zusammenwühle, »daß man das telefon abgestellt hat?«
»paß auf, wenn du abnimmst, merkst du, daß das signal noch tutet, die leitung steht, und dann wählst du, ich weiß nicht, ein, zwei nummern, je nachdem ob ortsgespräch oder weiter weg, und schon gibt es ein besetztzeichen. das ist ein abgeklemmter anschluß, frag deinen enkel in berlin, der hatte schon das vergnügen. anfangs lassen sie es noch in einer richtung offen – das heißt, wer dich anrufen will, kann das noch machen, zum beispiel die telekom, bei der ich mich gleich melden werde. der grund für so was ist immer, daß rechnungen nicht bezahlt worden sind, und du hast selber gesagt . . .«
»daß es mir«, er räuspert sich, »in der tat seltsam vorkommt, daß ich seit april keine rechnung mehr gesehen zu haben glaube. sie muß wohl in eine zeitung gerutscht sein oder dergleichen, es ist mir . . .«
»konstantin, hör doch auf. das war nie im leben nur eine rechnung. die mahnen«, ich wedel im aufspringen mit der alten mahnung, »mindestens einmal, bevor sie mit der klemme kommen. was du da gemacht hast, ist richtig renntertrottelmäßig.«
»ich schäme mich ja schon«, und schlappt in die küche, als stillschweigendes signal, daß dies wie immer bei lebenspraktischen verhakungen ein exklusiver job für mich ganz allein ist.

»hallo, guten tag, claudia starik hier«, erzähl ich also dem typen in stuttgart, den ich unter der »bei rückfragen«-nummer erreich und der sich sofort selten dämlich anstellt: wieso er mich zurückrufen soll, ach so, handy teuer, ja stimmt, was denn los sei, aha, abgestellt, und ich gebe ihm die kundennummer und das buchungskonto: »wie, sagen sie, ist der anschluß ihres großvaters?« ich sags ihm nochmal. »ist er denn umgezogen?« »nein, wieso?«, das bring ich jetzt schon ein bißchen schnippisch, denn er hängt immer noch am handy, will nämlich erst »das wesentliche klären«, bevor er mich zurückruft. »weil diese kundennummer nicht mehr stimmt. ich meine, die ist... das ist geändert, dieses buchungskonto ist nicht die ... paßt nicht zu der telefonnummer, die sie mir«, ich sag die nummer noch mal, ich buchstabier mehrmals »konstantin starik«, und dann seh ich auf der mahnung plötzlich das adressenfeld, das habe ich bis jetzt nicht beachtet: mudingsbums, mu wie bitte? aber die straße und die hausnummer stimmen, konstantin hat hier seit meiner geburt gewohnt, erst mit seiner frau, dann allein – also bestimmt auch schon 2003, als diese rechnung

»ist etwas nicht in ordnung?«
»doch ich öh ...«, soll ich ihm sagen, was ich da sehe, oder nicht? da legt konstantin die rechte hand auf meine schulter, ich dreh mich zu ihm, er hält ein glas sherry in der hand, schaut streng und schüttelt kaum merklich den kopf. ich leg die hand auf das handymikro, guck wütend und irritiert zurück, frag tonlos: was? er sagt, ebenfalls lautlos, ich kanns aber leicht von seinen lippen ablesen: leg auf! auflegen!
»hallo? fräu... frau starik?« ich brech das gespräch wie von konstantin aufgefordert ohne erklärung ab und fahr ihn, noch eh er was sagen kann, gereizt an: »nö echt bitte, was ist das jetzt noch ... murun busta... wie heißt das? wie heißt der typ? und c/o starik, was ist das? wer hat hier gewohnt, was soll das?«
»murun buchstansangur«, sagt konstantin, wenigstens ohne mabusestimme, sondern ganz normal.
»der war hier untermieter? unsichtbarerweise?«
»werd nicht frech.« das hat er lang nicht mehr gesagt.
»ein name, den ich mal benutzt habe. vor einiger zeit.«

»wozu das denn? was ist das denn jetzt für . . .«
»du bist nicht der einzige mensch, der geheimnisse hat, claudia.«
»schön und wie soll ich den mist jetzt in ordnung bringen hier? benutzt du den namen noch, ist das noch der anschluß?«
»nein. das ging nur ein jahr. ich wollte ein paar dinge herausfinden, dazu brauchte ich das internet und eine internetadresse. ich dachte, wenn es unter dem namen, den ich mir für meine internetgeschichten zugelegt hatte, auch einen telefonanschluß gibt, ist die tarnung gelungener als ohne. deshalb habe ich einen zweiten anschluß legen lassen, und ihn fast nie benutzt, ab und zu mal für die auskunft. es gab sogar ein zweites türschild, und eins auf dem briefkasten. ich dachte, du wärst zu höflich, etwas dazu zu sagen, aber du scheinst es nie bemerkt zu haben.« jetzt wo ers sagt: war da was? erinner ich mich daran? nein.

»und was mach ich jetzt?«
»du rufst wieder in stuttgart bei den monopolisten an«, sagt er und hält mir vier umschläge entgegen, »und sagst, daß du unterbrochen wurdest. diesmal versuchst du es mit meiner korrekten kundennummer, dem richtigen buchungskonto und so fort.«
es sind die verlorengegangenen rechnungen und mahnungen. ich schüttel den kopf: »wo war das zeug?« schon verschwindet die strenge verschwörermiene – murun buchstansangur, du liebe zeit – und der ertappte strolchblick von vorhin ist wieder da.
»nimm die lesebrille ab, das sieht beschränkt aus«, sag ich, damit er nicht vergißt, wer hier die hosen anhat, und dann wähl ich die nummer der monopolisten alright

01|3|38

»jetzt laß sie das halt so machen«, sagt tine, und das ist vielleicht überhaupt das demütigendste an diesem total verratzten nachmittag, das und die blöden duftkerzen, für die stefanie neuerdings soviel übrig hat und die mich natürlich permanent an meinen ehemaligen heimlichen geliebten erinnern. von tine verteidigt werden, das hab ich also jetzt nötig. stefanie macht eine affektierte handbewegung: bitte, wenn das spielkind will, und doro und jasmin schauen betreten weg. damit könnts erledigt sein, ich krieg also den textauszug unter, und mehr muß ich zu dieser dämlichen abizeitung ja wohl nicht beitragen, ich will raus, ich krieg pickel, wenn ich hier noch länger rumsitzen muß mit diesen zicken und ihrem sinnlosen jammerprojekt – da springt ausgerechnet die dumpfe karin stefanie bei: »wir haben aber wenig platz, und ich finde schon, daß man darüber reden muß, ob claudia den platz einfach irgendwelchen auszügen aus kunstdings, kunstkatalogen schenken darf, es ist ja nicht ihre zeitung alleine. wenn es jetzt ein text von ihr wäre ...«
ich hör mich zurückschnappen, bevor ich mich dazu wirklich entschlossen hab: »es GEHÖRT aber zu meinen texten, und damit fertig. es gehört zu der rubrik, zu den epiphanien, als ein naja besonders langes motto oder ... ich mein, wenn ihr eine zeichnung abdrucken würdet, wo jemand was reingeklebt hat, und es damit keine reine zeichnung mehr ist sondern, na ...«
»ne collage«, hilft mir tine schon wieder, das ist echt der schlimmste tag meines lebens, ich aber fahre fort: »ja eben ne collage, dann würdet ihr ja wohl auch nicht verlangen, daß der geklebte teil rausfliegt, weil er nicht von der zeichnerin ist, oder?«

»es hat halt so was angebermäßiges und ist so lang. es ist echt richtig lang, claudia.«
dringt stefanie muttchenhaft in mich, so

»du sagst das so, als ob ich schwachsinnig wäre und es selber nicht weiß, daß der text lang ist. natürlich ist der text lang. und genau darum geht es auch, daß man sich die zeit nimmt, daß man an der stelle eine pause, eine bremse abkriegt und dann mal nachdenkt: was könnte mir das jetzt sagen?«
»mir sagt das«, sie holt luft, und bevor stefanies satz zu ende ist, weiß ich, daß er nur auf eine gemeinheit rauslaufen kann, »daß du jetzt langsam wie deine eltern wirst. ich meine, aus einem kunstkatalog! gehts noch! das ist ne abizeitung, nicht die frankfurter allgemeine! wer ist denn überhaupt diese johanna rauch? was soll dieses brooters oder wie es heißt, was hat das mit uns zu tun, mit unserm jahrgang?«
ich könnte ja was antworten. ich könnte ihr auch einfach den ganzen text noch mal vorlesen:

es ist vermutlich normal, daß sich seit vier jahren, seitdem ich mir mit den nicoleartefakten einen namen gemacht habe, wie es heißt, und meine arbeiten sich verkaufen, mein ganzer weltbezug mehr noch als vorher über kunst herstellt und aufrechterhält. es war in gewisser weise ohnehin immer so bei mir, nur daß es jetzt auf einmal meine eigene kunst sein soll, das verblüfft mich immer noch, ohne demutskoketterie. lange lief meine auseinandersetzung mit meinem abgerissenen leben, den vorbeiziehenden jahren, den jobs, dem familienärger über eine art verbohrter identifikation mit anderen künstlern, in broodthaers wollte ich förmlich hineinkriechen. der hat nur für mich persönlich gelebt und gewirkt – ja, und gewirkt ja eigentlich gar nicht, wenn man genau hinschaut. ich weiß zum beispiel überhaupt nicht, ob stefan ripplinger recht hat mit seinem natürlich wunderbar zugespitzten bon-

mot, broodthaers sei der einzige künstler des dialektischen materialismus. sicher war er einer, der die probleme meiner generation vorwegerleiden mußte: er konnte schon kein kommunist mehr sein, weil dieses spiel verloren war, aber noch kein medienbohemien, ohne auf wirklich alberne art den pionier zu spielen. er war ja in der kommunistischen partei, dann lyriker, dann künstler, und unterdessen vierfacher familienvater. wenn man für ›kommunismus‹ zum beispiel ›feminismus‹ setzt, hat man ziemlich genau meinen weg. nur daß ich nicht so konsequent einen weg draus machen konnte. wobei es vielleicht zu früh ist, das zu sagen – broodthaers war ja vierzig jahre alt, als er sich entschloß. wozu? künstlerwerden, das sagt sich so einfach, aber es ist in seinem fall wohl wirklich ein wunder, daß er es so eng eingrenzen konnte und genau das richtige getroffen hat, schließlich war es ihm dabei um etwas ungemein allgemeines zu tun, wenn ich das von hier hinten richtig erkennen kann: er wollte einfach noch mal sehen, ob das sein muß, daß man so abgefertigt wird, weggespült, aussortiert, oder ob man wenigstens irgendwo markieren kann, daß man sich etwas mehr erwartet hat, daß man sein menschliches potential doch gerne irgendwo reingekerbt hätte. in diese ganze unerschaffenheit, die wir leiden. deshalb seine herstellung von spuren die ganze zeit, würde ich sagen, bis hin zum exklusiven herstellen der spuren von dingen, verfahren und unternehmungen, die jenseits dieser spuren gar keinen ontischen status haben. ich wollte ihn in dieser hinsicht zunächst ganz einfach nachmachen – ich habe mir sogar, maßlos beeindruckt vom ›contrat proposé par le service financier du département des aigles concernant la vente d'un kilog d'or fin en lingot‹ aus dem jahr 1971, immerhin meinem geburtsjahr, mal 1 unze feingold von einem honorar für einen artikel in einer amerikanischen kunstzeitschrift gekauft, von der firma heraeus edelmetalle in hanau, ohne genau zu wissen, wie ich meine broodthaersanspielung zu einem werk machen sollte. und dann ist mir nicole begegnet, über paul. das wenigstens habe ich sofort erkannt: dies war mein feingold und mein adler und meine eierschale, jetzt konnte ich richtig anfangen, broodthaers zu spielen.

ich könnt es vorlesen, obwohl ich ja selber nicht weiß, wer broodthaers ist, und mir auch bei konstantin vermutlich keinen rat dazu holen kann, obwohl der mann kommunist war, denn kunst interessiert konstantin nicht, jedenfalls nicht solche, das seh ich irgendwie schon an dem namen »broodthaers«, auch wenn es andererseits nicht so weit weg ist von »murun buchstansangur« – aber weißnicht eine saite hat das bei mir angeschlagen, nicht nur, daß ich von diesem text die idee mit der kleinschreiberei bezogen hab, gegen die sich stefanie ja auch schon ausgesprochen hat, wobei das dann wenigstens durchkam, weil die anderen mir soviel »allüren« (stefanie) dann doch gestatten wollen als der inoffiziellen schriftstellerin des jahrgangs

von der kleinschreiberei abgesehen, die mir, ich weiß nicht warum, aber man muß ja nicht alles begründen können, sofort eingeleuchtet hat, als ich den text von frau rauch in ihrem katalog das erste mal gelesen habe, ist es doch wesentlich diese durchsichtigkeit für sich selber, was mich anrührt und was

»diese ganze unerschaffenheit, die wir leiden«: das ist es doch genau.

»macht es oder laßt es, aber wenn ihr es laßt, wenn ihr es rausnehmt, kriegt ihr meine ganzen anderen textchen auch nicht.«
damit steh ich, weil erst mal niemand was sagt (nur tine seufzt jetzt, wie man seufzt, wenn das kind keine vernunft

annimmt – wie tief will die eigentlich in stefanies arsch, meine neue unterstützerin?), vom boden auf, raff meine jacke und die sonstigen sachen zusammen und verlaß grußlos den raum. erst auf der treppe vor dem spanier reg ich mich ab, als die heiße sonne mir auf die freien schultern brennt und mir den nasenrücken kitzelt.
warum macht stefanie das? die antwort ist natürlich herzbrechend einfach: wegen ihrem ralf. er trifft sie nicht mehr, bis sie vernünftig geworden ist, so sieht er das. sie hats mir gestern sogar direkt gesagt, was sie daraus ableitet: er will was von mir, »oder er hat schon was mit dir, ist mir auch egal. aber schäbig isses, clautschi, und deshalb will ich es auch gar nicht wissen«, in logik war sie ja schon immer gut, diese dumme nuß. ich, was mit ralf haben? mit dem knautschigen ralfipalfi, drogenbaron und schweigemonster, den wir zwei

013144

nicht nur möglich, sondern sehr wahrscheinlich deshalb, daß konstantin ein teufel ist. nicht *der* teufel, sondern einer von den vielen, die GOTTES söhne waren, geistwesen, die sich mit den töchtern von menschen eingelassen haben und dann mit luzifer, dem morgenstern, dem stolzen, hinausgeworfen wurden. sehr tief gefallen.
ich hab vielleicht schon mal gelebt, als eine dieser menschentöchter, von denen man in genesis 6: 1-8 lesen kann (vergleiche auch judas 6), und konstantin, der diesen namen annahm, um den ersten kaiser zu verspotten, der mit dem christentum politik machen wollte, hat mich wahrscheinlich aus der hölle mitgenommen auf seine erdenmission und mich dazu verführt, durch unheilige handlungen – sex mit dem lehrer, erforschung verbotener engelsharfengeheim-

nisse der amerikanischen militärs, das systematische nichtehren von vater und mutter – die moralische ordnung der menschenwelt zu erschüttern, wovon die absurden wetterverhältnisse, die um mich herrschen, nur der äußere reflex sind – und jetzt zerbrechen die schneekristalle, splittern auseinander, werden ein wunderkerzenlichtkonzert von blitzen, und ich, in einem zustand des nochnichtseins, der jugend, des übergangs, werde von allem zerdrückt, verbrannt, die asche soll

ein donner bewegt sich auf mich zu wie ein großer felsen, der im himmel über die wolken wegrollt, deren formation von haarp beeinflusst und entstellt ist, und dann kommt ein regen aus flüssigem metall, farben deren verdorbene

und meine zähne schmelzen wie wachs.

selber um die wette leuchten mit all dem licht und dem sehr bösen?

0|3|46

nö vor einem monat hab ich mir noch riesige sorgen gemacht, wann ich meine tage krieg und ob ich womöglich schwanger bin, und jetzt blut ich wie eine angestochene sau und es ist auch wieder nicht recht, da soll man

ich geh aus dem leim, das ist das problem, ich lös mich in rote schmiere auf – mich hats ja nie gegeben, das wußt ich schon immer, ich bin von konstantin murun starik erdacht, in der haarpröhre gebacken, aber es ist schon unangenehm, sich aufzulösen erst heut morgen beim zähneputzen, als ich ausgespuckt hab und der schaumspeichel nicht kam, sondern dunkelrote, ölig schwarze dicke substanz, und jetzt diese nasenbluterei den ganzen vormittag, nicht mal richtig rot, eher orange, künstlich wie stabilomarkerstifte, oder lebensmittelfarbe, genau: orange, wie bei tic tac, heißt es nicht sowieso »blutorange«, alles wie auf dieser platte von ralf, diese deutsche gruppe mit dem irren namen »perzonal war« und ihrem plattentitel: »when times turn red«, genau, und jetzt hier auf dem gang, im goldenen sommerlicht, von schwebeteilchen umtanzt, ich kann kaum gehen, die jeans ist zu eng, was ist denn das jetzt für ein mist, es haut mich nach rechts gegen die bilder von den unterstüflern, ich merk die feuchtigkeit im schritt, diese viel zu engen jeans sind auch keine so gute idee oh gott ich schau runter, schwarzer fleck, und auch innen an den hosenbeinen und auf dem boden ich latsch in meinen eigenen roten pfützen rum und patsch mit blutenden handflächen gegen die bilder und rutsch und schlidder es sprudelt mir aus der nase und gurgelt im hals ich fall nach vorn und will schreien aber ich spuck bloß einen schwall tintenschwarzes blut aus und japs schluck – und bin endlich wieder wach.

tut weh wie an den schläfen mit heißen bolzen zusammengeschraubt, der bauch krampft auch, ich zitter und schwitz. scheiße, war das ein widerlicher traum, auf dem gang verbluten, aus allen körperöffnungen, jeder pore, blut schwitzen, den ausdruck gibt es ja auch. ich roll mich zusammen, kauer in fötushaltung, bibber noch zwei minuten, faß mich einigermaßen, mir ist schlecht und schwach, sehr ängstlich. das herz rast, dann galoppiert es nur noch, dann hämmert es und sehr langsam wird es ruhiger weil wieder mehr bin als bloß angst, seh ich auf die uhr: es ist zwanzig nach vier und einschlafen will ich nicht mehr. ich geh ins bad, der tampon muß tatsächlich gewechselt werden, aber von blutsprudel kann keine rede sein, alles normal elend. sogar das mit dem zähneputzen, fällt mir jetzt ein, war ja nur traum, rückblick auf einen morgen, den es nicht gegeben hat – als ich das weiß, stell ich mich vor den riesigen spiegel hier und putz mir trotzig wirklich die zähne, weils im mund nach hühnerfedern schmeckt. das zahnfleisch blutet nicht, der geschmack ist angenehm mentholig.

ich geh runter, konstantin ist nicht wach, der computer nicht an. ich setz mich an den schreibtisch und frag erstmal meine gmx-mails ab: nur spam und gieksiger scheiß von maria und jens, nichtmal die ja wohl unerlässliche entschuldigung von stefanie wegen dem wiesagtmangleich eklat betreffend diese verbrunzte abizeitung. wo ich grad im netz bin, kann man ja eigentlich mal »murun buchstansangur« googeln. überraschung: es gibt sogar englische sites dafür, wie das? kann konstantin denn

war offenbar eine von »bevanfield films« hergestellte zeichentrickserie, so vierminutenfilmchen über ein ei (?) oder ein eiförmiges männlein (?) mit diesem schwerstabsurden namen, das in einer ritze unter einem küchenschrank haust. die dinger sind in england im fernsehen gelaufen, heißt es da, auf einem channel 4, zwischen 1982 und 1985, also genau dicht vor meiner zeit. bildchen verraten nicht viel, naive trickfilmsachen eben. eine website sagt:

murun buchstansangur was an odd fellow. quite apart from his odd name he was also very odd looking. he was a small grey onion-shaped man with a mop of hair and clog boots. he lived under the dirty kitchen sink of an end-terrace house in a rather dreary, rain-swept suburb. murun didn't have adventures, as such, rather he found himself with dilemmas, events and decisions to ponder as he mooched through the day with his friends and associates ... here was a curious, melancholic series, with esoteric ideas – something for the mind, perhaps, rather than the heart. the series felt like it had some hidden depth to it, something to say about the world, but quite what that something was was often magnificently unfathomable. what was murun, exactly? what was he doing in that dreary house? where were the owners, indeed, where were the normal-sized people in the town – murun only ever seemed to meet up with people of similar small size. most of all, though, what did it all mean? murun obviously meant something to channel four because 52 episodes were commissioned by the station, and they were still being broadcast well into the 1990s ... bevanfield films went on to bring us an animated version of bill the minder and adapted frank muir's what-a-mess. in the 1990s they produced several animated, ›specials‹, including adaptations of aladdin and little red riding hood. as well as these series and specials, timothy forder also directed the 1993 live-action feature the mystery of edwin drood. murun buchstansangur remains a fascinating oblique ›toon‹, one to track down and dissect for yourself ...

wir sind doch keine ganz so informationssatte welt, wies immer heißt: einen clip aus dieser serie find ich nirgends im netz, und auch bei sendit.com gibt es nichts zu bestellen, nicht dvd noch video. ich such also weiter bei google, und nach den ersten paar nennungen des namens gibt es jetzt auch deutsche sites, die allerdings ganz woanders hinführen als ins cartoonland: das sind plötzlich artikel aus zeitschriften, »rotfuchs« heißen die und »offensiv«, linke blättchen, und lange redebeiträge zu forumsdebatten – »noch ein wort zum diversantentum«, »die stalinfrage«, »wer ist nina andrejewa«, alle gezeichnet »murun buchstansangur« – und auch literaturkritische sachen sind dabei: »was wallace stevens gemeint haben könnte, als er schrieb, der kommunismus diene der verbesserung der menschlichen aufmerksamkeit« oder »das brot mit der feile, ein zu unrecht vergessener politischer roman von christian geissler«. die zwei druck ich mir aus, for future reference, und will sie grad aus dem fach nehmen, als hinter mir ein schloßgespenst erschöpft ausatmet – es ist konstantin, in seinem schlafanzug, der mich immer

er nimmt mir zwei blätter aus der hand, die ersten des christiangeissleraufsatzes, und macht ein schnalzendes geräusch mit der zunge: »ich hätte mich ja mit geld einkaufen können. in die publizistik. der partei eine neue zeitung schenken, noch bevor es die partei wieder gibt. aber das wollte ich nicht. ich habe mich ganz normal beworben, mit texten, als freier mitarbeiter.«
»das versteh ich. aber ich dachte, du hattest den namen, um was rauszufinden?«
»du meinst, als tarnname, als detektiv? ach so. nein, das war anders gemeint – ich wollte in der tat etwas herausfinden, aber über mich. über mein leben, so hölzern das klingt. ich habe mich gefragt, ob ich nicht noch anderes zu verkaufen habe als elektrowaren, ob ich nicht noch einmal auf andere art erfolg haben könnte. schon geraume zeit war ich zu nichts nutze.« ich verdreh die augen, er läßt aber den widerspruch nicht zu, der mir auf der zunge liegt: »das weiß ich besser als du, claudia. ich kenne die ... nun, mir ist die idee gekommen, etwas unaufrichtiges zu erfinden, einen verlogenen kleinen schriftsteller. ich habe mich sofort an die arbeit gemacht. es lief gut. sie haben es gedruckt, das ist scheinbar

normal. worum handelte es sich? um irgendwelche aufsätze.«
in der küche spotzt und blubberts; er macht kaffee.

wir reden, fläzen uns auf seine bombastische weinrote ledercouch, ich bin glücklich, wie ich da so meine beine über den wulstrand dieses möbelmonsters hängen kann, im molligen jogginganzug. irgendwie läßt konstantin mich an seinem alter, seiner weisheit oder was das ist teilhaben, ich komm mir wahnsinnig erfahren vor, wie wir so über die welt, das wetter, die bevorstehende reise reden, auch über herrn hermann: »manchmal ist es, als wäre das sehr lange her.« er zieht die brauen zusammen, schließt die augen, wird er mit mir schimpfen? nein, er lächelt und schlürft an seiner brühe rum, dann sagt er: »du hast das, alles in allem, doch sehr erwachsen geregelt, das muß gesagt sein.«
auf jeden fall; ich grins und denk: so müßten wirs immer haben, die nacht steht ums haus und wir sind die beiden besserwisser, die es wirklich besser wissen. »vielleicht war das so ne kinderkankheit, wie windpocken. man muß da durch.«
»ich weiß nicht recht. aber erholt hast du dich zweifelsohne – was macht dein neuer?«
aus jedem andern mund wär das anzüglich, aber hier kann ich einfach mit der wahrheit drauf antworten: »ich kann noch gar nicht sagen, ob das mein neuer ist oder wird. vielleicht isses ja nur wut auf stefanie, daß ich ... daß sich mit ralf da irgendwas ähm anbahnt oder wie.«
»oder es bahnt sich, wie du dich auszudrücken beliebst, gerade nichts an, eben weil du noch zu sehr auf deine stefanie schielst. rücksicht nimmst. dir gedanken machst, wie es auf sie einwirken könnte, anstatt dich der erheblich interessanteren frage zu stellen, was du willst.«
»was ich will ist doch auch, meine beste freundin wiederhaben.«

»nimm es mir nicht übel, wenn das ein wenig herzlos klingt«, sagt er, »aber ich zweifle mit grund daran, daß du in zwei jahren noch umgang mit dem mädchen haben wirst. diese dinge regeln sich, ohne daß wir es wollen. mit dir selbst aber bist du ein leben lang geschlagen. wenn du dir etwas versagst, das du möchtest, weil es sich ungünstig auf deine ohnehin am seidenen faden hängende freundschaft mit ihr auswirken könnte, dann solltest du dich doch immerhin vor ihr bevorzugen.«
»hast du schon mal dran gedacht, eine ratgeberecke für junge verwirrte in ner kommunistischen zeitung einzurichten? fragen sie doktor buchstansangur?«
»das thema hat schon den genossen wilhelm reich verrückt gemacht. nein danke.«
ich weiß natürlich nicht, wer das wieder ist, aber ich laß mich nicht auf dieses terrain locken, sondern wackel mit den zehen.

»ich leg mich noch ein bißchen hin. alte leute können jedes quentchen schlaf gebrauchen, das sie kriegen können.« »mit kaffee im blut?« »das ist auch so etwas«, sagt er, schon abgewandt, auf dem weg zur treppe, »was du erst noch lernen mußt – manchmal macht kaffee müde und schnaps nachdenklich. gute nacht, claudia.«
mir fällt was ein, was ich noch wissen muß: »du hast dann einfach wieder aufgehört. mit dem schreiben. wieso?«
»geh ins bett, claudia«, sagt er, nicht böse, nur müd.

01:31:48

also zum beispiel auch die widerlegung meiner wahnidee, die frommen jesusfreunde wären notwendigerweise technikfeinde, nur weil jans komischer verein keine bluttransfusionen zuläßt und nichts mit dem militärischindustriellen komplex am hut hat. es ist historisch eher so gewesen, daß gerade die christenheit ihren siegeszug, ihre missionierung großer teile der welt mit technischen mitteln, eisenbahn, schießpulver, ganz ohne bauchgrimmen vorangetrieben hat – der höhepunkt dieser kampagne war amerika, das technokanaan, erobert von pilgern im namen der schnallen an ihren schuhen – so sind die dann bald weltweit aufgetreten, als die beauftragten der greifbar gewordenen vorsehung, des »manifest destiny«, und deshalb heißt auch ein kapitel »manifest destiny and machines« in dem buch, das mir konstantin jetzt auf meine hausaufgaben für alaska ganz oben draufgepackt hat, »dominance by design – technological imperatives and america's civilizing mission«, von michael adas.

über die missionierung der dritten welt, vor allem chinas (vor der dortigen kommunistischen revolution), und die gedankengänge westlicher missionare in sachen medizinische und technische hilfe als begleitprogramm für die verbreitung des evangeliums: »despite some misgivings that a commitment to social work might detract from the winning of converts, there was strong support in most denominations for medical care and science education. like other americans, protestant ministers and their congregations viewed the material improvements that were transforming u. s. society as signs that the young nation was indeed exceptional and its citizenry truly God's chosen people. and for those determined to share the gospel with ›heathen‹ peoples, the telegraph and the railway were ›noble inventions‹ by which ›civilization, republicanism and christianity‹ could be disseminated. these technological wonders and the scientific discoveries associated with them were further validated for the faithful by the largely uncontested assumptions that they had been devised exlusively by christian peoples and that they demonstrated the unique receptivity of christian civilization to creativity, innovation, and critical thinking.«

VI.

013150

beim plattenkaufen im saturn seh ich plötzlich jan mit seinem dicken bruder zwischen den elektrosachen und krieg ein ganz maues gefühl, wie scham, verrührt mit wehmut. denn mir wird klar, daß jan einer von den menschen ist, mit denen ich nach dem abi, also im grunde schon ab jetzt, nichts mehr zu tun haben werd.

mich erst mal sammeln, bevor ich rübergeh und ihm vors angesicht tret, und dann denk ich an lauter unpassende sachen, die ich zu ihm sagen könnte, von wegen »ich wußte gar nicht, daß ihr auch strom habt bei euch daheim« oder »na, kaufst du dir ein paar satanische heavymetalplatten und ein paar horror-dvds«, kalte witzchen, wie um mich vor ihm zu verbergen, daß er nur ja nicht merkt, wie wichtig seine kleinen bibelkurse waren.
»he, jan!« sag ich statt dessen, und der fette bruder schlägt sofort die augen nieder, wegen der blendenden versuchung wahrscheinlich, die ich bin – nein, er verdrückt sich, sucht batterien. »hallo, claudia«, sagt jan, ganz anders als sonst, wie genötigt, gezwungen, als würde er mich viel lieber nicht kennen, und schaut mich dazu mit einem blick an, der sagt: was für ein billiger apparat, also das nehm ich ja wohl nicht.
genau das gegenteil der reaktion, die ich normalerweise erleb, wenn ich einen aus dem haufen um jens oder sonst irgendwelche typen von der schule mal zufällig in der stadt

treffe, die kriegen sich dann immer gar nicht ein, daß es mich auch in wirklichkeit gibt statt bloß am gymnasium, und wollen am liebsten gleich eine verabredung – der hier gibt eher eine strahlung ab, die mich warnt, ihm nicht zu nahe zu kommen, weiche, potiphars weib. »na«, sag ich bescheuert befangen, »wie ist das jetzt mit dem fortschritt? ich mein, daß man nicht mehr betüttelt wird und kein schulkind mehr ist, daß es jetzt vorwärts ...«
»claudia«, sagt er, und das allerschrillste ist, daß ich da so was wie mitleid in der stimme zu hören meine, was fällt dem denn ein?, »ich möchte ... schau, du glaubst vielleicht, wir wären befreundet oder ich wäre der richtige, dem du deine fragen stellen kannst, vielleicht willst du ja auch andere fragen stellen, über das leben, nicht über die bibel ... daß dir jemand hilft und ...«, er schaut nervös um sich, entdeckt den bruderberg bei den soundtracks, beruhigt sich, schaut mich wieder an, »aber wenn du hilfe brauchst, dann geh zu jemand, der, ich weiß auch nicht, mehr erfahrung hat, okay?«
»hilfe?«, ich lach, »wieso soll ich denn, was denkst du dir denn jetzt auf einmal hier?«
»naja«, da weicht er ein wenig zurück, nicht körperlich, aber ich spürs, als ob er mit der seele schon auf dem absatz kehrt gemacht hat, »wegen deiner ... stefanie und drogen und mit den jungs, diese ganzen ... weißt du, ich bin gläubig und alles, aber ich hab mit mir selber genug probleme, daß ich ein anständiges leben führe, verstehst du?«
»ja klar, auf jeden fall, du sagst es, du spinner!« fällt mir immerhin ein, und dann laß ich ihn stehen und fang sofort an, mit zwei uniformierten eine blickkontaktflirtnummer abzuziehen, die beim eingang rumstrolchen, denn das muß ich mir ja wohl nicht

0|3|53

ein peter hacks aus der ddr, den konstantin mir zu lesen empfohlen hat, »weil er ein guter schriftsteller ist, kommunismus hin, kommunismus her«, über das mindcontrolproblem aus etwas anderer perspektive: »die weigerung der menschheit, denkergebnisse in ihrem bewußtsein aufzustocken, läßt nur zwei schlüsse zu: entweder kann der mensch nicht denken, oder er wird seit anderthalb jahrhunderten auf irgendeine weise daran gehindert.« jetzt kann man natürlich wieder mit ideologie und solchen sachen kommen, mit kapitalismus und weiß der teufel, verblendungszusammenhang, auch ein geiles wort, das konstantin mir neulich geschenkt hat – aber ich bin zu nah dran, um nicht die frage zu stellen: könnte es vielleicht mit lehrern zu tun haben? ist unser schulsystem, unsere ganze mehrstufige bildungsscheiße nicht ungefähr so alt wie die hinderung der menschheit am denken, von der dieser hacks redet? words never listen and teachers never learn: wäre eine welt, in der morgen alle lehrer fehlen, nicht eine, in der mehr und gescheiteres gelernt würde? ist es nicht der ton selber, in dem gelehrt wird, der die gehirne abtötet, die seelen sogar, SIE verzeihen, daß ich von IHREM eigentum rede?
wie ich drauf komme? von hacks, stellt sich auf nachfrage heraus, ist auch das theaterstück, das konstantin mir mal in großen blöcken drei wochen lang vorgelesen hat, über den mann aus dem walfisch, der seinen GOTT durchgängig siezt, was ich damals so wohlerzogen und theologisch richtig fand, unterm aspekt der sünde und des von IHNEN getrenntseins, das ja jede plumpe vertraulichkeit verbietet, daß ich deshalb

unrechtsbewußtsein zerstört, das ist die verblödung und zermürbung nicht zum wenigsten, von der konstantin

mein vater, die unangenehmsten schreiber, das den zeitungsmenschen anhaftende, lehrerhafte

kann mir ja durchaus denken, daß das alles nicht mit absicht passiert, aber es sind halt in der weit überwiegenden mehrzahl gescheiterte und bestrafte, entweder schon ab dem moment der studienwahl, weil auf lehramt lernen halt immer die billigste, unseriöseste variante ist, oder als opfer einer lebenslüge, machen wir erst mal das, also verhinderte künstler, schriftsteller, große gelehrte, bald haben sie eine familie zu ernähren, dann werden sie eben, wie sagt konstantin so schön über die üblen elemente in der partei? kapitulanten, verräter, aber nicht des kommunismus, sondern, viel schlimmer, ihrer eigenen ansprüche an

hundertfünfzig jahre? vielleicht ja doch eher schon seit immer.

013157

ob man mit einem typen wirklich zusammen ist, merkt man daran, in wie viel zuständen man seinen schwanz kennt – jens hab ich auch mal klein gesehen, beim frieren und zusammen unter die decke kriechen, beim baden, und auch bei ralf ist

meinen heimlichen geliebten aber kenn ich nur als erigierten, seines

013160

aus dem wettersturm: wer ist es, der den ratschluß verdunkelt mit

»clautschi, kann ich zu dir kommen bitte zu deinem opa, kannst du mit . . . mir reden mensch es tut mir doch alles leid . . . ich bin, ich bin in der stadt hier und schon . . . an der haltestelle, du mußt mich nicht abholen ich komm mit dem bus«, sie schnieft immer wieder, gluckst und macht leise wimmergeräusche, ist völlig geschafft, und wer das nicht versteht, werfe den ersten schuh. ich mach witze, warum, ich weiß doch alles, ich bin doch schuld, weshalb witze? weil mein leben seit der katastrophe vorgestern abend zu einer art nebenbeschäftigung

pack ich und bereit mich vor, auf konstantins befehl, denn wir fliegen früher als gedacht. keine abiturfeier, noch nicht mal die zeugnisübergabe, das soll alles schriftlich passieren, die lieben eltern hat er auch schon überzeugt, sind wahrscheinlich eh froh, wenn sie mich vorher nicht mehr sehen und wenn ich für immer

daß er stirbt ich wollt wirklich was bin ich nur für eine

ich hör, wie der autopilot mir sachen zum sagen eingibt: »ja klar, stefanie, komm halt her, mensch, es tut mir leid, das ist so schrecklich alles«.
»gut okay«, schnuffelt sie; ich leg auf und geh runter zu konstantin, der die nachricht, wie erwartet, überhaupt nicht gut aufnimmt: »wir hatten uns doch geeinigt, daß du möglichst zu niemandem kontakt hast, bevor wir fliegen. ich muß dir nicht sagen, wie ernst das alles ist.«
»ach gibs doch zu, du hast einen hintergedanken – der ganze

zucker, den du mir gestern abend eingeblasen hast, von wegen schön lang wegfahren nach alaska, bis gras über die geschichte wächst und keiner mehr fragen stellt und ich auch nicht mehr in diesem lebensabschnitt äh ...«
»lebenszusammenhang«, er kennt seine rede von gestern abend auswendig.
»bis ich nicht mehr auf der schule bin und deshalb das risiko vermindert ist, daß doch noch mal rauskommt, wie es war, schon verstanden – aber in wirklichkeit glaubst du das nicht, oder? du denkst, sie kriegen es raus, und willst mich aus dem land schaffen und da oben irgendwie ... mit neuem namen oder was, immer auf der flucht, am besten marke murun buchstansangur, kannst mich ja nanididula simpf nennen oder so ...«

»windrose«, das hat er lang nicht gesagt, und nimmt mein glühendes gesicht in die kühlen hände, »du machst dir wirklich übertriebene vorstellungen von meinen ...«
ich entzieh mich – nicht ruppig, aber ich entzieh mich. dann sag ich: »aber sie kriegens raus. es kommt ans licht.«
»du siehst zuviel fern. es geht um einen kleinkriminellen, einen burschen, der im milieu ... sie werden schwerlich den gesamten fahndungsapparat auffahren, der ihnen zu gebote steht, mit diesen ...«
»zu gebote. toll. ist ja wie beim goethe hier. wo willst du hin?«
er legt den mantel an und knöpft ihn zu.
»ich habe mir ein taxi gerufen, ich möchte ein bißchen am fluß spazieren gehen. ich hätte dich eingeladen mitzukommen, aber du erwartest ja besuch, nicht wahr?« wie man jemanden so freundlich tadeln kann, einfach durch nuancen der betonung, das möcht ich auch mal können. »außerdem halte ich es für günstiger, wenn ich nicht hier bin. du könntest dich durch meine anwesenheit gehemmt und über-

wacht ... claudia, du bist vernünftig, ja? du wirst ihr nicht alles erzählen?« »ich hab ihr von hermann nichts erzählt, und da hatte ich einen viel besseren grund zum erzählen. also werd ich ihr das hier erst recht nicht sagen.«
»hm.« mehr sagt murun buchstansangur nicht, dann ist er aus der tür, wie immer bei taxifahrten pünktlich auf die sekunde, die vanillefarbene karre kommt grad die auffahrt hochgeschlichen. ich renn hoch auf das zimmer, das jetzt meins ist, und zieh mich vor der spiegelwand, hinter der alle sachen im einbauschrank hängen, die ich überhaupt je wieder tragen mag, einmal komplett um, weg mit den rüschchen, weg mit dem wickelrock, her mit den weitesten jeans und dem ausgebleichtesten t-shirt, kleines dunkles tuch um den hals, ohrringe weg, haare offen, nein zusammengebunden, nein, gut, zwei drei strähnchen vor, ach nö, sieht aus wie die kummerdarstellerin im film übern bürgerkrieg, kann ich mir gleich noch mascara um die augen schmieren, als ob ich geheult hätte, aber ich kann ja nicht heulen, es gibt nichts zu heulen, ich darf nicht. haare offen. es klingelt.

woher nehm ich die selbstherrschung? soll ich denn schreien und mit den augen rollen, wäre das

mit jeder treppenstufe, die ich übertrieben leichtfüßig runterhüpf, sag ich mir einmal mein neues mantra vor: ein unfall, ein unfall, ein

weil es ja nämlich ein unfall war.

wie stefanie aussieht, das kann man nicht zurechtschminken: ein frisches grab, das jemand wieder aufgerissen hat. seit ihrem kollaps hat sie sich ja eigentlich ganz proper rausgefressen, aber jetzt ist es so, als ob sich die maskenbildnerin drauf besonnen hat, was stefanies aussehen kurz nach der einlieferung ins krankenhaus damals so gespenstisch gemacht hat – genau, dieser edvardmuncheindruck, den

und ich schließ sie in die arme und laß mich abküssen, und haß mich, denn ich bin kalt wie stein dabei und geb dennoch alle vorgesehenen teilnahmsvollen laute von mir.
»mensch ich weiß das ist pervers jetzt«, sagt sie, als ich ihr aus der jacke geholfen hab und wir auf dem weg zur treppe, also zu meinem zimmer, am großen coffeetable vorbeikommen, auf dem die schale mit dem obst steht, »aber diese kirschen da, die machen mich ja richtig an jetzt ... ich sollte keinen appetit haben, oder? ich bin geschafft, wie völlig vor den bus gelaufen, clautschi«, dabei lächelt sie so verschüchtert und entzückend, daß ich doch wieder denk: ohne stefanie möcht ich nicht sein. sie kriegt die kirschen, ich hol ihr sogar ein extraschälchen aus der küche, während sie

traurig, ganz hilflos. ich plapper drüber weg und führ sie, als wär sie besoffen, hoch ins zimmer, helf ihr aufs große bett, schlag die schwere blaue decke zurück, mit so was hab ich übung, besoffen wie ein bär war sie oft genug in den letzten drei jahren in meinem wieheißtesdochsoschön beisein. zuerst liegt sie nur rum und schnauft. eine mit kaltem wasser begossne glühende dampflok, nimmt auch ein paar kirschen in den mund, spuckt sehr manierlich die kerne aufs tellerchen. ich wart. das allernaheliegendste, was ich tun kann, ist zugleich das unverfängliche und vielleicht sogar – nicht, daß ich davon irgendwas verstehen würde – das moralisch gebotene: ich geb ihr zeit, bis sie reden will, und dann laß ich sie einfach

»am schlimmsten ist, daß du total recht hattest, ich meine, er ist echt ne schlechte gesellschaft für mich, er ist echt ... ich bin ja seinetwegen auch schon fast hopsgegangen, und jetzt liegt er selber auf ... in dem ... und vielleicht, vielleicht stirbt er sogar und du hast echt recht gehabt«, na fabelhaft, da halt ich jetzt aber mal richtig große stücke auf mich, daß ich so schön recht

ein klein wenig widerlich, denn diese selbstgerechte nummer hier, von wegen sie armes hühnchen ist in schlimme dinge reingezogen worden und schmeichelt mir jetzt, ich hätts kommen sehen. wenn man bedenkt, daß es ralf ist und nicht sie, der gerade in der klinik um sein leben

und reißt den gedankengang jetzt rum, in eine ganz andere richtung: »und dasselbe gilt ja auch für ihn, das ist das ... wahrscheinlich hätte er sich ohne mich gar nie mit seinen leuten in die wolle gekriegt, das war vielleicht wegen den drogen, ich hab nämlich, mir hat keiner mehr was verkauft von denen, die ihn kennen, und das gab ja sicher auch schereien, kann ja sein, daß sie ihn sogar deswegen, sogar deswegen ...« ja, was ist, das kriegst du jetzt nicht raus oder was? fast hätt ich diese garstigkeit laut

ich bin ein ungeheuer.

»erzähl doch noch mal, was überhaupt war, was überhaupt ist. ich mein, tine hat mich zwar schon angerufen heute morgen, aber ...«
sie holt tief luft, als müßte sie nach der wahrheit tauchen gehen, dann fährts aus ihr raus wie der dämon aus der exorzierten: »ich weiß es erst von seinem bruder, martin, der hat mitten in der nacht noch angerufen, nachdem er ... ralf im krankenhaus angekommen war, die haben ihn erst vier stunden operiert, vier stunden und ... am nächsten morgen sind dann die bullen bei uns gewesen, die haben fleißig gearbeitet in der nacht, leute gefragt aus der szene, das kann nicht alles

von martin kommen – die wußten ähm bescheid über die drogen, über alles, welche namen, welche orte, und ich hab auch alles gleich zugegeben und ausgesagt, die wußten das von mir, daß ich zusammengeklappt war ... irgend... es war so, irgendwer hat ihn an der zubringerbrücke vor ein auto geschubst, da die treppe runter, das ... war ein ganz klarer mordanschlag, das war nicht bloß so ne rangelei. wahrscheinlich waren es mehrere.«
ja, mit schaufelbaggerhänden, alle mindestens vier meter hoch. ich finds nicht lustig, es gibt nur eine böse, manische teufelin unter meiner schädeldecke, die mir

ich lieg auf dem rücken und schau hoch an die decke und durch das fenster darin, stefanie rückt näher, kuschelt sich ran, ich streich ihr übers haar, sie schluchzt und ich denke daran, wie es tatsächlich gewesen ist und wie einfach sich

wir stehen auf der treppe, es fahren sehr wenige autos um diese zeit hier durch, der geruch ist trotzdem einer von ruß und abgasen, eben industriegebiet. er wohnt nicht weit weg von hier, mein auto steht, wie damals beim ersten heimlichen geliebten, allerdings nicht vor seinem haus, sondern hinter einer litfaßsäule beim kino, in dem wir eben gewesen sind. wir machen, was wir seit tagen machen: rumknutschen, uns anfassen, seine linke hand liegt auf meiner rechten brust, seine rechte auf meiner rechten hinterbacke, erst außerhalb der jeans, dann schiebt er sie rein, sie ist warm. wir lutschen aneinander rum, die zunge schmeckt gut, denn ralf raucht nicht und

nimmt er meine rechte hand, die auf seiner hüfte liegt, und schiebt sie sich in den schritt, zur beule, ja tut mir leid, ich sollte das ernster und weihevoller sehen, nicht einfach als beule, das ist respektlos, ich weiß, die jungs haben da ne religion am laufen, aber er irrt sich, ich will nicht, nicht jetzt, und schon gar nicht auf dieser brücke hier, und übrigens auch nicht mit ihm. es ist alles falsch. ich stoß ihn weg, er zieht seine hand aus meiner hose, das hat was komisches, die verrenkung, das indiekniegehen. er guckt mich forschend an, dann sagt er: »wollen wir zu deinem auto?« so ist das also: er denkt, es geht nur um den ort hier, um die unbequemlichkeit.

sex im auto: ich weiß nicht, wieso das jetzt so ganz besonders stimmungszerreißend wirkt, als das schlimmste, was er überhaupt hat sagen können, sicher auch wegen meinem ersten heimlichen geliebten und dem autosex, den wir als abschied damals hatten, aber das ist es nicht – er sieht so erwartungsvoll aus, dieser komische ralf, den ich auf einmal gar nicht mehr kenn, woher hab ich den eigentlich

daß ich leider wirklich lachen muß, und dafür, es geschieht mir wahrscheinlich recht, lerne ich eine ganz neue seite an diesem sensiblen, einsilbigen, ehrenhaften und interessanten jungen kennen – er knallt mir eine, daß es für einen moment wirklich klingelt im rechten ohr und von rechts das gesichtsfeld schwarz wird

mich am geländer festhalten, aber als ich ihn wieder klar angucken kann, sieht er plötzlich zehn jahre jünger aus – erschrocken über sich selbst, bereit zu jeder entschuldigung, bereit, vor mir auf die knie zu fallen, und gerade das, dieses hündische, verursacht in mir eine solche flutwelle von bitterstem haß, daß ich einfach zuschlagen muß, mit beiden händen, und treten und schreien, zweimal, dreimal, er weicht, er taumelt, ich höre das auto sogar, es kommt mit mindestens unterirdischer streckenabschnitt, eine irre hupe, wie ein granatgeschoß, das pfeifend

rechts an der betonskulptur, macht nur zwei schritte auf die straße, keine große sache, kein riesiger satz, nur ein ausfallschrittchen und noch eins, und da ist der wagen da und trifft ihn und reißt ihn mit, und ich

ohne mich umzudrehen, fluchend und keuchend die treppe hoch, auf die brücke, rennen, weg, nur nicht wie gelähmt

das geräusch – man hört ja oft, daß irgendwer sagt, so was vergißt man nicht, aber diesen rumms, als ralf von dem wagen

-schwock!-

ich muß diese frau loswerden, die muß mir sofort von der pelle, das geht nicht, wie die hier auf mir liegt, ich glaub, ich erstick – und mach und sag trotzdem nichts, aus angst, mich falsch zu rühren, mich zu verraten – und dann schaut sie an mir hoch, blinzelt verschlafen und sagt verklebt: »mmmdu clautschi wie spät isses?« sie rollt sich weg von mir, ich schau auf die digitalanzeige: »halb vier«, da fährt sie zusammen wie getreten und schwingt sich vom bett: »mensch clautschi au ich muß heim ich muß zu meiner mutter die . . . seit dem scheiß mit der polizei denkt die eh dauernd, ich bin irgendwo koksen oder . . .«
»soll ich dich hinfahren?«
»oh super ja, das wär echt gut, am besten, du kommst noch kurz mit rein, dich hat sie ja gern, du bist ja das große vorbild – ich verschwind noch schnell aufs klo, ja?«
»ist gut.«

»du wirst mich lange hassen dafür, daß ich dir den rat gegeben habe, nicht zur polizei zu gehen und überhaupt alles abzustreiten«, hat konstantin gesagt, »und noch länger wirst du dich selbst hassen für das, was geschehen ist. aber wenn das stimmt, was du von bettina königer erfahren hast, wird er dich nie verraten können – er kann von glück sagen, wenn er am leben bleibt. du schuldest ihm nichts. eines tages, wenn ich längst nicht mehr da bin, wirst du wissen, daß ich recht habe.«
aber werd ich denn jemals wieder mein

zweiter teil
alaska

VII.

01|3|72

nein: ich kann das nicht, was hab ich mir bloß gedacht?
»vielleicht mußt du nur den gang ...«
»jetzt nicht, bitte! ok? danke! scheiße.«
er verstummt und schmollt, während ich diesen knotigen griff fester faß, der sich anfühlt wie der kopf eines liebevoll von hand eingeseiften truthahns. vorwärts? rückwärts? das büchlein, das die hertztante mir ausgehändigt hat, empfiehlt »neutral«, verdammt das schaltet sich ganz anders als bei unsern deutschen kisten.
konstantin fragt: »soll ich nochmal weggehen? aussteigen und ...«
»nee du sollst hierbleiben und mich nicht nerven!« jessas ich kann dieses raumschiff nicht steuern, auf keinen fall, hinter uns rast ein chevrolet pickup die rampe hoch, ich dreh den kopf danach um, statt in den rückspiegel zu gucken; wie geht bloß dieses gedudel aus hier, das gepulse, der scheiß warnhinweis: »liftgate ajar« –
»ficken, was heißt das denn jetzt, liftgate, was ist ein liftgate und wieso ist das ding ajar?«
»ajar bedeutet offenstehend, irgend etwas ist nicht ... richtig zu oder ...«, sein tonfall lappt ins weinerliche, ach bitte nicht, konstantin, hör auf, sonst wird das unser sarg, dieser fiese ford explorer mit seinen drei sitzreihen, dem fehlenden kofferraum und dem riesigen gangschaltungsknüppel, den der satan

kofferraum? »ist das vielleicht die lade hinten, dieses liftgate?«
er antwortet nicht, sondern steigt knarzend wie ne alte tür aus dem wagen, geht drum herum, reißt das scheunentor hoch, schmeißt es zu.
das signal erlischt. na ich danke IHNEN.

hätte so schön sein können, nicht? mietwagen, dann sind wir fein mobil und ungebunden, aber daß ich mich nach neun stunden flug einfach in so ein scheißding setzen kann und losbrettern like sydney bristow, das war ja wohl ne fehlüberlegung.

»unglaublich«, konstantin lächelt wie nach drei tagen wasserpfeife, als er unter den üblichen gliedergummispäßen wieder einsteigt, »dieses staatsmotto.«
»hm?«, ich reiß am lenkrad rum, als ob ichs abschrauben will.
»nun, die verschiedenen bundesstaaten, siehst du, haben alle kleine motti, die man auf den nummernschildern der autos – oh verzeihung ...«, er hängt mir vorm rechten seitenspiegel, jetzt lehnt er sich zurück, ich kann wieder sehen und steuer unter geburtswehenartigen mühen den behemoth (which I made with thee; he eateth grass as an ox) aus der parkbucht.

»also zum beispiel in new mexico, da lautet der spruch: land of enchantment, verzauberte gegend, ein alberner euphuismus im grunde, vereinnahmung des magischen weltbilds der ureinwohner, und in north carolina rühmt man sich: first in flight, weil dort die gebrüder wright abgehoben sind ... ja, und hier ...« er schüttelt den kopf, ich schalt vorwärts, der panzer (his bones are as strong pieces of brass; his bones are like bars of iron) tut einen satz, und konstantin ist vergnügt: »... heißt die losung: the last frontier.«

stimmt, hab ich auch gelesen, auf unserem license plate, unterm ALASKA EUA 112. apropos license, wo hab ich die papiere jetzt hin, mensch war das ne zicke, »last name starrrrick, first name uh . . . clooodia?«, wenn ichs aus diesem parkhaus rausschaff, sind wir sicher, die straßen hier sollen ja so breit

-schwock!-

geräusch noch im geflecht meiner nerven, sterbende fliege, die im spinnennetz zuckt: so prallt ein mensch auf ein auto. aber die junge frau steht auf, hebt die rechte, kehrt uns die handfläche zu, alles ist gut, tut mir leid, daß ich euch vor die karre gelaufen bin.
»hoppla, was für ein schreck!« sagt konstantin, höchst überflüssig.
ich kenn sie sogar, mit ihrer hohen, runden stirn, der großen sonnenbrille und dem orangen kopftuch, das in einen langen schlabberschal ausläppert. jetzt packt sie ihren dunkelblauen rollkoffer wieder am bügel und zockelt davon, so daß ich weiterfahren kann, ins licht, raus aus der rußigen nacht. genau, die ist mit uns geflogen, saß irgendwo weiter hinten, fiel mir schon vorher auf, in frankfurt, an der sicherheitsabsperrung, als sie dem scheichtypen im langen weißen gewand platz gemacht hat, der durchgewunken wurde von dieser klapperdürren flughafenlady, die ihn wichtigtuerisch mit »salaam« begrüßt hat.
die sonnenbrillenfrau war genauso genervt wie ich, nahm ihre gläser auch kurz ab, so trafen sich unsere blicke: eine sympathie, ein einverständnis, und noch was andres, besonderes, ich komm nicht drauf –

»claudia, gib acht bitte«, ja himmel arsch, fast hätt ich jetzt auch noch den uniformjockel gestreift, der da im zwielicht an der betonsäule vor das auftauchen in der irdischen gegenwart nach einer reise zum arcturus: dort drüben eine birke wie bei uns, das licht zu deutlich, abnorme energiegeladenheit von sträuchern, wiese, kleinen gebäuden, als wäre dieses anchorage um mich ne autobatterie, die man zu doll geladen hat – gegenüber der junge auf dem fahrrad, zwei frauen mit gepäckwagen: heiße verfestigte glutstellen in der flüssigen welt, elektrische brennpunkte, physikalische entladungswirbel, lachende oder streitende oder sich abstrampelnde menschenförmige turbulenzen, die (genau wie ich) versuchen, sich an einem ihnen zutiefst suspekten unbekannten ort zu orientieren, einzuordnen, um wieder

der eskimo – sagt man so, darf man das? – an der schranke staunt über meine kriegerische miene (ich erschreck selbst drüber, im rückspiegel mahnt mein gesicht: gleich muß das urböse stark gemordet werden). ich entschuldig mich, damit er mich endlich vom flughafengelände runterläßt, mit mädchenhaft zwitschernden lauten: »i've, you know, i've never been in such a big car.« er freut sich, das sieht er ein: »oh, eeeasy! you just …«, da macht er eine besoffene handbewegung für »ist doch scheißegal, immer schön erbarmungslos geradeaus, sie werden schon platz machen«, dann grinst er, als wär er blöd, eben weil ers nicht ist.

»du mußt rechts jetzt, nehme ich an.«
»zeig die karte. halt bitte die karte hoch. konstantin! die karte, da kommt ne … da is ne ausfahrt, herrgott!«
er hält sie hoch, sie hilft mir nichts, denn details hat man sich da, wo die spenard road in den minnesota drive gefalzt ist, spannenderweise gespart.
»na hier, hier jetzt rum …« geht aber nicht, einbahnstraße. ich schwitz salpetersäure und konstantin hat sein stilles vergnügen, als wäre er

ja, er verwandelt sich: das ist kein konstantin, das ist der pure murun. ich freu mich sogar mit ihm, als ich das begreif: der alte mann neben mir ist mutig und bei kräften, er wird seinen überzeugungen keine schande machen, wenn er vor die maschinen des feindes tritt, in ein paar tagen, um, ja, warum, was werden wir

neun stunden flug, zehn stunden zeitunterschied: wir sind eine stunde vor unserem abflug in frankfurt in alaska angekommen, und auf dem monitor im flugzeug hab ich die datumsgrenze gesehen. sie macht einen kleinen zickigen zwick um ne insel, die wie ein filettierter hai ausschaut: uns menschen zuliebe knickt die zeit ein, damit die ganze geschichte

valet parking: das heißt, wir müssen an dem scheißhotel die karre räumen, damit ein livrierter sie an einen unbekannten ort fahren kann, von woselbst er oder ein andrer sklave sie zurückholt, wenn wirs fordern.

»es tut mir leid«, heißts am front desk, »die zimmer sind noch nicht fertig.«
»das ist hier so«, sagt murun, und ich frag mich: war er schonmal hier, oder ist das bloß so ein rührender behelfssatz, um die enkelin zu trösten?
wir geben das gepäck in verwahrung und schlenzen jetlagfaul die 5th avenue runter. dann setzen wir uns bei starbucks rein.
er kauft eine lokalzeitung und liest mir, in leicht überdrehter plapperlaune, was vor von irgendwelchen signalen, »amateurfunker, steht hier, es erinnert sich offenbar niemand in der redaktion an die alten geschichten, den russischen specht, dabei hat man gerade hier in alaska ... aber du, als physikerin, wirst dir ja sicher«, nee es tut mir leid, meine

aufnahmefähigkeit ist mir weggeflutscht, mein hirn ist zerleiert, als gäbs für mentale spannkraft ein eigenes hookesches gesetz.

nicht mal mit halbem ohr zu, als er was von »zwei strahlen« ramentert, von einem »skalaren interferometer«, »schau dir das nur an«, da hält er mir die wetterseite hin, merkt er eigentlich gar nicht, daß ich eine pause brauche? schön siehts aber aus: orange zonen, blaue zonen, eine kaltfront an der kamishakbucht, was soll mir das sagen? »lächerlich, sich vorstellen zu wollen, daß das zufall ist, daß die signale gerade jetzt wieder knacksen!«
weiß ich doch nicht, na und. was ist das hier, kann die mal wieder aufhören, die agitierte kiste? dann wieder sein »interferometer«, er glaubt tatsächlich, daß mir das was sagt, weil ich doch physik studieren will, aber im moment will ich genau das eben nicht, sondern nur

und noch monologische krümel über »hohe wolkenmassen, die kann man damit direkt verschieben, hochdruckgebiete, tiefdruckgebiete, was du willst« – »ich will«, maul ich vermumpft, »noch so'n bananendingskuchen«, er gibt mir eine handvoll labbriger scheine und ich hol meinem armen magen eine verklebte

eröffnet er mir: »wir sind eine ganze woche hier, bevor wir hinausfahren, in den wald«, yes in den schwarzen wald der waffen, ich bin so müde, liebe angst, laß mich in ruhe, auch du, liebe reue, liebes heimweh, eine ewige uneinholbare stunde vor

»und ein paar leute wollen wir treffen.«
»leute, ach. woher kennst ...?«
»verbindungen, korrespondenz. man knüpft ...«

»was n für leute?«

»leute, die mit ein wenig zivilcourage gesegnet, oder wenn du so willst: gestraft sind – keine sozialisten, leider, aber bürgerliches rückgrat haben sie zu bieten. umweltschützer, unterstützer«, schlitzer, spritzer, ich hör nicht zu, aber murun ist bester dinge. darf ich dann bitte vielleicht auch noch ein thema

nee die frau vorhin, ob er sie nicht auch auffällig fand. »welche frau?«, na die aus dem flugzeug, die ich in der tiefgarage fast plattgemacht hätte. »inwiefern auffällig?« provozierende begriffsstutzigkeit, als ob murun genau wüßte, was ich meine, mir aber nicht die erlösung gönnt, es auszusprechen, ich soll selber drauf kommen, »na, da war was mit ... ihrem ... sie wirkte so«, ich denke an den kurzen blickwechsel vor der sicherheitskontrolle, aber es kommt nicht, es wird nicht ganz klar, ich kriegs nicht scharfgestellt vor augen, zuck mit den schultern, was solls. murun kehrt zu seiner zeitung zurück wie ein gärtner zum beet, als ob die nachrichten lebendig wären und er dafür verantwortlich, ihnen allen die richtige hege

er hat nur noch ein doppelzimmer gekriegt, so kurzfristig, keine zwei einzelnen – richtig, wir sind aufgebrochen, in größter hast, bevor er alles zur zufriedenheit hat regeln können, weil ich ein verbrechen begangen habe, das perfekt genannt zu werden verdient; denn niemand wird mich je

fahrstuhl, oh bitte, ich kann keine leute mehr haben, ich muß jetzt bäldestmöglich mal für mich sein, und der pseudosportfischer mit seiner vampiresken schlampe in schwarzem lack müßte bitte im nächsten stockwerk schleunigst room 1449, wie überall im gebäude abgedunkelte fenster, die vorhänge, wie syrup, tropfen mehr an der wand runter, als daß sie hingen, auf bräunliches setzt man hier gern, auch in der lounge vorhin haben mich das goudafarbene licht und der dazu passende superrahmige jazz noch schläfriger geschafft, als ich sowieso

wenigstens zwei betten, gut.
mehrere decken, obendrauf eine genähte: »das nennt man comforter.«
comforter, tröster, ist ja bizarr.
wir räumen unser zeug aus, wir räumen unser zeug ein: in die schränke, aufs waschbecken. ich kenn sie alle, seine döschen und röhrchen, er glaubt als frommer atheist ja ganz brav an die schulmedizin, an blutverdünner und

schläft schnell ein, mit der stoffbrille auf den augen. ich schau aus dem fenster auf den pazifik, den ich noch nie gesehen hab. mißtrauisch: wirst du dich artig verhalten, fremdes wasser, wie meine vertraute nordsee und mein freundliches mittelmeer, oder willst du der claudia was böses? der himmel sieht, wo hab ich das mal gelesen?: wie ein fernsehbildschirm aus, den man auf toten kanal gestellt

ich blöde auster muß natürlich an der rezeption groß nachfragen, wies mit der nacht hier aussieht; ganz verdientermaßen ward mir niederschmetternd auskunft: »nur zwischen zwei und fünf uhr nachts wirds ein bißchen dunkler, die sonne hängt dann tief zwischen den bergen, da schalten wir dann auch unsere straßenlaternen an. auf eine nacht wie in europa dürfen sie bei uns um diese jahreszeit nicht hoffen.«

murun schnarcht leise indianermelodien zur beschwörung des allgütigen schakalgespensts, durch die nase zu flöten. ich schalt den fernseher ein. die meisten kanäle sind rappelig, also bleib ich bei dem einzigen hängen, der was schwarzweißes sendet. den ton hab ich fast ganz abgedreht. ich seh leute beim festmahl sitzen, an einem langen tisch, es ist wohl geheiratet worden. die braut ist dunkelhaarig, osteuropäisch apart; sie redet nicht viel, läßt sich aber gern von der ganzen tafelgesellschaft anbeten. der stürmisch blonde, gelackt schnittige bräutigam ist sichtlich stolz drauf, daß er sie rumgekriegt hat. an der bar des restaurants, in dem gefeiert wird, steht aber eine eisige schönheit auf, gehüllt in teure sachen und eine ganz alte traurigkeit. die tritt plötzlich, alles hält die luft an, von der bar weg an die partytafel, fixiert die braut und sagt: »moia sestra. moia sestra?«
die angesprochene ist entsetzt, sie weist die fremde ab, die sich verstört davonmacht. was war das? »my sister« auf serbisch, erklärt die braut, aber die dort eben sei nicht ihre schwester, sie habe die fremde noch nie

so müde, so matt, so geschafft, ich schalt den kasten aus und wickel mir einen sweater um den kopf. das sieht bestimmt clownesk aus, aber das flimmern muß weg, dieses kathodenröhrenfahle licht, diese ach ich

jetzt weiß ichs, jetzt hab ichs: die frau im flugzeug und im parkhaus, die sah aus wie ich. nicht nur ein bißchen, weils eben bestimmte typen von menschen gibt, sondern trotz ihrer teuren, von meinem style so ganz verschiedenen aufmachung mir wie

gesicht geschnitten geschafft geschlagen geschlafen geschpenst

968892

tut mir leid um gomel, stantsiya, severnyy und die kinderkrippen dort, um meine schwestern und um alle bemühungen der sowjetunion, tut mir leid, weil ich nicht aufgepaßt hab, als muruns erklärung schattenloses licht drübergegossen hat, tut mir sehr leid um stefanie, die nicht weiß, was ich getan hab, und um ralf und jens und alle IHRE ebenbilder, tut mir leid, daß ich nichts wußte vom kontakt und den harmonien, und das beste bild, das ich mir davon hab machen können, ist das der alutiiq von koniag, wie meine retterin mirs auf der flucht später erzählt hat: es gab einen sonnenmenschen, bevor es andere menschen gab; es gibt die geister, überall auf dem spektrum, es gibt deren interferenzen; es gibt das reinste wesen, *llam sua,* das lebt am himmel droben. »sua«: ein wichtiger besitz begriff beschluß, bezeichnet das empfindende, intelligente, willentliche in den menschen, wir nennens die person. das universum, in das alle personen gehören, hat von anfang an ein hierarchisches sein sollen, in ebenen der existenz unterteilt, fünf überm erdboden, fünf darunter. weck nicht die guten noch die bösen geister, vergiß nicht die konvektion, beachte die luftaustauschzyklen, die vermittlung zwischen den grenzen und pfaden bei der erscheinung auf dieser irdischen, einzigen

013180

»gefällts dir?«, als hätte er mir das land gerade gekauft. goldhelmflocken aus der rembrandtfabrik im gras, sonniger meerschimmer. doch, schön ist es schon, gut, daß wir uns auf diesen tony knowles coastal trail abgesetzt haben, aus der läppischen stadt mit ihrem total verrückten einbahnstraßensystem – als ob die planer sich überlegt hätten: wie kriegen wir die ortsfremden dazu, auf dem weg von a nach b an so vielen läden in unsrer angeblichen innenstadt vorbeizufahren wie möglich – eine innenstadt wohlgemurkst, die in wirklichkeit bloß ein rechtwinklig auf die ebene geklotzter mischmasch aus ölkonzernhochhäusern, restaurants, souvenirklitschen und vorläufig verschonten resten älterer ansiedlungen ist.

aber hier draußen, wo die kühle beruhigt, das süßwasser hinter uns als zartes bächlein schuschelt und vor uns, an den eisenbahnschienen, bei den großen trafos der zerstückelten kleinindustrie, bei der matschebene und dem gras, hinter den dangerous waters and mud flats, vor denen schilder warnen, unterhalb der hänge mit den nach bauart und farben extrem individualisierten kleinen holzbauten der etwas reicheren städter wie eine arktische kälteplane sich ein erhabenes

natürlich nur wenige menschen, aber die reichen mir schon: die alten eskimos, die der fortschritt auf die falsche art von aller erwerbsarbeit befreit hat, sehen alle gleich aus, muster des ausgemustertseins: dunkle fischermützen (etwas unförmigere, kubischere baseballkappen), tote augen, bärte im stil des meisters aus »karate kid«, sitzen sie auf der treppe vor dem alten rathaus, unter sommerlichtverhältnissen, die das vertrauen zur wirklichkeit zersetzen: unglaubwürdige sonne, schadhaft schattenlose wolken, spott und hohn dem biorhythmus.
als es heut nacht 00.00 uhr ortszeit war, hab ich rausgeguckt ins braunblau: daß es diese farbe gibt, hab ich auch nicht gewußt, und statt sternen hatten sie nur diese blutigen leuchtkäfer auf stöcken, komplett überflüssige straßenlampen. aus dem vierzehnten stock zeigt sich die stadt sehr übersichtlich, breite straßen; die kleineren wohnhäuschen eng aneinandergerückt, gegen die im winter sicher irre kälte.

»und dabei«, er schaut zufrieden die biege der küste entlang, dorthin, wo sie sich südwärts selber verschluckt, »sind wir noch im engeren stadtgebiet. ich sage dir, du wirst ganz anders durchatmen, wenn wir am freitag anchorage verlassen.«
»und wenn sie uns aufgreifen dort, die bewacher, beim haarp? was sollen wir dann sagen?«
»du bist doch die schlagfertige, denk dir halt was aus.«
»hillo, wi ahr tschörmin kommunists ent wif kamm tu sabotahsch jur haarpscheißdreck.«
haarpscheißdreck: er nickt in vollstem einverständnis.

mein erstes echtes monster: »wenn sich das nackenfell sträubt«, zischt murun, »oder er die ohren anlegt, wenn er den kopf senkt, mit den zähnen klackert oder sich die lippen leckt, dann will er dich zertrampeln. du darfst ...«, er faßt mich am ellenbogen, ich schüttel ihn unwillig ab, hab schon verstanden, geh langsam mit ihm rückwärts, das tier steht auf der lichtung, als ob ihm die gehört, »... du darfst seinen persönlichen raum nicht verletzen. der kommt mit wölfen und bären zurecht, da haben streichholzfiguren wie wir beide nichts zu lachen.«
ich tret auf eine plastikflasche – »master of mixes: sweat'n'sour mixer partypack« –, der elch hörts nicht, oder es ist ihm gleich. noch nie hab ich ein tier gesehen, das sich nahende menschen so wenig anzugehen schienen – er weiß, daß wir ihm nichts können.
die augen sind voll schwarzem öl, das fell glänzt stark, ich bild mir ein, ich könnt es riechen: tang, holz und erde, bären und wölfe.
am stadtrand. nein, meine welt ist das nicht.

auf den schreck: zurück in downtown, in der großen »simon mall«, die unter der woche bis neun uhr abends auf hat, gehts mir besser. alles drin, geschenkshops, juweliere, klamotten – hab mir gleich am zweiten tag eine weite militaryhose gekauft –, schuhe, dvds, ein steakhouse, ein museum der alaska state troopers, spielzeug, und oben im vierten stock das arkadien der junkfoodgläubigen: hot dog on a stick, souper bowl, villa pizza, frozen yogurt, taco palace, chopsticks, famous wok, fruitland.
als ich mit pizza, vegetarischem ichweißnichtwas und einem gefrorenen süßmilchbatzen an den kindertisch zurückkehr, den murun für mich bewacht, betrachtet er ganz selbstvergessen einen behinderten ureinwohner im rollstuhl, keine dreißig jahre alt, schräg gekämmte haare, mit walfett frisiert. sein kinn hängt runter, er sabbert, trägt tarnzeug; sein scharfgeschnittenes gesicht sieht traurig aus. auf dem rollstuhl hinten klebt ein sticker: army of one. »das ist der propagandaslogan der armee, die diese jungen leute von der straße holt, um sie für den imperialismus zu verheizen. der bursche hat vielleicht am golf gekämpft und jetzt lebt seine familie« – es wuseln zwei übergewichtige mädchen und ein spindeldürrer alter mann um ihn herum – »von den berufsopferschecks.«
ich weiß nicht, was ich darauf sagen soll.
»na, iß nur dein frittierfett, damit wir ins hotel können. ich bin müde.«

013184

was will man sonst machen, eine woche in diesem nachtlosen nest.
wir gehen fast jeden tag zu »a novel view« auf der 1st street,

hausnummer 415, ein kleiner zweistöckiger buchladen, eher lattenbude als haus. »mind the roof, dear«, sagt die oma, mit der sich murun beplauscht: übers wetter, über nick begich, den großen antihaarpaktivisten, den sie persönlich kennt, über die regierung in washington und über deutschland: »so you've escaped the summer?«
dann reden sie über, was ist das jetzt? »critique of« dingsda, die alte scheint tödlich gebildet, anlaß sind zwei bände von einem italiener auf dem tischchen. murun »the prison diaries for six dollars? i can't believe the price«, sein englisch kann sich hören lassen, dafür, daß er es angeblich nur von filmen gelernt hat.
»when students doubted everydamnthing under the sun ...«
»right, you had your sixties, too«, die kann ja richtig flirten, »over there«, ganz schön kokett – und er darf philosophieren, da blüht er auf: »whereas first one should check whether the opponent is actually right. if you cannot find any inconsistency or fallacy, there's simply no need for any critique of ideology. false consciousness arises from necessities one can check, but if it's not false, don't analyse it.«
sie horcht aufmerksam: ein denker aus europa, welche ehre, und stellt ihm schließlich sogar ein teetäßchen hin. die unterredung wird wohl länger dauern.
ich sitz im obern stockwerk und blätter in alten modezeitschriften. da ist es schattig, traulich höhlig, nie dürfen sich mehr als sieben leute zugleich hier aufhalten, weil sonst der bretterboden bricht. neben dem hauptraum gibts eine kinderbuchabteilung, wie ein spielzimmer eingerichtet. ab und zu lassen leute ihre blagen auch mal drei, vier stunden da, während sie zum wal mart fahren. der durchgang zur kiddiekrippe enthält wandhohe regale, darauf unter anderm die abteilung »sexuality«, paßt: wie sonst kommt man zum kindersegen als durch diese biologische tür.

»die lassen sich nicht gehen – vorbildliche leute, dieses alte ehepaar, dem der laden gehört«, erzählt murun mir auf dem planet walk zum wasser, »es gibt einen kunstspaziergang durch die museen, jeden ersten freitag im monat, und an samstagen, nachmittags um zwei, halten sie kleine veranstaltungen ab.« »nicht im ersten stock, hoff ich«, der wind hilft mir beim lustigsein, weil er in meinen haaren rumwühlt.
»sie sind deutschstämmig, hast du das gewußt? das heißt, wahrscheinlich wohl eher nur er – ihren mädchennamen kenne ich ja nicht.«
»wie heißen sie denn?«
»hennecke«, er gibt mir ein rosa kärtchen: »pat hennecke, owner. matt hennecke, manager«. matt und pat: putzig, ich gebs zu. emanzipation: ihr gehörts, er führts, statt umgekehrt. murun lobt weiter: »dann laden sie auch schriftsteller ein, am liebsten romanciers, zu kleinen abendessen mit treuen kunden. eine kluge art der lebensabendgestaltung, nun ja, verdient wird nicht viel, auch wenn sie darauf bestehen, daß man nicht nur auf tauschbasis mit ihnen handelt, von wegen rückgabe gelesener bücher, mitnahme ungelesener – zehn prozent jeder transaktion müssen in bargeld . . .« und weiter in diesem ton, als hielte er ein seminar über planwirtschaft.

wir gehen den hügel runter, der schon fast unsrer geworden ist, zum bänkchen, und ich merk, daß er die beiden alten liebt, weil sie zusammengeblieben sind, anders als er und seine frau.
ein sonnenuntergang wär jetzt nett, versöhnlich, aber den gibts hier ja nicht.

01|3|90

ich wach auf; murun ist nicht da. der hotelwecker will mir weismachen, es wär drei uhr nachts, draußen ists bestenfalls angeschummert. hat er sich eiswürfel geholt? ist er runter in die businessecke, rechts vom foyer, wo leute ohne laptop im internet spielen dürfen?
erst bin ich trüb, dann gelangweilt, schließlich wird mir mulmig fad. soll ich lesen? auf dem fußboden liegt die doofe zeitung, aus der er mir am ersten tag im starbucks so agitiert vorgelesen hat, mit der aufgeschlagenen wetterseite – ich heb sie auf und les am rand von konstantins hand ein paar zahlen und kreise, einige sind durchgekreuzt, sowie stichwörter in steilster klaue: »cb amateurs«, »recurring«, »cf. russian woodpecker«, darunter ein artikel über hobbyfunker und ihre probleme wegen atmospheric sowieso. da hat er wörter unterstrichen, vielleicht, um sie im dictionary nachzuschaun: »irradiation«, »gated grids«.
ich legs ihm aufs ordentlich gemachte bett, nehm ein rotes büchlein von seinem nachttisch, obs was ist, zum zeitvertreib? oh schaden, das auch noch, alle gedichte von bert brecht, na toll, das einzige deutsche buch weit und breit, ausgewalzte schullektüre.
ich schlag eine beliebige seite drin auf und ärger mich, daß ich nicht dran gedacht hab, wenigstens ein liebesromanheftchen mitzunehmen: »lob des kommunismus« – »er ist vernünftig, jeder versteht ihn. er ist leicht«, haltet eure hosen fest, der bertolt erklärt die welt. ich bin doch nicht verrückt und les das auch noch freiwillig, wo ich es schon den ganzen tag in die ohren geblasen krieg. wie spät ist es daheim? 13 uhr, ich könnt wen anrufen – thomas, stefanie, die eltern? wie das mit der vorwahl funktioniert, steht auf dem apparat, aber als ich den hörer schon abgenommen hab, wird mir

klar, daß ich mich das nicht trau: wer weiß, wieviel geld konstantin sowieso schon ausgibt für diesen irrwitz hier, da muß man ja nicht kapriziöserweise

laß mich rücklings aufs kingsizebett fallen, taucherin, die über bord geht: gut gefedert, muß man ihnen lassen. dann lieg ich da und spiel mit meinen daumen am höschenbündchen rum, warum? zuhaus wüßt ich schon was, wenn mir so kieferausrenkmäßig sterbenslangweilig ist, aber im selben zimmer mit konstantin, nein danke, da müßt ich schon ein eigenes haben und seine schriftliche versicherung, daß er nie auch nur den versuch unternimmt, unangemeldet zu erscheinen – anderes problem: er ist unabgemeldet verschwunden, was mach ich damit? wutzenfrech auf die suche nach ihm verduften, jetzt, da er mich schon mindestens eine halbe stunde mitten in der naja nacht hat hocken lassen, mutterseelenweißnichtwas, hab ja meine eigene key card? oder ich könnt mich auch in eins der fünf restaurants verfügen, die man in dieses hotel geklemmt hat, leichte italienische küche, kaffee und spirituosen, preisgekrönte weine, »creative appetizers«, walschwanz, arsch vom karibu ... alles auf konstantins rechnung. die haben nämlich, wenns stimmt, was ich gehört habe, mitten in der nacht auf – ah ja stimmt, vielleicht ist er einfach dort, säuft sich taubstumm und schlottert vor angst, weil er seine enkelin demnächst durch militärisches sperrgebiet schleift. oder er sitzt mit seinen couragierten anchoragern (acht alte anchorager im anorak essen arschteure anchovis) beisammen und konspiriert, daß

wenn nichts mehr hilft, hilft fernsehn auch nicht, macht aber überschüssige zeit kaputt:
der erste kanal ist wie beim letzten mal der hauseigene, der mir jetzt schon zum zweiten mal erklären will, wie man

zappt. ich zapp ihn weg, schon läuft ein grober unfug über eine neue unart böser menschen mit digitalkameras: »upskirting« heißt die mode; man legt das gerät in eine papiereinkaufstüte mit verstärktem boden, schaltet es ein und schiebt es jungen frauen untern rock, die im einkaufszentrum bummeln gehen. was ein triebstau muß in diesem amerika herrschen, daß sie daraus tauschbörsen im netz machen können, und ein fünfundzwanzigminütiges, in seiner verbissenheit

man müßte mal einen dieser strafverfolger zwingen, in der ichperspektive aufzuschreiben, was sich so ein belästigtes mädchen denkt, was wir da so empfinden, da käm ein zeug hoch – überhaupt ne gute idee: männer schreiben als mädchen, hei gäbs was zu kreischen, ich glaub es

nach den upskirtern wirds nüchterner, ein nasakritiker fordert, sie sollten die space shuttle einmotten, ist mir sofort zu trocken – was kommt woanders? im lokalen spricht die knarre: seit vier tagen gab es offenbar »recent shootings in anchorage«, einen toten an der ecke reka drive und bragaw street, nach einem schußwechsel zwischen zwei fahrzeugen, drei personen wurden verhaftet, zwei verletzte an der ecke 15th avenue und dingsda street, keine verhaftungen, ein paar kugeln in eine hauswand nahe boniface parkway und 6th avenue, keine toten, keine verletzten, keine verhafteten, später ein paar ballernde jugendliche, die an der newell street aufgefallen sind, minderer sachschaden, und schließlich ein schuß in einen lincoln auf dem totem theatre parkplatz an der muldoon road, auch hier keine verletzten, keine verhaftungen. nein, ich geh nicht in die stadt, um konstantin zu suchen. aber hier drin bleib ich auch nicht mehr, und dieser fernseher soll übrigens die klappe halten.
das licht vorm fenster ist jetzt ocker, die ölprotzbauten sehn aus wie mit pech versiegelt.

ich zieh mich an, nehm meine magnetkarte vom nachttisch und fahr runter in die lounge. das businesseckchen ist verlassen; ich bin sofort online. kurze mail an thomas, ohne überlegung geschrieben, hohle floskeln: bin in amerika, zeitumstellung, hoff, es geht dir gut – wo wir genau sind, soll ich ja erstmal nicht rauslassen, hat der chefparanoiker befohlen, das offizielle telefonische bulletin an die werten lieben daheim enthielt die formulierung »rundreise«, wir könnten also genausogut in der kalifornischen sonne brutzeln. ein kleiner teufel gibt mir ein, ich könnte die post für mein brüderchen einfach superlieblos cc an papa gehen lassen, aber das ist mir dann doch zu gespreizt, von der schieren garstigkeit

was mach ich mit der angefangenen netzzeit? bißchen rumsurfen: die bildzeitung ist mäßig lustig, auf spiegel online gibts neues vom krieg, tine königer hat für ihre webversion unserer abizeitung meine epiphanien natürlich nicht als pdfs reingestellt, obwohl ich genau das layout und die bebilderung für beide versionen

boah ist die welt langweilig, im internet noch derber als in wirklichkeit. neue variante: wenn nichts mehr hilft, hilft googeln auch nicht, macht aber überschüssige zeit kaputt: ich guck nach, was das www eigentlich über gakona weiß, die ortschaft in der nähe der anlage, wo wir hinwollen. beklemmend wenig: »indianer leben seit 5000 bis 7000 jahren im talbecken des copperflusses. gakona diente ursprünglich als camp zum fischen und holzfällen und wurde erst später zu einer ständigen siedlung. im jahre 1904 wurde doyle's roadhouse an der kreuzung der wegstrecke valdez-eagle und valdez-fairbanks gebaut und wurde bald eine beliebte einkehrmöglichkeit für reisende. andere dienstleistungen umfaßten ein postamt, eine postkutschenhaltestelle und eine schmiedewerkstatt. einige der originalgebäude stehen heute noch. die gakona lodge wurde 1929« na und so weiter

ich geb »lob des kommunismus« ein, aus lauter laune: brecht, bla, komintern, auch ne liedfassung als mp3 wird angeboten, die ich mir aber nicht antu – nachher werd ich dafür noch vom hotelpersonal gegriffen und interniert, guantanamo, zack. da spricht natürlich mein innerer murun aus mir, also warum nicht noch dings, na, wie hieß es, genau: »russian woodpecker« googeln, bevor ichs endgültig bleibenlaß hier unten und in eine suite zurückkehr, in der sich konstantin vor lauter sorge um meinen verbleib hoffentlich schon die fingernägel abbeißt. aha: russian woodpecker. eine menge treffer, scheint n heißes thema zu sein: »the russian woodpecker was a notorious soviet signal that could be heard on the shortwave radio bands worldwide« »this powerful soviet radar signal was quickly dubbed the ›russian woodpecker‹«, und offenbar auch ein spinnertes sujet, in derselben ecke zu suchen wie die haarpaufregung: »speculation about the purpose of the signals ranged from submarine communication to weather control, even mind control and mood changing. however, the general consensus finally arrived at a form of over the horizon radar system – something the west was experimenting with it, too!« von wikipedia ist zu erfahren, daß zwischen juli 1976 und dezember 1989 auf der ganzen welt kurzwellenradios ein klopfsignal auf zehn hertz empfangen haben – pochpoch, daher specht.
1988 hat die amerikanische federal communications commission das signal studiert – die datenanalyse ergab eine pulszwischenzeit von cirka 90 minuten, ein frequenzspektrum zwischen 7 und 19 mhz, eine bandbreite von 0,02 bis 0,8 mhz und eine sendezeit von jeweils etwa 7 minuten. am ende soll sich zur allgemeinen zufriedenheit herausgestellt

haben, daß es sich um ein radarsystem handelte, das trotz erdkrümmung über den horizont hinweg nach ionosphärischen veränderungen tasten konnte, die aufgrund der ionenspur von raketentriebwerken

die kommandostationen sollen in gomel im heutigen belorußland und in komsomolsk am amur in sibirien gelegen haben; hoffentlich will murun im rahmen seiner hightechspionage da nicht auch noch irgendwann

stimmt schon, selber schuld, ich hätt denselben weg zurück auf unser zimmer nehmen können, den ich hergekommen bin – was wollt ich, die tolle weinkarte studieren? aber wies so geht, mit freischwebender neugier, verbummelter übermüdung, schlechter laune, man stößt, wenn man solchen sachen nachgibt, ganz unbedingt auf etwas, das man lieber gar nicht wissen wollte.

da sitzt er, an der messingbeschlagenen prunkbar, mein alter agent, und neben ihm, gut, daß die zwei mich nicht sehen, gestikuliert freudig erregt, während beide dem bier zusprechen, der verdammte doctor, der mich damals mit seinem charme eingesprüht hat – sogar denselben viel zu langen schal hat er um den nacken hängen, und die kastanienfarbenen hosen kommen mir ebenfalls bekannt vor, nur der norwegerpulli ist neu, na beißt sich wenigstens schön mit dem schal, ach was solls: ich mach einen vorsichtigen schritt zurück, fließ um die ecke wie wasser, das herz hämmert, russischer specht auf speed: alles betrug, alles beschiß, von wegen ich will mir diese anlage einfach mal ansehen, pilgerfahrt zur großen technokapitalistischen sauerei, einmal investigativer journalist sein – die sache ist verabredet, vielleicht seit jahren schon, hier gehts um dunkelheiten, um absicht, um – ja, vielleicht wirklich sabotage? nicht, daß er mich da reinzieht, denk ich im aufzug, schäumend vor wut und scham, ist das eigentlich niederträchtige, sondern daß ers tut, ohne mich wenigstens irgendwie ins vertrauen zu ziehen. was bin ich für ihn? ein schutzschild – falls der terroranschlag, oder was immer er vorhat, danebengeht, will er dann mit dem knochigen zeigefinger auf mich deuten und sagen: erbarmen, liebe militärgerichtsbarkeit, ich habe doch ein enkelkind dabei, das von nichts

ich dusch, zieh mich um. ich geh auf und ab, ich rauch, mit offenem fenster zwar – so ein bißchen muß man ja schon respektieren, daß das ein nichtraucherzimmer ist –, aber dafür gleich zwei kippen dicht nacheinander. ich tipp mit den fingern auf das fensterbrett. der soll bloß hochkommen, das verschwörerarschloch. ich hätt bock, direkt wieder abzureisen. das ist jetzt wirklich eine sorte vertrauensbruch, die man nicht mehr mit

wieso klopft er jetzt an? höflichkeit, schlechtes gewissen?
du kannst mich mal, alter mann. aber das pochen insistiert, und dann mein ich auch ne stimme zu hören, nicht deutlich zwar, mehr wie in den teppichboden gehustet, aber weiblich, also nicht die des verräters. ich geh zur tür, mach sie auf, da steht, mit ausgefallener frisur – lockig statt glatt, dunkler auch als das letzte mal –, sehr schönen ohrringen, etwas zu knallrot geschminkten lippen, in einem ziemlich engen schwarzen kleid und viel zu teuren schnürsandalen, claudia starik.
sie lächelt mich an, guckt dann nach rechts den gang runter, schaut mir erneut ins gesicht und sagt: »would you let me in, please? just for a moment, we don't have much time, we should – wir sollten sprechen, bevor er wiederkommt.«

VIII.

013191

»die suche wird immer schwieriger, wahrend die träume die wirklichkeit infizieren, während illusionen folgen haben und die motive der fraktionen ins bild geraten, nur um genauso schnell ... wieder ... daraus ... zu verschwinden«, sie lächelt bös und spielt mit dem zeigefinger am rand der ebenholzschwarzen kommode, wo der ausgeschaltete fernseher steht. das licht im fenster ist nicht mehr ocker, sondern magenta. es schmeichelt ihrer stirn und ihren wangen. sie spricht in rätseln, nicht mehr mit starkem amerikanischen akzent wie eben, sondern wechselt die sprachfarben – gerade noch norddeutsch aristokratisch, jetzt hats was französelndes: »ich denke, die schwerkraft bedeutet, daß das universum lieber keins wäre ...«
»kein was?«
»kein universum.«
sie ist auf genau die art schön, wie ich mich manchmal, an gänzlich guten, also seltenen tagen, selber schön finden darf: als hätt ich mich erschaffen, und also sie, und dabei fällt mir dann ein, wie ich auf sie wirken muß: wie ihr käsiges, bedrücktes ebenbild, mit hängenden schultern, undamenhaftem bauchansatz wegen zuviel prollfutter, weichgekochten glibberaugen, ausgetrockneten lippen.

»well, wir sind noch von woanders als von hier. aber es war ... wie sagt man? es war unausweichlich, daß wir«, jetzt sind ihre worte deutlicher, und während sie den vorhang vor der halbfertigen stadt, die uns zu füßen liegt, ganz aufzieht, schaut sie mich fast traurig an, »irgendwann hierherkommen mußten, cordelia. willensfreiheit ... wir sind frei, weil wir sterblich sind. wären wir unsterblich, müßten uns ja die folgen von allem, was wir tun, irgendwann erreichen, dann hätte die verantwortung keine lücke, und die freiheit wäre fort. weil wir aber dinge tun können, deren ergebnisse uns überleben, sind wir frei.«

»ich kann dir nicht folgen. und daß es dich überhaupt gibt, ist auch ähm schon ne ... ne dolle zumutung. und ich heiß auch nicht cornelia.«

sie zuckt mit der rechten schulter. daß man das so vornehm machen kann, was jeder hanswurst macht, wenn er dir bedeuten will, daß er auf deinen einwand nix gibt, war mir auch nicht

»well, duh. i mean, sure you don't. du heißt«, süßlippenkräuseln, »claudia starik, aber ich meinte es, huh, err, whatayacallit ... philologisch, like. in dem sinn, in dem du die wertvollste königstocher bist. yeah, und wir andern zwei sind goneril und regan. but it's all coming apart anyway. ich meine, das hält nicht mehr lang, wenn abgängerinnen deutscher gymnasien den ›lear‹ nicht mehr kennen.«

»also was ... wie heißt du jetzt, gondel, reagan ... und was willst ...«

sie tritt auf mich zu, herausfordernd nah steht sie vor mir und sagt: »du kannst mich ... nanidi nennen. yeah, nanidi will do.«

das ist ein name, den ich – »das ist ein name, von dem du in deinem, how shall i put it? gegenwärtigen zustand wohl nur wissen kannst, daß du ihn mal gewußt und dann vergessen hast. eine andere form, eine ... längere vielleicht ...«

nanidi.

als ob ich sie mit meiner stumpfheit besiegt und zugleich beleidigt hätt, als ob sie enttäuscht wär wie nach einem ausgebliebenen kuß, wendet sie sich ab, streckt die linke hand aus. legt sie auf den fernsehschirm.
der apparat geht an.
schnee, asche und ameisen wirbeln hinterm glas, die kleinen lautsprecher schweigen. »drei töchter hat der alte könig, er ruft sie zu sich«, sagt nanidi, es klingt, als spräche sie aus dem schlaf, »denn er will von seinem alter sorg und müh schütteln, wie er sagt – er fragt die töchter, da er sich jetzt entäußert der regierung, des landbesitzes und der staatsgeschäfte, welche von ihnen ihn nun wohl am meisten liebt, daß er die reichste gabe spendet.«

ich kenn das doch, irgendwie, das ist ein märchen, oder? ich sags nicht, schäm mich nämlich. sie spreizt die finger der hand, die auf dem schneeschirm liegt, und sagt: »regan und goneril geben die jeweils taktisch richtige antwort, cordelia, die wertvollste, ist zu bescheiden, fromm, zu ... ah, the heck with it.« sie fährt mit der hand aus der mitte des schirms langsam nach oben rechts, dann von dort nach unten links. ich folge der bewegung und dem elektronenblizzard wie hypnotisiert: wie ist das möglich? ihre fingerkuppen zeichnen linien ins gewimmel, wellige, kurvige, als ob sie ins teilchengestöber eingetaucht wären, durch das kathodenröhrenabschirmglas hindurch.

»sastrugi«, sagt nanidi und schaut mich unter schweren lidern hervor forschend an, weil mir ja, wenn schon »lear« nicht, vielleicht wenigstens das was sagt. ich leck mir nur die unterlippe, vollständig überfordert. sie kämmt die virtuellen flocken weiter mit den schlanken fingern – sind meine auch so schön?
ich frag: »wer ist sastrugi?«

»nicht wer. was. schnee . . . wenn wind und frost zusammenkommen. wenn geriffelte platten enstehen, auf der oberfläche, im pulver . . . so wie hier.«
»stromlinien. rillen.«
»genau«, sagt sie, und schließt die zärtliche hand zur faust. das fernsehbild erlischt.

»was wills. . . warum bist du hier?«
»ich will dich warnen«, sagt sie, und schlüpft an mir vorbei zur tür. ich will sie festhalten, aber eine scheu, die ich nicht versteh, verlangsamt meine nach ihr greifende armbewegung, so daß sie mir ohne mühe entwischt.
»wovor?«
»davor, daß du . . . don't think that . . . du darfst dich nicht deinem großvater, uh . . .? ausliefern? überlassen? du weißt . . .«
ich lach heiser, kurz: »na toll, ich weiß . . . he, ich weiß überhaupt nichts. das ist mal klar.«
»du willst es nur nicht wissen. du willst es vergessen. es ist lange her, aber . . . er ist nur ein bote, er ist nur . . . er ist dein begleiter, so herum stimmt es, nicht du bist seine begleiterin. you shouldn't . . . warte ab, was passiert. sei vorsichtig.«
»ich soll konstantin mißtrauen?«
»du sollst ihm nicht mehr vertrauen als ein general einem einfachen soldaten vertraut. er trifft nicht die entscheidungen für dich.«
»sorry, aber deine weissagungen hier . . .«
»du wirst alles verstehen, wenn du so weit bist«, sagt sie, und beugt sich blitzschnell nach vorn, so daß ich den kuß auf die wange nicht abwehren kann.
ich steh da wie vom nichts gefressen, sie legt die hand, die eben noch zaubern konnte, auf den türknauf, ich sag: »der . . . lear, der vater von den . . . das ist konstantin, ja?«

jetzt ist nanidi dran mit lachen: »oh boy, oh dear, no. dein ... unser vater war ... er hatte eier aus stahl, in hodensäcken aus eisen.«
»wer ...«
»ich muß gehen. bis gleich. und bitte, stop your ... hör halt auf.«
»womit?«
»dich selbst anzulügen.«
sie schließt die schwere tür ganz leise, von außen, so daß keine seele auf dem stockwerk

ich will sie geträumt haben.

013204

heimweh will ichs nicht nennen, aber jessas, wie will man draufsein nach einer woche unter den immergleichen cirrusfetzchen, ständig einerseits eingebunkert in w 5th street 939 anchorage AK99501, wo ich inzwischen jeden fenstergriff, jedes gonggeräusch im aufzug bei erreichen eines neuen stockwerks und jede kloschüssel hasse – immer sind sie bis zum rand mit parfümiertem wcwasser voll, diese amerikanischen kloschüsseln, und immer hängt daneben dieses widerlich weiche klopapier, das man kaum

na wenigstens keine klimapuste, sondern ein schöner klassizistischer deckenventilator, damit humphrey bogart, wenn er, schwarzweiß wie er ist (sastrugi) den fernseher verläßt, beim betreten dieses zimmers

den fahrstuhl nicht mehr ertrag, weshalb ich immer öfter im völlig steinkahlen, aufrichtig scheußlichen treppenaufgang, wo der heizkörper schlimme, gurgelnde röchelgeräusche von sich gibt, mich daran erfreu, daß man hier, weil ja niemand treppen steigt, sämtliche vorwände der urbanen

oder andererseits ziellos herumstreunend zwischen den türmen von conoco philips, carr gottstein, unocal 76, zu fuß (in the interest of public safety all skateboards, roller blades, roller skates and bicycles are prohibited in this parking lot) oder in den orangen taxis, wir habens ja, key bank atm vorm hilton immer entlang am ewigen morgenglanz, und gestern sah ich mitten in der nacht einen regenbogen, am rand der scheibenwelt, wo die großen zacken mit den zahnschmelzfarbenen gletschern drin mir drohen, und so wird meine unruhe zum treibmittel, ich will endlich in den großen bösen

vielleicht einen neuen impliziten vertrag aushandeln, nicht auf der grundlage gegenseitigen vertrauens, sondern so grau wie die wände im »novel point of view«, weil wir miteinander hier sind und aufeinander angewiesen, dergestalt, daß ich ihm nicht alles erzähl, was mein dachschaden mir suggeriert – kann es das gegeben haben, nanidi, sastrugi? –, und von ihm umgekehrt auch nicht erwart, daß er mich in alles einweiht, denn vielleicht wär ich, wenn ich wüßte, worums gehen wird bei alldem, ganz seiner meinung, daß es mich nichts angeht bzw. daß es mir hilft, wenn ich im dunkeln

aber irgendwie durchwursteln und nicht ganz verstummen, ertauben aneinander, denn sonst werden wir bald beide kein deutsch mehr sprechen können, oder nur noch soviel, wie bert brecht uns als almosen auf dünndruckpapier

buchladen voller prophezeiungen, bibeln, apokalypsen, rapture – murun: »das interesse der leute hier an diesen sachen basiert auf dem wissen, daß es so nicht weitergehen kann, bei gleichzeitigem mangel am willen, sich dazu zu verhalten, daß es so nicht weitergehen soll. die johannesoffenbarung ist die revolutionstheorie der faulen.«

and there came one of the seven angels which had the seven vials, and talked with me, saying unto me, come hither; i will show unto thee the judgment of the great whore that sitteth upon many waters: with whom the kings of the earth have committed fornication, and the inhabitants of the earth have been made drunk with the wine of her fornication.

aber so einfach darf er sichs auch wieder nicht machen; seine eigenen leitlinien für die ideologiekritik verbietens ihm: zu klären ist doch nicht, ob die prophezeiungen diejenigen, die an sie glauben, von irgendeiner arbeit an der weltveränderung befreien, sondern zunächst, ob sie eintreffen werden, wie verläßlich die quelle ist und so weiter – jan hat mir beigebracht, daß die uneingeschränkte vollmacht, weissagungen zu wißweisssss

hiskia und jesaja: nicht babylon, sondern JEHOVA ist dein sicherster schutz, mein könig, du hättest denen deinen reichtum nicht zeigen dürfen, nichts wird übrigbleiben, und vier jahre später war es tatsächlich soweit. jeremia, daniel, und natürlich das kommen des meschiach.
vor unseren augen: nation erhebt sich gegen nation, königreich gegen königreich, hungersnot, erdbeben, tsunami, seuchen, einführung des euro und die predigt des

sobald andere von uns meinen, wir wüßten was, wissen wir tatsächlich mehr.
menschen sind aus anderen menschen zusammengesetzt, meinungen von menschen aus meinungen anderer menschen. wer bin ich allein? eben erst von der schule abgegangen, kann ich kaum noch französisch, weil ich das nimmer

the wine of her fornication

murun: »die rechten können nicht denken, folgern, argumentieren, die linken können sich nichts vorstellen. so ist das immer, ein elend.«

oh ye hypocrites, ye can discern the face of the sky: but can ye not discern the signs of the times

es wird so weitergehen, sagt der ausblick vom hotelpanoramafenster aus, denn ich seh öltanker, in grellem, laszivem, verruchtem rot, und aus der besorgnis über den klimwandel wird ein vorwurf werden und eine panik, aber keine reue und kein plan, nicht einmal in fernster zukunft, milliarden jahre weiter, wenn die sonne ein großer roter aufgeblasener gott des hellen tages sein wird, der den ganzen himmel ausfüllt, und die welt eine unfruchtbare wüste, und das letzte bißchen wasser sich im pazifischen becken – ja, da drüben – auf einen kleinen, schwindenden schwindelnden schwimm

stimmt ja nicht: außer cirrus gibt es auch stoffballenartige schleier von cirrostratus überm walfischbildnis vor dem carr gottstein building (ein immobilienriese, sowohl für die gebäude der wirtschaft wie fürs private wohnen immer dabei), und manchmal rutscht was in den ballen, als ob es beben wären, im himmel.

also morgen das treffen mit den besorgten zivilisten, heute nochmal auslauf für mich, die nicht ernstgenommene, ach wenn er wüßte, aber es bringt nichts mehr, unsere gesichter schauen durch das je andere hindurch auf nix, die kohabitation macht frostig, die vertrautheit ist ein starrkrampf, sein alter riecht sauer, die gespräche sind einsilbig geworden, ich hab ihn zwei tage lang belauert, ob ers noch rausläßt: daß der doctor hier ist, und was das bedeutet, aber nichts dergleichen, gut, hab mich gern, auch von mir keine silbe, über nanidi nicht und auch sonst kein sterbens

schlepp ich meinen alten nichtpropheten in die mall, zum la style and retail center, denn das ist alaska's largest retail salon, und ich brauche für den sozialtermin morgen ein paar beauty products. vom anfänglichen gemaule: »claudia, ich denke kaum, daß man sich besonders für deine aufmachung interessieren wird«, läßt er ab, als ihm klar wird, daß ich das für meine psychohygiene brauch, sonst verkomm und verwilder ich, noch bevor wir uns in die wildnis begeben. daß die mall aber auch so scheußlich ist: ne gelackte und geföhnte arschfamilie steht am eingang des stylingsalons herum, und der karojackenvater dröhnt: »so did we get something for the mother in law«, und wie er dabei so ganz garstig mokant die erste silbe betont, *mo*ther, das gehört eigentlich mit bastonade

sofort hat man den alten mann und die enkelin am wickel, von wegen bloß mal umschauen, wir sind doch hier nicht in der kunstgalerie: »you guys need anything special?«
na ja, konstantin im grunde eher nicht, aber mir wär black mascara lieb und vielleicht noch ein anständiger lippenstift. an der kasse klärt ein vollschlanker schwarzer einen bestürzten eierkopf auf: »did you know that the number of people with thinning hair will increase faster than the overall population«, und klingt dabei genau wie dieser medizinische werbeton, mit dem hier das fernsehn alles vom schokoriegel bis zur versicherung loswerden will, als gings erstens um den finalsten aller schlußverkäufe und zweitens um die abwendung von pest oder

bloß daß leider bei den ganzen lippenstiften der einzige, den ich als probe mal hätte haben wollen, nicht dabei ist. die haben tollste namen, »control«, »beauty«, »fashion« – welche farbe ich denn möcht? zu dem sauteuren mascara in der röhre von kiss me, immerhin 25 dollar, paßt wohl was möglichst exklusives wie ähm – »really bright?« versuch ichs matt; sie hakt nach: »like red bright, or pink bright?«
»äh pink, yeah«, und also kriege ich weder beauty noch control, sondern »fun«. doch ja, das bin ich: fun. kost fuffzehn dollar neunzig, vielen dank, also vierzig dollar neunzig cent komplett, ging ja gerade nochmal gut. konstantin, der nur zugeguckt hat, ist allein davon so geschafft, daß er uncharakteristischerweise heute nicht in ein gescheites restaurant oder eins der im hotel untergebrachten will, sondern aus eigenem antrieb den vierten stock vorschlägt.
hat nanidi, die ich geträumt hab, das gemeint? immer öfter will er, was ich will.

0|32|5

»was fällt dir auf?« endlich wieder das zurechtrücken der brille, das faunische funkeln im auge, weil er weiß, ich bin ne musterschülerin – also, was fällt mir auf an dem apparat auf blauem samt, hinter glas?
»daß es . . . sehr ästhetisch . . . sehr ansprechend ist. das gerät.«
»hmm«, macht konstantin zufrieden, und wechselt einen genossenblick mit ma hennecke, die ein tablett mit tee und ihren allgegenwärtigen zimtkeksen auf den tisch stellt, während wir beiden deutschen das schaustück an der bücherwand bewundern. sogar weintrauben bietet sie an, in einer so schwungvoll gewellten schüssel, daß einem vom bloßen hingucken schwindlig wird

vollkommene kugeln, messingschimmer, verschraubung, gewinde, röhrenwerk, saturnreifen, ein irgendwie musikalischer gesamteindruck, das ganze nicht größer als ein kosmetikkoffer: »ich würd sagen, ein musikinstrument?«
»nein«, er lächelt wissend.
»na gut also ... die röhren, das ... ich würd sagen, es könnte pneumatisch oder hydraulisch betrieben werden, aber wies funktioniert und wozus gut ist, wenn kein metallischer spezialdudelsack ... nein, ich kanns nicht raten.«
»es soll ein motor sein«, er streift mich sacht am arm, wir gehen einen schritt zur seite und beugen uns vor, um genauer zu erkennen, wie die röhren in die kugeln münden.
»n motor mit ... wie wird er betrieben?«
»mit liebe, mit schwingungen ... mit ätherischem papperlapapp und numinosem hokuspokus hauptsächlich«, sagt konstantin, und ich kann darauf nicht gleich was erwidern, weil eine geschäftigkeit an der tür – die andern treffen ein – mich einen augenblick lang ablenkt.
»der erfinder war ein ... einfallsreicher manager seiner ideen. es ist ihm geglückt, nicht allein rudolf steiner und die theosophin helena blavatsky, sondern auch vermögende investoren ...«
»ein schwindler«, fall ich murun ins wort, weil ich plötzlich glaub, daß es das ist, was er von mir will: wachsamkeit und skepsis. aber ich lieg falsch. »nein, schwindler ... ein künstler eher, dessen ... werk nicht ganz die vollkommenheit der dahinterstehenden idee erreicht hat. seine maschinen ... sie haben wirklich funktioniert, aber nur, wenn er sie bediente. vor publikum, vor zeugen. als er tot war – ein unfall, ganz läppische geschichte im grunde –, riß man den boden unter seiner werkstatt auf und fand allerlei krafterzeugende und kraftübertragende ...«
»den echten mechanismus hinter dem schwindel.«

er räuspert sich, richtet sich auf: »nun, reduktionistisch gesprochen, zweifellos, so war es. aber die idee, siehst du – eine technik, die nur ihrem erfinder und eigentümer in seiner individuellen gebrauchswertschöpfenden, sinnlichen tätigkeit zu willen ist, die domäne seines . . .«

»we haven't met before, have we?« der junge mann könnte ma henneckes enkel sein. aber das burschikose auftreten, der pferdeschwanz, der abgeschabte blaue nikipulli und das optimistische leuchten im blick sagen, daß er niemandes enkel ist, sondern sich selbst erschaffen hat und aus dieser machtvollkommenheit heraus verlangt, mir sofort vorgestellt zu

»this is our dear friend ryan. he's something of a hothead, really. a physicist at the university, you will have much to discuss – your grandfather tells me you're about to study the subject yourself.« ma hennecke tätschelt meine schulter und wendet sich dann ihrem gatten zu, den ich bislang nur einmal gesehen hab, beim zweiten besuch im buchladen, ein ochs von kerl, breites kreuz, tiefergelegtes becken, crewcut und rot im gesicht wie kurz vorm platzen.

ryans steckenpferd ist die geschichte der elektrizität – ohne abzuwarten, ob ich seine avancen haben will oder mich für sein dozentenwissen interessiere, stellt er sich zwischen murun und mich und enthüllt, daß der obskure motor – »the keely engine«, dies also offenbar der name – viele jahre im benjamin franklin institute zu philadelphia ausgestellt gewesen ist. »you know about ben franklin?« sehr kratzbürstig und abweisend versicher ich ihm, daß mir der erfinder des blitzableiters durchaus ein begriff ist, aber davon wird das wölfische grinsen, fast lechzen, nur noch breiter und die stimme eifriger, »they had it pegged«, er lacht, trocken und unangenehm, »as some kind of perpetual motion machine«.

murun merkt, daß ich kurz davor bin, dem physiker schnippisch zu kommen, und versuchts mit dem ältesten deeskalationstrick ausm knigge: ob man sich nicht langsam setzen wolle, die runde sei ja so gut wie komplett – eine gemütliche, etwa vierzigjährige eskimofrau, vater und mutter hennecke sowie ein mädchen, das mausgrau und krankenschwesternbrav unter den ihre umtopfung fast sprengenden fuchsien im fenster sitzt, haben sich tatsächlich schon auf die etwas angestaubten pseudoaltfranzösischen stühlchen niedergelassen –, aber der fesche ryan charmiert mich nur immer emsiger mit seinen anekdoten über den hybriden john ernst worrell keely und dessen originalmotorenpatent aus dem jahr 1872, »they filed it with ›motors, hydropneumatic‹«, and the blah blah blah blah blah

geht auch, obwohl er sich schließlich zusammen mit mir brav einen der stühle zuweisen läßt und sich sogar setzt, nicht auf muruns versuch ein, das gespräch wieder in eine bahn zu lenken, die auch anderen im raum die teilhabe ermöglicht. »early electrophysicists«, setzt murun an, »in the age of enlightenment« hätten ja bei ihren experimenten mit der leydener flasche

»ah, there he is, now we can start«, und zu diesen worten betritt niemand anderer als der doctor

über das land der wunder, den magnetischen nordpol zum beispiel (nicht weit von da, wo haarp steht), die aurora auch, stimmt, das einzige, was ich selbst hier zu sehen sehr hoffe: was meinen SIE damit, nordlicht? die aurora, denk ich immer, ist ein schauer, schleier, vorhang im tempel der freien natur, der zerreißt, wenn meschiach stirbt, und der HERR antwortete aus dem auf mich selbst zurückgeworfen vor lauter erleichterung: also hat murun zwar ein falsches spiel gespielt, aber tatsächlich nur, um nicht vor beginn der heißen phase des ganzen vorhabens mich in gefahr zu bringen – wenn sie uns etwa bei der einreise über den zweck unseres hierseins aus irgendeinem grund etwas genauer ausgefragt hätten, dann hätt ich mit bestem gewissen sagen können, daß ich nicht wußte, worums geht, nämlich offenbar einen versuchten einbruch auf dem haarpgelände zur dokumentation von umbauten an den antennen, die allen offiziellen deklarationen den stempel der lüge

ryan stellt sein getränk neben mich, das seh ich jetzt erst auf dem tischchen, der hat es gewagt, in dieses gastliche haus einen pappbecher mitzubringen, da ist eine serviette drum gebunden: caution, hot beverage, stimmt die gibts auch bei starbucks, und eine patentnummer steht drauf, ja der menschliche erfindergeist, john ernst worrell ryan jürgen jan thomas something something

ein drollig abseitiges team: die krankenschwester zum beispiel ist pilotin und arbeitet für einen aviationladen am carl brady drive, ist assistentin des dortigen station managers und nebenbei greenpeaceaktivistin, auch bekannte des herrn begich, welcher mit einer journalistin, die wiederum mit ryan befreundet ist, das mir wohlbekannte buch »angels don't play this haarp« geschrieben hat. ryan wird das ablenkungsmanöver mit ihr zusammen durchziehen, man fliegt so nah wie möglich ans gelände heran, wird dort dann abgefangen werden, was aber die gesamte abwehr des geländes offenbar so bindet und lahmlegt, daß murun und ich zusammen mit der eskimofrau, die gleichzeitig mit dem flieger eintreffen wird, durch eine stelle in der umzäunung, die von militanten haarpgegnern als einmalig schwach und schlecht gesichert einen helm, den ryan für murun konstruiert und mit studenten seiner fakultät gebaut hat, kamera, ein paar primitive elektrische meßapparate

der doctor, dessen eigennamen man, wenn er denn überhaupt einen hat, in diesem zirkel offenbar nicht benutzen darf, und der die ganze zeit aufgekratzt wie ein zum schulsprecher gewahlter jungmaikäfer auf seinem stühlchen herumzappelt, lob und tadel verteilt, »our german friends« besingt und offenbar klimawissenschaftler sowie mastermind der ganzen attacke auf das bestgehütete

ich bin nur froh, wirklich steinvomherzenmäßig befreit, daß konstantin nicht die ganze sache als fortlaufende parallelaktion im dunkeln hinter meinem rücken durchziehen wollte, und schau durch die menschen, die an dieser klandestinen besprechung teilnehmen und komplizierteste operative spezifika von übertragungsraten, verweildauer auf dem gelände und weiß der satan was nicht noch alles miteinander austauschen, lächelnd durch, als ginge mich, die ich doch immerhin die fahrerin des kundschafters bin, all dies nichts an – ich starre auf die fuchsien, die weißen und roten stempelchen, die lila blüten, die weißen und grünen bettchen, ich befinger den elektronischen schlüssel meines lieben riesenautos und schau ganz glücklich immer wieder zu murun, in dessen gesichtsausdruck etwas so wichtelmännchenliebenswert ertapptes, um verständnis und verzeihung bittendes

sie sind sich hier ganz sicher: das wird eine große story, man leistet demokratische medienarbeit, aber in spektakelform, »rather like terrorism minus the victims«, wie der doctor scherzt, also es ist alles darauf berechnet, daß die resonanz groß wird, wie bei abu ghraib oder falludscha oder my lai oder dann ist konstantin an der reihe, und was er sagt, macht ihn mir endgültig wieder so lieb wie vor dem schock seiner heimlichen hotelbarbesprechung mit dem doctor: »first of all, there is something we have to discuss that i'm not proud of.« er habe es nämlich bisher nicht fertiggebracht, mit seiner enkelin unter vier augen zu klären, worum es hier überhaupt gehe, und die stillschweigend von der deutlichen mehrheit der anwesenden – da schaut er kurz zum doctor, für den diese neuigkeiten offenbar keine sind – für wahr gehaltene annahme, ich, claudia, sei in alles eingeweiht und eine bewußte mitwirkende, müsse nun als trugschluß gekennzeichnet werden – hier zieht ryan eine winzige, sofort wieder einkassierte fresse. aber obwohl konstantin, fährt dieser fort, der meinung sei, daß man auf mich zählen könne und ich wahrscheinlich tatsächlich würde helfen wollen, müsse man sich klarmachen »that she thought she would help an old man« bloß beim innig gehegten wunsch, mit seinen eigenen augen die gefährliche, ihm nur aus den medien bekannte militärische

nun, »that's not entirely wrong, you see«, schaltet sich hier mit aufgeräumter liebenswürdigkeit der doctor ein, denn schließlich sehe der plan ja wirklich vor, daß konstantin sich etwas anschaut, nur sei er zugleich die augen der welt, ein zeuge eben – ich muß an JEHOVA denken, und dessen ganz anders vorgehende zeugen –, und das einzige für mich an den hier in ma und pa henneckes wohnzimmer enthüllten plänen heikle könne doch im grunde nur der umstand sein, daß es sich dabei eben nicht um die private schrulle ihres großvaters, sondern eine mutige, zwar aufwendige, aber logistisch bestens vorbereitete initiative besorgter einzelpersonen aus europa und amerika zur dokumentation dringlichst zu enthüllender

»and by the way, i saw you in that mirror«, sagt der rädelsführer, nachdem die versammlung aufgelöst ist – wie, im spiegel der bar, neulich nacht, im hotel? ja, tatsächlich. woraufhin konstantin bestürzt ist, dem der doctor davon nichts erzählt hat. »heißt das«, will er von mir auf deutsch wissen, »du hast für dich behalten, daß . . .« »ich war sauer«, sag ich, »und öhm wollte auch erstmal abwarten, worauf das alles rausläuft.« »man weiß ja nie, nicht wahr«, schäkert der doctor, ebenfalls auf deutsch, akzentfrei.
er gibt mir, sichtlich erfreut darüber, daß ich mit knappen worten nach muruns herzensausschüttung meine volle bereitschaft erklärt hab, mich für diesen wahnsinn kooptieren zu lassen, ein kleines plastikkärtchen, auf dem ich zunächst nichts weiter wahrnehm als mein gesicht im fotoviereck oben rechts und den mir völlig fremden namen »michelle edwins« sowie »date of birth: 05-23-1983«. »you made me . . . sie haben mich älter gemacht als ich bin? was . . .«
»ein gefälschter führerschein. der paß dazu kommt morgen nach. es ist dafür, daß . . . falls du . . . falls wir auf dem weg nach gakona, oder auf der rückreise, in eine kontrolle geraten«, erklärt murun, ungewohnt fahrig, fast verschämt. »an alles gedacht, was?« bemerk ich spitz, er soll nicht gleich wissen, wie sehr mich das inzwischen anturnt, diese ganze lächerliche 007-nummer mit

ryan macht sich als erster vom acker und gibt sich dabei erwartbarerweise nicht die geringste mühe, zu verbergen, wie sehr ihn verstimmt, daß er bei mir nicht

»ich hatte immer angst, weißt du, daß das, was ich mache«, sagt konstantin sanft, »so ähnlich ist wie keelys erfindungen. meine artikel, die ich als murun buchstansangur geschrieben habe, meine, nun ja, nennen wir es: fortlaufende marxistische meinungsbildung als beobachter der zeitläufte.«

»wie keelys …«
»im sinne der obsoleszenz. daß das alles mit mir verschwindet, so wie seine apparate nur motoren waren, solange er lebte und sie in gang setzen konnte. ich wollte immer etwas tun, dessen folgen …«
»dich überleben«, sage ich, denk an nanidis worte über willensfreiheit und schäm mich: ob ich wohl die traute aufbringen werd, seinem herzergreifenden geständnis heute mein eigenes folgen zu lassen? sicher nicht hier, in diesem häuschen, höchstens auf der rückfahrt zum hotel. »man spricht über den guten keely?« der doctor gesellt sich zu uns, und obwohl dieses herzutreten eigentlich ein akt der unhöflichkeit, der fast schon an den tumben ryan erinnernden distanzlosigkeit ist, bewirkt das verbindlich charismatische je ne sais quoi, das ums haupt dieses menschen spielt wie ein heiligenschein oder ein glanz von abenteuern, daß konstantin und ich uns nicht belästigt, sondern eher geehrt

»man versteht ihn nicht, wenn man sein eigentliches werk ignoriert: die schriften«, sagt der doctor, und ich verguck mich für einen augenblick in seine braunen locken. wie alt ist dieser mann eigentlich? fünfzig? viertausend? »ah, richtig«, nimmt murun dankbar den ball auf, »die theorien zu den motoren sind das schönste.«
der doctor nickt und sagt: »stilblütenphysik. reine poesie, surrealismus – eine theorie, die sich nicht anwenden läßt und die niemand begreift außer der theoretiker selbst, kann jeder trottel erfinden. aber eine technische praxis, für die genau dasselbe gilt, vermag nur ein genie wie keely ins werk zu setzen.«
»ehre seinem andenken«, bestätigt mit würdevollem brummen der doc und greift im regal nach zwei büchern, eins ist violett, eins weiß: »hier findest du sie, keelys theorien – es lohnt sich, mal einen nachmittag die nase reinzustecken – is

it alright if i«, er nickt mutter hennecke zu, die versteht, was er vorhat: mir die bücher zu leihen. sie ist einverstanden. durchaus gern nehm ich das abstruse zeug entgegen und bin fast versucht, einen hofknicks

»fahr schon vor«, denn es ist spät und murun hat mit dem oberzauberer noch einiges zu besprechen, das mich langweilen würde – glaub ich ihm sogar; ab heute abend glaub ich ihm wieder soviel wie vor ner woche. die krankenschwester ist weg, pa hennecke geht müd zu bett, drückt mir männlich die hand, daß es mir alle sehnen quetscht, seine frau legt mir die pfote auf den arm wie eine patentante, der doctor erlaubt sich noch ein paar summende scherze; ich umarm murun und brech auf.

rückfahrt im dauerdämmer: ich weiß auch nicht, vielleicht ist es hier ja doch schön.
die häuschen am arctic drive sind so eigen, in ihrer zwergigen lust am persönlichen, hüttenhaften, und die imponierbauten der monopole dahinter kann man, weil sie so groß sind, auch einfach wegkürzen aus der wahrnehmung.

»miss! sorry, miss!« dann läuft er mir nach, ein paket in braunem packpapier in den händen.
»miss uh starik? someone err left a, a, a parcel for you.«
»who was it?«
»a young man, he . . . i think he was just a messenger.«
»alright, thank you«, ich reiß die verpackung noch im fahrstuhl auf – heut leiht und schenkt man mir, scheints, ganz gern bücher: die beiden keelys klemmen unterm arm, und das hier im papier, zweifellos von nanidi, sind »shakespeares dramen. für hörer und leser bearbeitet, teilweise sprachlich erneuert von karl kraus«, das erste stück, natürlich: »könig lear«.

013220

nicht ohne mitleid und so ein mürbes wohlwollen nochmal durch diesen unfall von stadt, vors haus mit grasdach gestellt und mich von konstantin da fotografieren lassen, am planet walk entlang und bis zu den dangerous waters and mud flats, über denen diese beruhigend kühlen pazifischen widerwinde sich hin und her werfen am stehenden wasser, das bewundernd zu ihnen aufschaut, grün blinzelnd, und die summende trafoanlage umgeben von feinstgliedrigen farnen, am grasrand der gelbe und blaue bienenzug, die alte historische schiene, mein anchorage dein anchorage kein anchorage mehr

den wagen vollgetankt, den führerschein studiert: hintendrauf hypermodern die website der behörde www.state.ak.us/dmv, der hinweis, daß ich bei adressenänderung innerhalb von 30 tagen meldung zu machen verpflichtet bin und daß die für mich applicable restrictions und endorsements »none« sind, vorn die adresse von mir als ms. edwins, nämlich eine postfachbox – gute idee, denn jede andere adresse hätte man schnell überprüft, aber auch dubios: darf man sowas angeben, auf dem führerschein? na, konstantin versichert mir, daß die alaskaner oder wie sie hier heißen ein sehr mobiles völkchen sind, und wenn man beispielsweise auf so einem campingplatz für mobile homes haust, dann ist eine postfachadresse gar keine so unebene möglichkeit, sich

und es heißt eben nicht »driver's license«, wie ichs am gymnasium gelernt hab, sondern ohne apostrophiertes s: driver license. meine erlischt am 23. mai 2011, »und auch das macht nichts«, meint murun, »insofern bis 2012 dann ohnehin die welt untergegangen sein wird«, schöne satzkonstruktion wieder, nur aber ich hätte doch gern, an meinem letzten abend hier, mal einen ordentlichen sonnenuntergang gehabt, abschiedshalber, zum zeugnis meiner

morgen fahren wir.

IX.

013230

nach osten, nach norden, in andres wetter

am letzten innerstädtischen busterminal um 11 uhr vormittags vereinzelte soldaten, die uns ohne neid nachblicken, sie bleiben gern hier, denn es ist immer noch military appreciation week der handelskammer von anchorage, und so lange die währt, kann der gemeine angehörige der streitkräfte billiger busfahren.
aber wo will sie hin, die infanterie? am ende der 5th verräts ein ausgebleichtes grinseschild: showgirls mit ganz großen brüsten. wir biegen rechts ab.

to the east, my brother, to the east, sehr saubere autobahn, aber kurvig und hügelig, dann eine lange schwache steigung, stark bewaldet, wir schweigen und steigen. stecknadelkopfgroße regentröpfchen, dann ödes prasseln

rostrote spinnengitterantennen, mit geschminkten bällen auf den drähten, eine wildblumenbunte dächerkollektion bei der trooper hans roelle memorial weigh station, bitte alle schwerlastfahrzeuge vorn raus, auf eine eigens dafür bereitete

daß mir ein universum aus nichts als staub und feuer lieber wäre als das verrieselte, erfrorene, glitschige, in das wir fahren, um dort teuflische antennen und militärische bewölkung besser, man wohnt in einem kamin, der richtig einheizt, oder in einem aktiven vulkan, als in diesem pfuhl der ausge

warum schauen wir der welt noch zu? weil wir die fernbedienung verloren haben.

freigefegt und monoton bepflanzt der campground des nahen correctional center. hier arbeiteten sie angekettet, auch wenns gießt wie gerade. eine weiche wasserschleppe schlumpft richtung chuguiak unter dem pulverdampf des götteratems durch, der die berggipfel versteckt, »schau, da!«, ein elch im mittelgraben, drei pickups haben ihn vermutlich gemeinsam totgefahren, stehen jedenfalls rum, samt konsternierten polizisten, und passenderweise folgt gleich eine tafel mit der bekanntmachung, man solle für wildtiere bremsen, daneben eine ziffernanzeige – moose killed this winter: 207, na jetzt sind es 208, das heißt der winter ist vorbei, der winter der wind

»wo müssen wir lang?«
eine gescheite karte gabs nicht, zum falten und knautschen wie bei uns daheim, also haben wir 19 bucks 95 hingelegt für den »alaska atlas & gazetteer« von delorme, ein pralles, etwa a3 großes heft mit detaillierten topographischen karten, outdoor recreation, places to go, things to do, all-purpose reference, liegt sakramental auf den unsicheren knien des saboteurs, der »palmer, öhm glenallen, ja, wir sollten«, murmelt und dabei die aussprache so verschleift, daß ich mir letztlich doch selber einfallen lassen muß, welche ausfahrt

triste geschäftszusammenrottungen auf freiem waldfeld, »business district«, nämlich ein paar lieblose baracken samt mcdonalds, auch ein carrs, vorgelagerte surrogatstadt für einsiedler, die einmal pro spätsommer hierher kommen und schnüffeln und das bein heben und die marke setzen

wohnhäuschen dagegen etwas lebendiger, bunter, alle aus holz, aber doch weniger schmuck als entlang des trails am pazifik – und das heißt ja meer des friedens, muß man sich auch mal

weil die dinge hier größer und unbegriffener sind, noch nicht fertig beschrieben, weil die schilder vor steinschlag warnen und vor tieren, weil es hinter der kuppe plötzlich steil rechts runtergeht und ein flaches riesenflußbett im kiesgrauen nirgends

»und wie haltet ihr kontakt?«
»hast du nicht zugehört?«, aufrichtig überrascht statt gereizt, also kann ich darauf nur die wahrheit erwidern: »ehrlich gesagt, nö. ich war so ... ich hatte nicht damit gerechnet, daß das alles, was du hinter meinem rücken ...«
»entschuldigung, ich ...«
»nee schon gut, aber ich dachte halt, als ich gemerkt hatte, daß da was läuft, daß der typ hier in anchorage ist und so fort, daß du das jetzt vor mir geheimhalten wirst alles, bis es, ich weiß auch nicht, seinen kompletten gang gegangen ist, verstehst du? daß das um ... in so eine öffentliche, wie soll ich sagen, aufnahme, in so eine, daß ich da praktisch eingeweiht werde vor allen leuten ... da konnte ich erst mal gar nicht anders als diesen umstand zu verdauen, und darüber hab ich dann vielleicht nicht alles mitgekriegt, was an logistik oder öhm schlachtordnung ...«
er löst mit überraschend geübten fingern die lasche einer der vielen brusttaschen auf seinem arktisexpeditionsspezialblazer ab und holt ein kleines schwarzes handy raus, das er mir dann rechts nebens gesicht hält, wie mans mit einem toten

fisch machen würde: »hat der doctor mir besorgt. ich schalte es morgen abend ein, dann wird der ablauf über ... wie sagt man? sms?«
»he, und da heißt es immer, man könnte euch alten säcken nix mehr beibringen.«
»brauchst gar nicht zu triumphieren. sobald das abenteuer ausgestanden ist, werfe ich das ding in die nächste bärenfalle oder in eine schlucht. ich bin nach wie vor der meinung, daß diese infame erfindung ...«
»laß mal grad, bitte!«, erschrocken packt ers weg, denn ich beiß mir auf die unterlippe, kämpf mit der automatik und dem lenkrad: langsam reichts mit der serpentinage, so, geschafft, »wir sollten ... hinfliegen wär besser, was?«
»nun, ich denke, unser freund ryan wird ja genau das tun, und er ...«
»ach ja richtig, der geile superphysiker.«
»ich weiß, du magst ihn nicht.«
»um ihn nicht zu mögen, müßte ich ihn erst besser kennenlernen. und darauf kann ich verzichten.«

vielleicht gps, das gitter dazu ist auch im »atlas & gazetteer«, wie auch die ganzen mikrofein geriffelten gerüttelten topographischen umrisse, die zwischen gebirge gequetschten grünen täler und die weiten immerweißen

immer wieder ein zurückzucken, in sich selbst verschwinden, wenn es mal kniffliger wird und direkter bei unseren gesprächen, als ob konstantin angst hat, mir zu nahe zu treten, als ob die balance eine ungeheuer gefährdete ist, die gesprächsvoraussetzungen jederzeit auffliegen könnten, nämlich wenn ich sie ihm entzieh. das hat womöglich nichts mit dem vertrauensding und der gefährlichkeit unserer ha ha ich muß gleich lachen: mission zu tun, sondern einfach damit, daß ich ne junge frau bin, ein exmädchen. also wie geht das

im kerlskopf? ein mädchen wird eine frau, und wenn sie das erst mal ist, kommt man schon eher klar damit als typ, denn dann ist ihr platz auf der welt einer, den ihr in großem ausmaß männer bereitet, erfunden, sich ausgedacht und eingerichtet haben. aber wer würde sie werden, wenn sie sich das selber ausdenken dürfte? gäbs frauen überhaupt, wenn mädchen bestimmen dürften, ob sie welche werden wollen?
wenn ich konstantins muse bin, oder die meines geliebten, wer ist dann meine muse; lassen sich andere von vorstellungskraft gespeiste verbindungen ausmalen als die zwischen jemandem, die oder der liebt und jemandem, die oder der geliebt wird? wer ist wer, wer kann wer für wen werden, wieviele köpfe hat der zerberus, das alles ist ein dunkles buch mit kaum leserlichen

warnschilder, hinweisschilder: achtung, schöne fotogelegenheiten. an kümmerlichen ranchattrappen eigenwerbung: hier gibts heu zu kaufen, laß diesen elch an mir vorübergehen

ich spür, daß konstantin genervt ist, weil ich, sobald hinter uns ein wagen auftaucht, in eine dieser randbuchten fahr und den vorbeilaß, wars das jetzt, oder kommt noch son wixer. sorry, ich kann das nicht haben, wenn mir jemand am arsch hängt in dieser wildnis, ich bin hier die autofahrkraft, ich entscheide das, und wenn wir zeit verlieren dadurch, ist mir das auch egal – sobald die nächste schlangenlinienbahn vor mir auftaucht, bin ich nämlich froh, daß keiner hinten

wer müll in diese gewaltige natur schmeißt, zahlt, sagt das schild, eintausend dollar strafe. und auf einmal, nur durch dieses schild, ist der eindruck gekillt, diese natur sei erhaben, überlegen, mächtiger als wir. hmpf nee wenn wir uns so empfindliche buße auferlegen müssen, um sie nicht zu verschandeln, zu zerstören, dann sind wir doch am drücker, und schon das wegfallen der sozialen drohung könnte alles hier auf nimmerwiedersehen austilgen, so daß selbst die illusion, es gäbe vielleicht irgendwo, am ende einer dieser straßen, wenigstens ein fleckchen erde, wo dich der vermieter nicht rausschmeißen kann, wo die kleinen nicht das bißchen, was sie haben, an die großen verkaufen müssen und wo der ekelhafte atem des

weg übers grüne lattenhäuschen erst hoch oben dann im sinkflug, im großzügigsten gleiten, adler aus dem wappen dieses staates, mit seinem weißen kopf und seinen weiten flügeln. er riskiert, während die nimbostratuslast des himmels uns erdgefesselten die seele zu boden drückt, aus freister luft den blick auf eine ihm zugehörige welt, die seine sinne

klippen, schotter, verbrannte erde.
man sieht der verbognen und zerdengelten leitplanke an, was hier schon alles passiert ist. lastwagen sind gehalten, im niedrigen gang zu fahren, und richtig dicke autos werden vorher von kleinen pilotfischwägelchen angekündigt: oversize, rotes transparent vor der motorhaube. schon das reine getting there ist gefährlich, wo ein fallender felsen, eine lawine, ein kippender oversize

die letterbox und das namensschild, aber der weg zum haus verschwindet im gehölz. die jungen frauen, die in gelber und oranger signalkluft im regen stehen und die straßenarbeiten bewachen, sehen aus, als wollten sie so schnell wie möglich weg hier, vom felsvorsprung überm schlammbraunen fluß, hinter dem ein nebelparavent auf dem endlos langen gletscher liegt, durchbrochen von schroffem, rotbraunem steilwandhorror, mineralienreich und glattgewaschen, leicht bemoost, kopfschmerzpanorama, und wir sind jetzt schon drei stunden unterwegs, aber noch längst nicht nie

»konstantin, tut mir leid, ich weiß, wir wollten nonstop durch, aber ich pack das nicht. ich muß austreten, verschnaufen . . .«
». . . schminke nachziehen.«
»jetzt komm . . . echt, ich muß raus aus der karre.«
»und wo gedenkt die nervöse . . .«
»ja wird ja wohl nochmal hier son trading post oder ramschladen mit handgeschnitzten pfeifen und scheiß auftauchen die nächsten sechs meilen oder wie haben wirs?«
»gut, dann ist das beschlossen. ich könnte auch einen kaffee vertragen.«
er hustet und schaut argwöhnisch aus dem fenster auf die nadelbäume, soldaten in habachtstellung mit jeweils einem bis drei metern abstand, als bräuchten sie armfreiheit. umpf, musselbrusselschrrmpss, ich bin so saumäßig müde, und hinter allem ist das weiße, das leere, und wenn uns hier was schlimmes passiert, dann kümmert es keinen: das und sonst nichts sagt der ort, »die völlig inhaltsleere, gleichgültige majestät einer schöpfung, von der auf einen ebenso gleichgültigen schöpfer zu schließen man geneigt ist« (konstantin).
seit na ich weiß nicht tagen, wochen, monaten, epochen haben wir keine kettenfiliale mehr gesehen, keinen mcdonalds keinen pizza hut keinen vierten stock keiner mall. endlich erscheint rechts aus dem regenrieseln ein hölzernes rastmonster mit zwei millionen geweihen auf dem dach, ein totenmahnmal von ganz ungastlicher art, ich muß aber pardon dermaßen dringend pissen

murun spricht nebenan mit dem trapper, der das dings betreibt, ich mach mir mit nassen papiertüchern nach der verrichtung das teigige gesicht ein bißchen rotwangiger und lebendiger, starr wie verblödet auf die pfütze aus glas an der wand und bin da plötzlich zweimal drin – hinter meiner schulter, links, also rechts, sagt das mädchen, diesmal in schlichtem gelben t-shirt: »emisch gethen.«

fast erwarte ich, daß sie sich auflöst, wenn ich mich umdreh. aber sie steht da, im viel zu kühlen leibchen. wenigstens scheinen die ausgebleichten himmelblauen jeans warm genug, und die eichhörnchenpelzigen stiefeletten.
»was? was sind das jetzt wieder für ...« die augen weiten sich bestürzt, die brauen springen panisch nach oben, meine doppelgängerin hebt die rechte hand und wedelt kindhaft mit ihr, als wollte sie sagen, um himmels willen, sei still, niemand darf merken, daß ich hier bin.
ich seufz: »nanidi ...«
»no, no! mehijeme nanidi, ehnehem mara.«
ist sie uns gefolgt? ich hab alle vorbeigelassen, zu konstantins verdruß, und die letzte halbe stunde war kein

tritt heran, beugt sich vor, umarmt, umklammert mich, als fürchte sie, sonst in den staubigen holzboden zu sinken und hinabgezogen zu werden in die

nochmal das wedeln mit der hand, die ängstlichen augen, die unverständlichen worte: »emisch gethen, gethen.« ich schüttel den kopf, sie sieht mich traurig an, dann nickt sie nach rechts, zur tür. ich soll?
»raus? weggehen? und du bist nicht nanidi?« die versuchung ist groß, auf mich selbst zu deuten und tarzanmäßig »claudia« zu sagen, damit sie mir ihren namen verrät, aber

als ob sie meine gedanken lesen könnte (und woher will ich wissen, daß die zweite auchclaudia, die mir innerhalb einer woche übern weg läuft, das nicht kann), legt sie die eigene rechte auf die brust und wispert: »mara. mara.«
»ok. mara. sorry, aber äh . . .«
das wedeln, scheuchen, nochmal nach der tür hin.
ich lächel, es sieht wahrscheinlich gequält aus: »ich nehm an, daß ich murun . . . konstantin . . . meinem großvater auch von dieser sache hier wieder kein wort . . .« sie atmet scharf ein, wie die leute in der mentholbonbonwerbung, und ist mit einem satz am klo, huscht rein, schließt die tür. es klopft an der zweiten, äußeren, zu den waschräumen: »claudia? alles in ordnung?«
»sicher. klar. höh. ich mach mich frisch, ok?«
»hmhm.«

ich klopf mit dem knöchel vorsichtig an maras versteck: »he? mara?«
»ischa?«, ein hauch nur.
ich schüttel den kopf: »ja, ähm, schönes . . . gute zeit noch. gruß an öhm nanidi. oder wen oder was.« ich hör nicht mehr deutlich, was sie antwortet, sondern seh zu, daß ich

als konstantin und ich aus der hütte treten, auf den schlammigen parkplatz am glucksenden bächlein, um unsre fahrt fortzusetzen, wird aus dem regen schnee, dichter nasser saftiger plauschiger pludriger zuckriger wuschliger schnee, und ich bild mir ein, ich wüßt plötzlich, daß »gethen« nur eins bedeuten kann, obwohl es erst ende august ist: winter.

wirds eben, aufatmend ausgedehnt, endlos, und der zerklüftete weltrand ragt höher. alle soldatenbäume tragen blendweiße tarnmäntel. die zufahrt zieht uns an, lädt uns ein, so daß ich fast bremsen will oder noch lieber wenden und weg hier, ein blick in den rückspiegel, in dem objekte größer sind, als sie mir scheinen, ein seufzen, ich ergeb mich, wir sind am quartier angelangt. schnee ist wasser, das noch darüber nachdenkt, ob es eis werden

den bleichen, dürren platz säumen eine texacotankstelle, ein scheunenartiges, hohes gebäude, das statt aus baumaterial von erkennbarer zusammensetzung eher nur aus seinen farben gemacht ist: dreckrot und angstgelb, sowie ein großer metallkessel, schließlich ein toilettenhäuschen und ein verluderter, aber gemütlicher laden, der »gakona stop'n'shop« heißt. dort drin?
»da drin holen wir die schlüssel, ja«, ganz general kurz vor der schlacht jetzt, dünner mund, zusammengezogene brauen. es wird ja aber wohl nicht schlimm werden, das wirds nie, wenn konstantin bange ist vor was sozialem.

nicht schlimm: eine gründlich geschaffte mutti mit blauer armschiene, die nach schnaps riecht und nach unglück, gibt uns die schlüssel und weist ihr kind zurecht, das komplett zerstochen ist, lauter kleine rote beulen auf der stirn und an den ärmchen, das kleidchen schmutzig, die augen trüb. mutti nimmt es auf den arm und sagt ihm, es solle »enter« drücken, damit unsere vorangemeldete transaktion stattfindet. das kind findet den knopf auf dem keyboard und wir lernen, daß die geplanten zwei nächte für jeden je 55 dollar kosten, mehr als ausgemacht, na ja, »was wollen wir, weiter-

fahren? sie weiß genau, daß sie hier draußen keine konkurrenz hat«.
»it's the oysterblue building«, austernblau, auch eine schöne farbe, »between the barn and the gas tank.« na heimelig. der laden, sagt sie, schließt um sechs und öffnet um acht, da kann man sich den ersten kaffee holen. »if you need anything after the store closes«, well, dann hängt die nummer im fenster. ein brett hinter der tür bietet kleine faltblätter für touristen, landkarten, trails, fischereiführer. der boden ist feucht, aber nicht vom wischen. die hausherrin, hi hi, horcht einem wesen nach, das links von ihr in einem dunklen lager hinter abgewetzter wand ganz fleißig scharrt und schummelt, wahrscheinlich werden da die restlichen kinder gepökelt. dann guckt sie mich frech an, weil sie weiß, daß konstantin sich vom zustand des etablissements weniger unangenehm berührt fühlt als ich, es sind ja immer nur die weiber, die aufs dekor achten. aber verkehrt: mir isses egal, ich war gestern noch abiturientin und bin jetzt die rote zora von der investigativen extremdetektivistik, mich schockt nix mehr. nochmal guckt sie mich an, jetzt denk ich eher, während murun irgendwelche papiere ausfüllt, daß sie mich mustert, prüft, was wieg ich denn wie schmeck ich wohl. davon muß ich, kein wunder, äußerst zwingend rauchen. ich will also grußlos raus, hör aber noch, wie sie dem kramenden, werkelnden etwas nebenan, das grad »wassup, ya need nything?« gegrölt hat, heiser zuruft: »ya won't believe it, harry. there's another one.«
murun blickt auf von seiner schreiberei, sein blick trifft meinen, ich hätt mich abwenden sollen, oder wie geplant schnell rausgehn zum schmauchen – was weiß er, was weiß ich? wovon redet die frau: noch eins, noch einer, noch eine?
nanidi, mara. lears fehlende töchter. ich hab sie doch nicht alle. wenn er wüßte, daß ich mir mich einbild in mehreren verkleidungen, mit mehreren namen, im zeichen von sastrugi und

murun setzt den kuli wieder an und sagt zu mir: »ähm, claudia, weißt du eigentlich meine postleitzahl?« – also hat er nicht wegen der bemerkung der xanthippe aufgemerkt, sondern bloß, weil er über einen eintrag gestolpert ist, den er nicht machen konnte? ich sag ihm seine postleitzahl, so nölig wie möglich, und befrei mit zittrigen, steifen fingern die kippen aus dem mäntelchen. verlaß die baracke. einatmen, ausatmen. kippe in den mund, feuerzeug aus der hosentasche. stiefelchen, klack klack, die hölzerne dreifachschwelle runter.

vor mir auf dem geländerchen sitzt ein sandpfeiferchen, na ja, nicht ganz, aber was es für ein vogel ist, kann ich nicht bestimmen. ein flüchtling jedenfalls – er blinzelt mich an, aus ganz kleinen augen, die in brauner federbrillenmaske funkeln, und senkt den schnabel, damit ich weiß, er will mir nichts dummes. flüchtling: er hatte wohl ein nest, das haben sie ihm weggenommen, aus seiner gegend ist er jetzt vertrieben, und papiere hat er keine, auch die postleitzahl gibts nicht. ich rauch ihm was vor, er überlegt, was ihm das sagt.
er kommt nicht drauf; fliegt weg.
murun steht neben mir: »geh her, wir holen die koffer.«
»hast du dein terroristenhandy schon an?«
»morgen früh, claudia«, scheucht er mich übern platz, »morgen früh erst.«

es hat aufgehört zu schneien. das zeug liegt dünn und dürftig auf dem zugefrornen boden, auf der überdachung der zapfsäule und dem giftgrünen rasen. wohin mit unserm kram? zwischen gastank und scheune durch. also am waldrand, oder sogar, versetzt dazu, zwischen soldatenbäumen? das wär finster, klamm, bedrückend. um die ecke hinterm stall aber hat man alles aufgeräumt; »einer der seltenen fälle«,

freut sich mein irrer allerbester freund, »wo das, was hinter der fassade auf den zweiten blick zu sehen ist, erfreulicher aussieht als . . .«
»als stop'n'shop und klohäuschen«, pflicht ich gern bei.

die beiden hütten sind groß genug für zwei familien. ein sauberer rasen davor ist durch eine trittplanke geschützt. daneben steckt ein fahnenmast, daran hängen, nein, im jetzt wieder aufkommenden wind vom berg runter: flattern die stars und stripes.
murun hat uns beiden jeweils ein eignes zimmer reserviert, uns gehört also die ganze blaue hütte. zwischen den türen steht ein elch aus holz, das ist ein blumenkasten, in dem ein häuflein offenbar recht widerstandsfähiger geranien fest zusammenhält. ich steh, während konstantin

servierleutchen, es gibt wirklich solche bauern unter den großstädtern, da schämt man sich als vertreterin der zivilisation

mückengitter im fenster, gemälde von huskies und einer sportveranstaltung namens »iditarod« an den wänden. abstrakte tischdecke, geweißte wände aus runden balken – die farbe paßt, denk ich, so fühl ich mich grad auch: mein herz ist weiß vor übermüdeter dauerangst, die ich erst jetzt bemerk.
lustig, man kann sich auf eine weise fürchten, die einen weder lähmt noch antreibt, sondern einfach mechanisch weitermachen läßt. kein telefon, aber ne glotze mit satellitenempfang. sastrugi: falls ich das nachher einschalt, muß ich schon sehr im eimer sein. nein, lieber lesen. komm, inhalt des geheimfachs meiner tasche, erzähl mir was –

kordelia

dennoch bitt ich, herr
(ermangl ich auch der schlüpfrig glatten kunst,
zu reden nur zum schein) daß ihr bezeuget,
es sei kein schnöder mangel, keine schmach
kein zuchtlos tun, noch ehrvergeßner schritt,
was mir geraubt hat eure huld und gnade.
nur, weil mir fehlt (wodurch ich reicher bin)
ein stets begehrend aug und eine zunge,
die ich mit stolz entbehr, obgleich ihr mangel
mich eure gunst auch noch entbehren machte.

frankreich

ist es nur das? ein zaudern der natur,
das oft die tat unausgesprochen läßt,
die es zu tun denkt?
schönste kordelia, du bist arm höchst reich!

lieber lesen? vielleicht laut, deklamierend? falsch: lieber duschen. heiß.
die klotür geht nicht zu, die klobrille ist kalt wie marmor bei nacht, das bad ne winzige zelle mit extra kipphebel zum lüften neben dem lichtschalter. ständig belästigen einen hier, wo kaum menschen sind, unnatürlich natürliche geräusche: die diele knarrt, das dach pocht, konstantin macht sichs sicher wieder leicht mit seinen ohrstöpseln. und rauchen darf ich hier drin auch nicht: ein detektor hängt an der decke. es ist eisig, aber neben dem zweiten bett am fenster kauert ganz verschüchtert ein heizapparat von äußerster fortschrittlichkeit: man kann up oder down einstellen, er ist programmable, heißt laser 30, besitzt einen power saver und einen timer, ist von einer japanerfirma namens toyotomi hergestellt und wenn er ein weilchen bläst, krieg ich augenschmerzen.

murun klopft an, er hat sich also drüben ausreichend eingerichtet.
ich bin neu angezogen, er siehts: »schick! willst du ausgehen?«
»ach käselappen. ich kann das halt nicht haben, diese verklebten autoklamotten.« er winkt ab, schon gut. ich laß die tat unausgesprochen, die ich zu tun denk (sofort raus hier und nochmal ein, zwei rettchen rauchen) sondern frag brav: »wie gehts jetzt weiter?«

ferien, geburtstag, erster kuß: eben noch zerschlagen und verkrampft, faßt mich das jetzt an wie kinderglück, konstantins vorhaben: wir sollen ins gakonatal fahren und dort eine kleine erste kundschafterei mit rustikalem essengehen verbinden, weil hinterm fluß und der brücke, aber vor dem highway, der zu haarp führt, eine historische lodge steht, deren gastronomie von allen durchreisenden fachkostern beste noten abgekriegt hat – yes, laß uns die gegend untersuchen und dann was geiles essen.

erstmal aber muß ich tanken. der stop'n'shop ist noch nicht zu, aber die frau und das kind sind verschwunden. statt dessen steht eine süße knuddelomi, fast so knuffig wie pat hennecke, verloren im moderladen herum und erklärt mir, wie ich ans öl komm. oh je, so kompliziert? also raus, wo konstantin am scheunentor lehnt und die hände in die taschen gesteckt hat wien junger cowboy, cool. er raucht sogar für mich – ach nein, das ist nur der atem.

also bitte: man nimmt den schlauch, wegziehen von der säule, hinten am tank: metallplättchen, hoch damit, fixieren, zapfsäulenanzeige ist ein silberballteil, das schiebt sich nach oben, stutzen am bügel drücken, nach kurzer zeitverzöge-

rung fließts los. bei uns ist das anders: rein, sofort gehts. 43 dollar für cirka 85 liter: kann man nicht meckern. eine tasse kaffee laß ich mir auch noch einschenken, obwohl ich im zimmer drüben eine maschine hab und hier das gemahlene zeug dafür kaufen könnt. wieder raus zu murun, der schon im wagen hockt und drängelt: »ich hab mit der frau ... der jungen, vorhin ... diese straßenkarte studiert. den tok-highway, von dems auf der offiziellen haarpwebsite heißt, die anlage befände sich am meilenzähler 11 desselben, nun, der scheint nicht zu existieren – es gibt bloß einen tok cutoff von der autobahn, die wir seit anchorage befahren.«
»also sogar die adresse ist gewissermaßen gelogen«, sag ich und guck entsprechend grimmig, als wir vom schmuddelplatz vor unserm häuschen zurück auf besagte autobahn fahren.
das kind sitzt auf der schneebekleckerten wiese, strumpfhosenhintern naßkalt, es winkt uns und lacht. »wollen wir vorbeifahren? am haarpdings mein ich?«
»ich glaube nicht, daß das eine gute idee ist. was, wenn sie kameras haben, und das auto und dessen kennzeichen über computer ermitteln und ...«
»du meinst, die kriegen deine postleitzahl in deutschland schneller raus als du selber?«
»das meine ich. oder schlimmeres.«
»also schleichen wir nur wie die katz um den elektrischen brei, bis dein handy morgen früh ...«
»wir fahren essen, ganz in der nähe, und vielleicht nachher noch die parallelstraße hinter der anlage runter, also abseits vom offiziellen haupteingang.«
»weil da keine kameras sind?«
»weil niemandem ein ausforschungsmotiv unterstellt werden kann, der dort vorbeifährt – schließlich ist von dieser anderen bahn in den haarpveröffentlichungen keine rede, die sieht man nur, wenn man ...«

»so wie wir hier vorhin auf die gakona junction fährt und außer nach rechts und vorne, also auf den ähm wie hieß er? tok cutoff einerseits und unsere hütten andererseits, auch noch drittens nach links guckt.«
»brav. aufmerksam.«
»ja, danke.«

prima schummrig abgedunkelt ist es in der roadhousekneipe, fast könnte es draußen auch nacht sein, aber ich weiß ja, daß das nicht so ist. von der decke hängt als kronleuchter ein altes wagenrad mit pseudoöllampen drauf, die in wirklichkeit glühbirnen sind. die tischtücher blutigrot: auf uns kann man steak essen. der teppichboden fusselt heimelig europäisch. leider gibts, erklärt die niedliche bedienung, keinen lachs, das jahr war mies, der fluß zu hoch. eine knödelige countrymusic lullt uns ein, damit wir nicht zu schnell die speisekarte durchgelesen haben. doch, ich glaub, ich nehm

und orangensaft aus alten marmeladengläsern. jeder tisch ist besetzt, mit naturliebhabern aus den größeren städten, wohl auch aus anderen staaten der usa – auf dem parkplatz hab ich zwei autos aus kalifornien gesehen und fands obszön, als konstantin mir erklärt hat, wie die hierherkommen, weil ich mir zurecht nicht vorstellen konnte, das jemand nur zu urlaubszwecken einen so weiten weg fährt – »richtig, das tut auch keiner. sie lassen ihre jeeps hierherfliegen«.
und dann wundert sich die menschheit über die klimakatastrophe: benzinmaschinen, von anderen benzinmaschinen an orte gebracht, wo noch nicht genug benzinmaschinen

niemand könnte hier so sitzen wie stefanie in restaurants zu thronen pflegt: die thaiprinzessin, jetzt fehlt sie mir aber wirklich schlimm auf einmal, überhaupt will mich plötzlich der gedanke quälen, daß ich ja vielleicht gar nicht mehr nach deutschland komm, auch wenn hier nichts passiert, was mein leben sagen wir verkürzt, einfach weil sich das alles mit einem mal anfühlt wie eine dauerhafte ortsveränderung, das vorspiel zu einer langen flucht in immer abwegigere

die jeepbesitzer, weiß der henker, kennen sich aus in der hinterwäldlerischen gastronomie – »looks like we picked the best spot«, heitert einer seine hirnis in holzfallerhemden auf, »and the only spot«, und das in hörweite der servierleutchen, es gibt wirklich solche saubauern unter den großstädtern, da würgt man als vertreterin der zivilisation

nämlich ja wirklich gut, schon die platzaufteilung – links das gästehaus, rechts davon, freistehend an einem nebenarm des flüßchens oder sonst was rauschendem, die dazu passende urige motorradkneipe – »trapper's den tavern« – und ganz rechts das »carriage house«, in dem ich jetzt meine hühnerbrust verzehre, zart geschmurgelt, an frischem himbeermus serviert, während konstantin eine riesige rinderhälfte mit geröllhalden voller kartoffeln

remington: since 1816, america's oldest gun dealer, »meinst du, mit dem gewehr da an der wand ist schonmal geschossen worden?«
»gut möglich, aber nicht auf menschen.«
»wieso?«
»hier draußen gabs damals keine.«

so supersatt zufrieden ins auto

»willst du noch deine ähm spurenleserfahrt in die da . . .«
»ja, hier, schau, nach der brücke und an der kreuzung: rechts rein, die 4 – siehst du? – hoch, richtung fairbanks. ich würde sagen, noch mal zwanzig meilen tief.«

klar, was er meint: augen auf, ob man vielleicht von hinten ein paar antennen sieht oder irgend etwas.

viele private zufahrten, mit abweisendsten schildern verstellt, ein seechen, darauf zwei nagelneue, bienengelbschwarze wasserflugzeugwespen, deren kufen bespritzt sind mit was schwarzem, klebrigem. etwas später ein metallicblauroter gerüstturm, an dem ein rotes blinksignal das auge saurons

und dicke trommeln am straßenrand, verplombt, könnten unausgepackte scheinwerfer sein, was meint mein pfadfinder?
»ich weiß es nicht, laß gut sein. wir fahren zurück.«

im bett mit den büchern von mutter hennecke: keelys geheimnisse, runde astrologische graphen voller wechselbezüge auf, tja, was denn eigentlich?, viel halbrichtiges aus der primitiven akustik, über vibrierende luft, über refraktion, einfache wellenbewegungen, propagation, frequenz und amplitude, zopfige farbenlehre: red is the color of the planet mars, and corresponds to the first note in the musical scale. in early christianity it signified the suffering and death of christ, and was the color of war, strife and sacrifice

im andern buch, dem friedenstaubenweißen, auf seite 223 ein schwarzweißes bild von einer vorrichtung, die ganz dem motor gleicht, den wir in anchorage

anthroposophengewäsch, magisches denken, munkelndes raunen, lauter unfertige, allegorische, dichterische, dünnblütige

sbrrrummt mich schläfrig warm wirr schwappt mich

unter leuchtendem himmel von der farbe verdorbener früchte, in knietiefem schnee, seine brillengläser erblindet, gesprungen, seine jeansjacke in fetzen, seine stirn blutend, murun hat sich verirrt, er sucht mich nicht, kugeln stecken in ihm und pfeile, alle projektile sind aus eis, er hat mich vergessen und nanidi und mara, es gibt um ihn nur mehr seine flucht seine furcht sein einsames verwundetes

lear

blast, winde, sprengt die backen! wütet! blast!
ihr katarakt und wolkenbrüche, speit,
bis ihr die türm ertränkt mitsamt dem hahn!
ihr schweflichten, gedankenschnellen blitze,
vortrab dem donnerkeil, der eichen spaltet,
versengt mein weißes haupt! du donner schmetternd,
schlag flach das mächtge rund der welt; zerbrich
die formen der natur, vernicht auf eins
den schöpfungskeim des undankbaren menschen!

er hat nichts zu essen nichts zu wissen, er hat keine keinen er

ich erwach und greif mir an den hals, ob er noch da ist, ob ich noch was zum luftschnappen hab, und zuck und fluch. der automat aus japan macht die luft warm, aber auch stinkig, elektrisch trocken, und daß ich jetzt von shakespearesätzen träume, ist zum kotzen. natürlich erfunden, denn diese stelle gelesen zu haben, kann ich mich nicht erinnern – wo bin ich, ja, genau, beim blättern festgestellt: noch sehr am anfang, seite 21, der alte hat noch nirgends so getobt, blast, winde!, klar, ist ein haarpeinfall, von wegen wetter, und sehr durchsichtige symbolik auch, daß mir murun aber da ist es, im wortlaut, genau wie gerade eben, sprengt die backen!, ein dialog zwischen lear und seinem narren, auf seite 65. ich schließ die augen, massier mir die schläfen mit daumen und zeigefinger: kann ichs auswendig? ja, auch nach dem schöpfungskeim des undankbaren menschen: der narr sagt, in meinem schädel, in meinem echokämmerchen: »ach, gevatter, hofweihwasser in einem trocknen hause ist besser als dies regenwasser draußen«, und als ich die augen aufmach, steht da auf dem papier dasselbe, und mehr. es ist soweit, ich bin banane.

denn nie hab ich das gelernt, soviel ist sicher, aber auch, daß ich es weiß: ich kenne wort für wort ein shakespearestück, das ich grad zum ersten mal im leben lese. es verfolgt mich in die träume und ich

verrücktgeworden, ist es das? nanidi. das buch ist von ihr. und die warnung, was war das noch? konstantin nicht trauen, aber mir selbst? wie soll ich mir, verzeihung bitte, denn trauen, wenn ich offenbar sachen weiß, von denen ich nicht wußte, daß ich sie

mir ist schwindlig, nicht nur im blickfeld und im innenohr, keine drömeligkeit des gleichgewichtssinns, sondern im magen, in den eingeweiden, ich schleich, nachdem ich den verdammten heizroboter abgeschaltet hab, schwankend zum klo, die knie, hart gestoßen, spüren den kalten fußboden, während ich alles, was ich weiß und nicht versteh, unter weinendem würgen in die schüssel

das ganze draußen ist wie von IHRER hand zurückgenommen, still und traulich, als brauchte man, damit es nacht ist, keine dunkelheit, nur frieden. ich dank IHNEN, danke. ich schau durch das fliegengitterchen, ich schluck, würg, aber dann gehts doch. es geht, es geht wieder.

was soll ich tun? es ist fünf uhr morgens ortszeit. rübertrippseln, murun wecken? fernsehn, schreien, stampfen, heulen? der lear wird weggepackt, als wär er gift, dann versuch ichs, weil mich das gestern so schön lullig gemacht hat, noch einmal mit meister keely.

fuck, wut: woher hatt ich nur gestern abend das wohlwollen für diesen kleister her? man muß sich das bloß mal übersetzen, was der seinen investoren und andern leichtgläubigen als wissenschaft verkaufen konnte: »alle kohärenten aggregate vibrieren ständig in einer periodenfrequenz, die einem harmonischen verhältnis der fundamentalen schwingungshöhe des vibrierenden körpers korrespondiert. diese schwingungshöhe ist ein vielfaches der schwingungshöhe des atomols«, so lautet das »gesetz der harmonischen vibrationen«, und

die diele kracht, der wind geht durch die

ich werd verrückt, das ist es und nichts sonst. folie à deux: thomas hat mir das mal erzählt, daß manche menschen, um ihre macke unter kontrolle zu kriegen, einen knall zu zweit oder mehreren kultivieren, das stabilisiert sie – leute in der sekte oder durchgedrehte pärchen, das sind alles stummelformen von heilungsversuchen, und mit mir ist es genauso: ich seh mich doppelt und dreifach, nanidi, mara, ich hab einen menschen lebensgefährlich verletzt, vielleicht umgebracht, ich komm mit niemandem aus, ich fick meinen lehrer, und um trotz alledem nicht über bord zu gehn, schließ ich mich der gralssuche meines großvaters an, kriech durchs unterholz von alaska und pocht, klopft: eine hand, die das nicht gewohnt ist, die selten geballt wird – »sofort, herrgott«, ich soll IHREN namen nicht mißbrauchen, ich weiß, es erschreckt mich ja selbst, wie ich im einen augenblick um meine seelische gesundheit besorgt sein kann und im nächsten so auftret, als wüßt ich alles, herrin meiner sinne meiner sache

aber es ist niemand draußen, nur die nichtnacht und das überflüssige bernsteinfarbene leuchten im fenster der zweiten hütte, so daß man wie in einem honigglas jemandes silhouette dort im fliegengitter langsam sich bewegen sieht: die knabenhafte gestalt streckt sich, die arme angewinkelt, dann fallen sie runter an den schlanken schultern, die hüften sind etwas breiter, die andeutung einer brust, es ist eine frau ist ein mädchen ist ich bin sie hat

alles quatsch ich zürn ihm sehr, dem alten: haarp ist überhaupt nix gefährliches, wahrscheinlich einfach wirklich ein observatorium zur erforschung der aurora borealis, ich hab keinen einzigen beweis erhalten, daß es sich anders verhält und daß konstantin überhaupt keine notwendigkeit sieht, mir einen solchen beweis vorzulegen, um mich von seinen fixen ideen zu überzeugen, belegt eindeutig, daß er sich da in was verrannt hat: er zweifelt nicht mehr, und nur solange man noch zweifelt, ob man spinnt, kann man sicher sein, daß es nicht so ist.

ich schlag die tür zu, verstört von meiner blitzartigen einsicht in die komplette narrheit des ganzen, und hol mir dabei einige moskitos rein, die ich ein viertelstündchen jag im kleinen zimmer, als wärs ein krieg, mit ingrimm, flink, patsch, wieder einer weg zwischen den händen, und dabei läuft der wasserhahn im waschbecken, denn ich muß mir jede fliegenleiche sofort von den ballen waschen, es macht krach, ich tob und toll, spring und wüt, sieben und neun und dann ein dutzend, dann, nach der schlacht, fall ich aufs bett, doppelt so müde wie vor stunden nach der lektüre, ich will nicht mag nicht mehr, ich muß nach haus zum psychologen muß will hilfe

9*

es ist elektrisch, elektrisch
tief bis in die innerste erde
alle materie aus atomen
deren hüllen: elektronen
elektrisch
bernsteinisch
ich glut sie winter alle wir stromabwärts
fluß current

013311

das nächste klopfen reißt mich aus dem strom, dem wälzen, und als ich schrei: »verdammte hacke, was soll das denn?«, weil ich erwart, daß das derselbe streich ist wie vorhin, wie spät isses eigentlich? – ich schau auf die uhr: drei stunden ist es her –, hustet konstantin: »claudia? was ist passiert, hast du dich ...?«
»nee, wart, gut, halt, ich mach dir ömm auf!« fast haut es mich beim stolpern zur tür auf die fresse. er schaut mich besorgt an, als ich ihn in die kammer zerr – süß, ich muß auf ihn wirken wie zer be ver

aber es geht gar nicht um mich, seine sorge gilt etwas anderm: »kein empfang. es ... es sollte funktionieren, wir hat-

ten alles genau ... und jetzt, siehst du, es ist tot: links kein balken, nur dieses ... verflixt«, er hält es mir hin, als könnt ich was dran machen.
»und die eskimofrau? die kommt nur, wenn du anrufst, richtig?«
er sieht und hört mich nicht. ich denk an den albernen helm im koffer, an die vorrichtungen wie aus einem billigen scifi-film mit

ich weiß nicht, warum es mich da mit solcher heftigkeit packt, aber ich laß ihm keine zeit mehr, vom sichsorgen ins jammern zu verfallen: »auf, los, raus hier, wir fahren rum, da draußen wird schon, wird sich das, nee, kein kaffee mehr, kriegst du nachher, komm, zur karre«, ich hab es satt, es muß aufhören, die ganze kasperliade, jetzt sofort, und nehm, indem ich konstantin vor mir her zum auto schubs, die dinge jetzt selbst in die hand. er denkt, ich hätt ne gute idee gehabt: das gelände befahren, bis sein apparat ein signal erwischt, aber mir gehts nicht darum, sondern um die sofortige zerstörung des ganzen wahngebildes, den abbruch der verrenkungen, ich mach nicht mehr mit, ich werd ihm die augen öffnen: »vorsicht, um himmels ...«

ja, fast hätte es mir die steuerung entrissen beim riesensatz, den der wagen macht, weil ich so unbedacht und bockig losfahr. egal. weiter.
»vielleicht auf dem platz da, wo die ...«, aber ich ignorier seinen vorschlag, an der gakona junction anzuhalten und den marktplatz linkerhand, wo ein espressobüdchen steht und eine großbaracke mit sägemehlteppich davor, zu dem zweck zu nutzen, sein handy flottzumachen – was ist das überhaupt für ein sogenanntes dorf, vier häuser, zwanzig menschen, mit der kneipe hinterm fluß und den wohnhütten drumrum samt gästehaus vielleicht dreißig, lächerlich, wer wird

»wo fährst du hin? claudia, gib mir eine antwort, ich frage dich, was du tust? was das soll?«
wir sind auf dem tok cutoff, bevor er protestieren kann; ich schweig verbissen: nein, mein lieber, der gespensterkram ist hier zu ende, ich werds dir beweisen, es ist nichts dran, wir können heimfahren und mein leben wieder aufs gleis kriegen, das bist du mir schuldig, alter mann. schuldig. mir.
»claudia, wir sind schon fast ...«
meilenmarkierung 7. ja, ich weiß: »genau das will ich. wir fahren hin, zum haupteingang.«
»claudia, sei vernünftig, bitte ...«
dieses weinerliche, das hat er praktisch nie, und wenn, dann find ichs zum speien zum schreien, wie jetzt.
»ich bin vernünftig. ich bin so vernünftig, wie du sein solltest, als der ältere und wasweißich weisere, aber statt dessen ziehst du mich in diesen ... das ist doch alles mumpitz, konstantin, das kann doch nicht dein ernst sein, wetterbeeinflußung, gedankenkontrolle, kameras, russischer specht ...«
»russi... claudia, was hast du ...«
das hat er mir offenbar nicht zugetraut, daß ich mir das merk, daß ich seinem geraune im starbucks von anchorage nachgeh und herausfind, was zum

wir sind da.
das muß es sein, links, diese unauffällige zufahrt, und ich staun doch ein bißchen, daß man, anders als auf den fotos, nur bäume sieht und diese rampenartige schotterpiste, keine antennen, nichts von dem, was

scharf wenden, gegen konstantins jetzt wenigstens nicht mehr weibischen, sondern bullig erzürnt ausgestoßenen protest: »hup doch noch am besten, ich kann es nicht fassen,

was du dir da nur denkst! die arbeit von dutzenden von menschen, seit jahren . . .«
»ach kuchen«, ich spiel nicht mit, ich steig aus, und wenn er noch einen funken einsicht besitzt, wird er, wenn verhaftung und kugelhagel ausbleiben, gleich selber

er kann nichts tun, nur zusehen: frau am steuer, und ich hör, spür, wie er schnaubt, wie es ihn aufbringt, ihn erschreckt und beleidigt, aber ich tus, ich verlangsam den wagen, reiß den lenker herum, dann geb ich gas, wie geschubst fährt das auto an, es wirft uns beide nach hinten, und dann zieh ich nach rechts rüber, rütteln, beben, halten.
es ist vorbei.
wir stehen in der einfahrt.
kein mensch ist da.

ich lös den gurt, mach die tür auf, steig aus und krieg nur undeutlich, als wärs ein unfertiger gedanke, aus den augenwinkeln mit, daß ers mir gleichtut. nichts ist hier, oder alles: kies und schotter, grauer boden, leichter nebel, dunstig und diesig, das gitter mit warntafeln: man soll das tor nicht bewegen, berühren, man kann sich verletzen, ja sterben, und niemand darf das gelände betreten, es sei denn, der kommandant hats erlaubt. wer sich auf dem grundstück erwischen läßt, sagt eine weitere aufschrift, kann durchsucht werden, und alles, was sie oder er bei sich führt, ebenfalls.
zwei tote sprechanlagenboxen an schmutzigen pfosten, zwei blumentröge, in denen splitterschutt, erdimitat und erbärmliches kraut der kälte trotzen.
bäume aus dunkelheit, ein vereister weg wie krustiger pizzarand. weit weg, entrückt auf bewaffnetem land, steht ein großes generatorenhaus, eierlikörfarben, und summt, und dröhnt.
»das ist«, sag ich, und weiß nicht, was es ist.

konstantin steht kreidebleich auf halbem weg zwischen mir und dem auto, ich will ans tor und wills doch nicht. ich könnt rufen, könnt mit den armen wedeln.
»was hast du? claudia?« er hat jetzt angst und schämt sich nicht, es mir zu zeigen.
ich weiß nicht, was er meint, aber der ort hier, das ist klar, will gar nichts gutes.
alles, was ich gelesen hab darüber, war ganz anders: paranoid schon, aber auch spekulativ, technisch, kühl. hier aber, am schauplatz selber, ist es nicht technisch, sondern nur verhext. dieses laute summen: »das ist ... böse«, sag ich, weil mir das wort endlich einfällt.
er lächelt wie entschuldigend: »nun ja, das ... das sagte ich dir doch, nicht wahr?«
die reise, spüren wir beide, ist zu ende. der plan ist gescheitert, von mir unmöglich gemacht. wir stehen vor der festung, die uns ignoriert. ich überleg ganz dumm, ob ich wohl rauchen soll. das auto hat auch angst, es stellt sich schlafend. ich zuck mit den schultern: »tzja. ja. also. tut mir leid, ich ... du hattest recht. hier wohnt der deibel.«
er nimmt mich, als ich zu ihm geh, in seine arme.
wir stehen da, umschlungen, vor dem ding, das wir entlarven wollten. lösen uns lang nicht voneinander.

ins auto.
fort von hier.

X.

013340

so froh und traurig über die gespräche gestern, das lange und das kurze. was soll ich sonst tun, außer IHNEN danken, daß in IHREM grausigen timing, in dem ganzen duster, wenigstens diese gelegenheit, dieses letzte

wenn es da oben kameras gibt – und ich zweifle nicht mehr dran, daß es sie gibt – dann hat man uns fotografiert und gefilmt, wie wir einander zu halten versucht haben, in diesen viel zu dicken klamotten. vielleicht haben sie sogar feine mikrofone, die hören konnten, wie er sagte: »ich wollte dich immer beschützen, vor dem ... ich weiß nicht. vor allem.«
untergehakt wie ein pärchen sind wir zum auto zurück und schweigend fuhren wir bis an den fluß, hielten bei der lodge, saßen da lange im auto, es hatte nichts mehr irgendeine eile.

»wovor?«
so fing das an, diese wichtigste unterhaltung.
»wovor was?«
»wovor wolltest du mich beschützen?«
er lächelte und sah mich an, sagte ein weilchen nichts. dann, ruhig, als habe er schon damit abgeschlossen: »du bist ja keine kommunistin, und wirst auch keine mehr, nehme ich an.«
ich blies die backen auf, für den komischen effekt: »pfff, na gottseidank, daß das mal klar ist.«

er sah aus dem fenster auf einen grauen hund, der vor der bikerkneipe zwischen den motorrädern im dichten schneefall hin und her strich, gebeugt, nah am kalten boden, vielleicht, weil da restwärme war, bei den starken choppermotoren.
»aber eins hast du mit mir ... gemeinsam. ich bin damals sehr jung in die kpd ...«
»idealist.«
»mag sein. aber dadurch hatte ich ... ich bin zu rasch groß geworden.«
»groß, wie?«
»erwachsen. zu schnell, und unter entsetzlichen umständen. so, siehst du, war das mit dir auch, und ist es noch, ich wollte aber ... dich vor all dem ... weißt du, daß ich es war, der deine eltern überredet hat, diese ... sache mitzuspielen, mit thomas? diese fixe idee, dieses morbide kleine märchen, das du dir so erfolgreich ... daß wir mitmachen sollten, schlug ich vor. nachdem du aus der klinik zurückgekommen bist. ich konnte darin nicht viel schlimmeres erkennen als ein harmloses kleines als ob.«
ich war zu erschöpft von allem, und seiner offenheit zu dankbar, als daß ich, wie sonst bei dieser sache, ihm patzig gekommen wär oder aggressiv oder, tscha, verrückt. wie damals den jugendärzten in der psychiatrie, nachdem

»ich fand es ... ich habe deinem vater gesagt, diesem ... schöngeist, er soll es dichterisch nehmen. als große verwandlungsleistung. du redest eben davon, daß er nach berlin gezogen ist, statt davon, was wirklich passiert ist – und muß man das nicht eine humane ... eine schöne idee finden, diese lüge? nach berlin, für: tot. ein junges mädchen, fast ein kind, verliert den nächsten verwandten ...«
ich hab aus dem fenster geschaut auf den hund und stumm geweint, ohne recht bei mir zu sein, ohne mich zu bemitleiden wie sonst. aber als er das sagte, hab ich den kopf zu ihm

gedreht, ihn angesehn, damit er sieht, wie lieb ich ihn hab, und gesagt: »das bist doch du. der nächste verwandte.«
»nun. ahhh ... hm«, er räusperte sich, das war goldig. dann sagte er: »dein bruder war ... ich habe das immer bewundert, wie er dir ... wie nah ihr einander gestanden seid, obwohl er dich ja auch hätte ablehnen können, immerhin war er als leiblicher sohn deiner ...«
ich konnte nicht übersehen, wie es ihm zusetzte, über diese sachen zu sprechen, also beschloß ich, selber erstaunt über meine plötzliche reife, ihm das abzunehmen, endlich, damit er sich ausruhen durfte, von der sorge um mich: »als er tot war ... ich mein, das klingt jetzt ganz widerwärtig, aber zuerst war es, ich ... ich fands ganz toll, daß mich mama und papa plötzlich das erste mal so behandelt haben, als wär ich eben nicht adoptiert, als hätt ich ... als wär ich das einzige, was diese familie jetzt noch ...«
»ja. eine verdammte schande. er war ein großartiger kerl. den fahrer ... ich bin für jede rechtsstaatliche tugend und gegen den kurzen prozeß als solchen, aber daß dieser mann mit einer lächerlichen geldstrafe und im grunde wenig mehr als einer ...«
»na ja, sie haben ihm halt auf die fingerchen geklopft und ... was wars, wie hieß es noch? durch eine unglückliche verkettung der umstände die kontrolle über sein fahrzeug ...«
den satz wollten wir beide nicht beenden, er zerging langsam zwischen uns. dann sagte er: »und als jetzt diese geschichte passiert ist mit dir und stefanies freund ...«
»exfreund.«
»hmm. ja. und es war ja ... es war ja auch ein autounfall ... da dachte ...«
»da dachtest du, jetzt kommt die kleine wieder in die klapse.«
er brauchte nichts zu erwidern.

»hast du hunger?«
»kein stück. aber wir gehen trotzdem da rein, komm.«
er öffnete das handschuhfach und legte das nutzlose handy rein: »was solls.«

später, zurück in seiner hütte: »es klingt verquer, aber ich dachte immer, du wärst meine tochter ... das hat mir geschmeichelt, weißt du ... ich war ja derjenige, der dich, wie sagt man? vermittelt hat.«
»ich bin ... aus rußland, stimmts?«
»ja. gewissermaßen ein flüchtlingskind, eine ...«
»republikflucht hieß das in der ddr. komisch, daß du ausgerechnet so jemandem, der das ähm vaterland der werktätigen ...«
»als säugling konntest du ja nichts dafür, oder? was deine eltern ...«
»für verräter waren, hihi.«
»na nun komm aber. daß ich dich in diese familie geholt habe, das war wahrscheinlich doch das nobelste und gescheiteste, was ich je getan habe. du bist die schönste und klügste.«
»vorsicht, nur weil ... nur weil wir nicht blutsverwandt sind, heißt das nicht, daß ich mich von dir anbaggern laß.«
das scheuchte er weg, mit einer abfälligen handbewegung: »pfah ... deine talente ... das perfekte fotografische gedächtnis, die kopfrechenstärke, dein osmotisches aufnehmen von neuen wörtern ...«
»gerade auch schwierigen fremdwörtern wie osmotisch!«
»frech bist du auch, das stimmt. und die lebhafte phantasie ...«
er wußte wohl nicht, wie er den satz beenden sollte, denn das war ja der springende punkt: daß diese lebhafte phantasie nicht nur ne stärke ist, sondern auch die quelle aller sorgen, die man sich je um mich gemacht hat.

rührten ein bißchen im kaffee, nippten dran rum und ich glaub, ich war in meinem ganzen leben noch nicht relaxter als in dieser hütte, höchstens beim dauerfernsehen, als kind, nachts, mit thomas, so nach fünf sechs stunden, wenn die völlige betäubung einsetzte.
am ende sagte murun: »meine augen sind . . . ich bin ziemlich, wie sagst du ? geschafft. magst du mir was vorlesen ?«
»klar, warte, ha, ich hätt da was feines«, der brecht in meinem täschchen war

das wurde lustig, ein spiel:
im kreuz hatten wir die vielen kissen, so lagen wir nebeneinander auf dem comforter, und er schloß die augen und kannte die gedichte gut genug, um zu wissen, wann ich ihn aufgezogen hab mit falschen zeilen der

statt richtig: »oh großer oktober der arbeiterklasse!« las ich »oh großer oktober der sparkasse!«, statt: »lerne, mann im asyl! lerne, mann im gefängnis!« las ich »lerne, mann im hotel! lerne, mann in der warteschleife!«, statt »und der haifisch, der hat zähne« las ich: »und der haifisch, der hat lange weile«, daß er dabei einschlief, manchmal leis kichernd, wohlwollend schnurrend wie ein alter kater auch. ich versteh aber nicht, wie ich selber eingeschlafen bin, beim vorlesen.

geweckt, von etwas auf der nase – wieder so ein scheißmoskito, meine arme sind schon komplett zerstochen, und hinter den ohren, am hals, das mögen sie auch.
da war es dunkler draußen als seit tagen. ich sah auf die uhr, es war vier.
ich nahm meine sachen, ganz vorsichtig, stand auf, ließ ihn, angekleidet und mit halb aufgerichtetem oberkörper, da liegen und schlafen, ging raus.

ich denk mir, daß er glücklich war in dem moment, vielleicht nicht so sehr wie ich, aber doch rechtschaffen zufrieden, erleichtert: daß er ein alter mann hatte werden können, ohne sich in so eine verfluchte ecke zu manövrieren, wo man sein leben in die hände von leuten legen muß, die einen verachten oder bemitleiden – oder, das schlimmste, beides.

hatte sich murun bewegung gemacht und hatte was geschaffen, das es ohne ihn nicht gegeben hätte, was hinterlassen, anstatt nur von dem zu zehren, was die machthaber gnädig

als ich auf die veranda trat, vor den zugeschneiten blumentopfelch, ging drüben, bei der schwesterhütte, eine tür auf. sie stand da, die frau von der raststätte, meine zweite doppelgängerin, die haare in der mitte streng gescheitelt, wie mit wasser gekämmt, geglättet, an den ohren lange dicke zöpfe: waren die haare nicht kurz gewesen, in der raststätte? sie schien mich was fragen zu wollen, blickte erwartungsvoll. seltsames wildlederkostüm; das sah aus wie so ein leinenhemd, oben lag eine fette gesträubte pelzraupe als kragen um den nacken, das hemd war lang, besetzt mit was wie zähnen, darunter trug sie fransige indianerhosen und weinrote fellstiefel. ich hab gedacht: ja, lebhafte phantasie. es macht nichts, das war mir auf einmal klar: es gibt sie nicht, sowenig wie thomas, und daß es für mich wirklich ist, muß mich nicht erschrecken, sowenig wie die telefonate, die ich manchmal mit meinem toten bruder führ. wer weiß denn, wie viele menschen draußen rumlaufen und an teilen ihres lebens festhalten, die außer ihnen niemand sehen, hören, schmekken und riechen kann.
wichtig ist nur, daß einen jemand versteht, daß einem jemand verzeiht: diese schwäche, daß man ohne dinge, die es nicht gibt, nicht auskommt. murun ist das für mich, der macht es gut, der erlaubt es mir, dacht ich, und dann trat hin-

ter die indianerdoppelgängerin die andere, erste, die ich seit anchorage kenn, nanidi, und küßte sie in die halsgrube und flüsterte ihr, während mich beide ansahen, lächelnd was ins ohr. da trat mara zurück, und nanidi schloß die tür, und ich hab gedacht: schon gut, es gibt euch nicht, aber ihr paßt auf mich auf, von der andern seite, meine schwestern, wie

mit diesem gefühl, diesem wissen im bauch, bin ich dann rüber in meine doppelhüttenhälfte und hab gelesen, den text, den ich jedesmal sofort wiedererkenne, den ich auswendig kann, ohne zu wissen, woher – vielleicht hab ichs vor jahren mal aus papas bibliothek genommen, da gabs ne klassikerphase, das stimmt, aber ich weiß nicht, wann und wie ich

lear

was ist dein beruf?

kent

mein beruf ist, nicht weniger zu sein, als ich scheine; dem treu zu dienen, ders mit mir versuchen will; den zu lieben, der ehrlich ist; mit dem zu verkehren, der verstand hat und wenig spricht; und keine fische zu essen.

lear

wer bist du?

kent

ein recht treuherziger kerl und so arm wie der könig.

013341

schlag und die zündung der ersten feuerblume, die der flammenschweif bewirkt hat, haben mich nicht aufgeweckt aus meinem traum, in dem ich auf einer düsterblauen eisfläche, die vielleicht ein ozean war und vielleicht was noch größeres, auf komischen kufen voranglitt wie ein messer durch butter als

krach, lichtung aus blitzen in der landschaft, verschiedene dünste, dampf aus verbrennenden motoren, ein spitzer winkel, als geräusch verkleidet, schliddern übers dröhnen, prasseln laut und

augen aufgeschlagen, und die teller klapperten im schrank, das heizroboterchen summte unangenehm gequetscht, aber den rauch hab ich noch nicht gerochen, sonst hätt wohl der detektor

mir keinen mantel übergeworfen, sondern eilig zur tür, den geschmack von salzkraut im mund, wie immer, wenn ich ohne zähneputzen eingeschlafen bin, noch angekleidet, sogar in stiefeln, da hörte ich das aufbrechen von was, und das sichdrehen schwerer schrauben, dann klappern, knattern, einen frauenschrei

riß die tür auf. der elch aus holz lag umgefallen davor, den mußt ich wegtreten, er hatte einen schwarzen schatten. der gastank am ende der trittplanke war geborsten. flecken schwelten auf dem boden, lichtsäulen staksten durch die bäume, laut röhrte, was gefahren kam. und dunkel wie nicht seit meiner ankunft in dem stach mir in die augen, und ein sausen brachte die ohren zum bibbern, und ein stöhnen wie ein überblasenes harmonium in der luft, daß ich so schreckliche angst bekam, noch bevor sich die zweige teilten und die ersten soldaten vor die hütten stapften, noch bevor das raupenfahrzeug die abschüssige kiesmulde neben der scheune und der zapfsäule

gerannt, die tür dort mit meiner schulter, meinem ganzen körpergewicht aufgebrochen, eingedrungen, alles voller tanzender lichter vom rückwärtigen fenster her, im schlechten glanz, im zunder der wie falscher regen

lag nur da, halb sitzend, daß ich schon dachte: tot, weil auch die augen mir nicht folgten, wie ich ums bett rumging, so schnell wie möglich zu ihm hin, sie waren offen, aber starr, und ich wußte doch nicht, was man tut, wie man wiederbelebt, ach GOTT nein nicht, das herz natürlich, ein alter mann, im schlaf, aus träumen hochgeschreckt, mein gesicht nah an seinem, daß ich ihn aber hauchen hörte, atmen, da sind mir alle eingeweide

ganz leise: »kommen sie, sie sind, sind kommen schon … da …«
»ich kann nicht, da is irgendson unfall passiert mit dem scheißgas draußen, das sind die letzten menschen hier. scheiße wart, es kommt schon wer, da kommen gleich welche, beweg … dich nicht, ok?«

mich dann ganz kurz von seinem ohr entfernt, um durch die offne tür hinauszugucken. so konnt ich nicht hören, was er dazwischen sagte, hab mich dann aber wieder vorgebeugt, denn draußen war nichts als flammen, offene brandschleusen, puffige scharlachwölkchen. ich hab aufgepaßt, zum

glück, es war zu verstehen: »flugzeug sind ... ist runter... geholt ... von ...«
»das weißt du nicht.« es muß trotzig geklungen haben, von einer art wut her, daß er wieder mit seinen spionageklamotten kommen mußte.
»das weißt du nicht«, hab ich ein bißchen lauter wiederholt, und »das ist eine, das müssen nicht ryan und diese tussi gewesen sein. lieg still, bleib ruhig, ja? konstantin, bitte bleibst du für mich dann mal ruhig jetzt, ok?«

mit einer anmut, bei der mir das herz brechen wollt, hob er die schmale rechte ein bißchen hoch von der decke und zitterte meine bettelei weg. dann ein kaum hörbares räuspern; fast amüsiert war der tonfall, als er flüsterte: »die schönste die ... klügste ...«
»keine zeit für ... schmeicheleien.«

hand auf seine stirn. überm shop'n'stop stiegen gelbe und goldene tropfen in die höhe, vielleicht leuchtraketen; auch fliegende bauchige sachen machten den himmel heller. auf dem platz zwischen geborstenem tank und partystühlen wagten sich zwei dreiergruppen von soldaten vor, die gesichter rußschwarz im flackern, brillen wie flieger in alten filmen, bei manchen über die augen gezogen, bei andern auf der stirn, helles tarnzeug, ganz unpassend für die gegend: grün und braun, im flammenschein schmierig gräulich, stark scherenschnitthaft abstehend vom weiß, vom gelbrot des

»aber ... geht ihr nur, kinder, geht ... schon«, mein ohr war jetzt an seinem mund, ich wollt nichts verpassen, überhören.
»schnell jetzt«, noch leiser, »nur schnell, kinder ... ein blick zurück, und ihr seid ... in der ...«
seitdem schweigt

013343

mich gesehen, aber noch bin ich egal. es klatscht und knallt, wird da geschossen auf die partystühle, den fahnenmast, die satellitenschüssel? die türen zum andern hüttchen sind im toten winkel, unsere – muruns – steht nicht weit genug auf. er guckt an die wand, zum poster, der blick ist jetzt anders als vorhin, als ich dachte, er wär tot. anders: jetzt ist ers.

warum sollt ich davonrennen? es ist ganz gleich.
comforter, tröster: die decke ist verrutscht. ich weiß nicht, wie das geht, mit dem augenschließen, und hab etwas angst davor, dann mach ichs doch, und es geht sehr leicht. comforter: ich zieh die decke rechts von ihm vom bett, leg sie auf ihn, bis hoch zum haaransatz; weiß auch nicht wieso, irgendwie denk ich, das macht man wohl so, damit die ruhe, na

geh zur tür, um mich denen zu zeigen, was soll ich tun, die hände hoch? zwei sehen mich, aber der, dem sie folgen, zeigt mit hart angewinkeltem arm in die höhe und dann, handkantenschlag, nach vorn, da heben die beiden die gewehre. es kommen noch mehr, und als ich auf die schwelle trete, kann ich nur staunen über die raupe, über die kerle mit den röhrendingern auf dem rücken. das kind auf der treppe, beim shop'n'stop, die garstige mutter mit dem gebrochenen arm schreit es an, zieht es ins haus zurück, das kind ist ganz verwundert dagestanden und mit den augen hat es was gesucht. mehr männer kommen, nein, weiß ich ja nicht, vielleicht sind auch frauen dabei, diese uniformen machen das

harpunen oder fleischerhaken auf den armen, was ist denn das für gerät, aber auch normale feuerwaffen, was mehr feuerwerk, platzende kürbisse, abgerissene streifen von rotem samt, viel grellheit, daß das sternenzelt verschwindet, erbleicht und aussieht wie eine wasseroberfläche, die man vom grund eines sees

ein rudel affen, das irgendein voodoopriester per gedankenkraft steuert, und die tierchen sind seine augen und ohren, behende und flink, da sitzt vielleicht ein psychogeneral in einer kontrollzentrale oben im haarp und sieht und hört mit, aber wenn jetzt jemand alle diese kerle hier erschießen würde, dann würde sich das ins hirn des generals einbrennen, dann müßte er erblinden und für den rest seines lebens sähe er nichts anderes mehr als die flammen, die

einer johlt von rechts, hinterm haus ist was, eine turbine röhrt los, erst tief, dann schnell hornissen, schwärmt kreischt, schwirrt schrei

ernstlich wacker, sehr planvoll, lustig absurd wie nußknakker gehen sie voran, triaden der eifrigen affen, in alle ihre zu erobernden richtungen, wie wärs mit einer zünftigen bananenschale oder einer vereisten stelle im schnee, warum ist das so urkomisch, bin ich jetzt wirklich verrückt geworden, nein: ich krieg es nicht zusammen, wie die ihr ballett veranstalten, als wäre das hier ein dorf voller, na vielleicht vietkong, dabei ist hier niemand, nur die armen seelen, die diese unterkunft betreiben, und ich, auf der veranda, mit offenstehendem mund und einem wahrscheinlich sagenhaft idiotischen ausdruck im gesicht. sie stampfen, sie eilen, legen auf was an. worauf?
ich möcht zu murun sagen: schau, was sind das für typen, sollten die nicht irgendwo in der dritten welt ein paar erdölfelder sichern oder massaker verhindern? aber das ist ja verkehrt, murun wär nicht, könnte nicht

daß das schlimm stinkt, das schlauchboot beim wohnwagen vor den steinplatten in der auffahrt, weil es jetzt auch brennt, und was kauert, zittert, sind das menschen, ist das

in formation, zwei mit den tritten ihrer schweren stiefel kippen die bank, einer schlägt eine scheibe ein beim andern hüttchen, mit einer stablampe, und irgendwas schießt jetzt zurück, da wo die rückwärtige röhre zum verschlag mit

warum sie da sind, natürlich: hinterm zugeschneiten turnpike, wo die dumme espressobude steht, am waldrand hinter der amerikanischen fahne, eine geknickte ölfarbtube, metallisch schimmernd, die rechte tragfläche in den schnee gegraben, wie man als kind die hand reinschiebt: das flugzeug, das uns helfen sollte, mit irgendeiner selbstgebauten show aus dem hirn des spezialisten ryan. wo ist muruns helm?
die trooper haben das wrack eingekreist, einer hält kräftig drauf mit einem feuerlöscher, ist aber bestimmt nicht so gemeint: die dürfen ruhig verbrennen, unsere genossen, was mach ich jetzt, man wird mich greifen, schei

schneller rechts im gleichschritt, zum gebrüll von kommandanten, alles voller truppen jetzt die ganze ebene bis rauf zur junction, hinterm schild, neben dem toilettenhäuschen brechen sie aus dem geäst, paar dutzend, sie leuchten aus und spähen, am rand der rampe gehen drei, vier von ihnen in die knie wie gelernt, es kommt mir vor wie ne übung, ich sollte aber besser zusehn, daß ich wieder ins haus

sehn sie mich, was ist denn, wollen die von mir, daß ich

am auge an der wange rechts, mich haut was, trifft, erst denk ich dumpf, die backe, meine zunge lunge, wo schmeck ich, dann ist was mit meinen beinen, sie wollen nach hinten wegbrechen, wieso, die wange tut weh bis hoch in den kopf im schädel, au was ist au scheiße ist das denn jetzt dunkelste

013401

man schneidet und bohrt mir im oberschenkel rum, es fühlt sich an, als gings bis an die knochen. ein ruckeln und zerren, wie damals im kiefer, als ich unter betäubung den weisheitszahn hab hergeben müssen, das war ein gereiße und gemache, der wollte sich nicht lockern, am ende haben sie ihn regelrecht rausgesprengt. mir ist leicht lächerlich, immer noch, wie – wann war das – beim aufmarsch der soldaten, so eine gasförmige heiterkeit, und dazu trägt sicher auch bei, daß ich das bohren, popeln, fummeln an meinem bein nur als kinetische veranstaltung mitkriege, nicht als schmerz. betäubt: das muß es sein. ein licht hier drin – oben – wie in diesen amerikanischen supermärkten, im wal mart oder bei carrs in anchorage, granatenblitz. ich sehs nur mit einem auge, das mir auch nicht richtig gehorcht, mein bild kippt immer ein klein wenig, rollt weg, als ob die maus, der cursor

erst ganz eifrig: ich will erfassen, was um mich ist, mich orientieren, aber diese horizontale ist dann doch eine suggestion, ich will ruhe von mir, wegdämmern, einschlafen nochmal. ich seh eben noch mit blinzelblick monitore, zwei stück, sehr primitiv, da zackt und wellt sich was, das sind dann wohl meine vitalzeichen oder wie das im krankenhausfernsehen

hoch? sicht?
ein auge fehlt, eine hälfte, sphäre.
»you're weak, you know. bleib mal liegen.«
ich kenn meine stimme: das bin ich, die mir das sagt. ich steh drüben an einem waschbecken, das seh ich, weil mein hals sich soweit drehen läßt, und ich hab eine grüne schürze um, wie ein chirurg. ich bin nanidi.
claudia starik dagegen liegt hier und hat au. druck in den ohren. kopfweh. das bein, in dem gebohrt und geschnippelt wurde, pocht so, daß nach jedem klopfzeichen aus dem knochenmark ein kleiner stich folgt, entlang der knochenbahn bis in den fuß, nicht schön, metallisch, elektrisch, ziepend.
ein geräusch wie bei einem sehr großen pc: was ist das? überlandleitung? eine klimaanlage vielleicht. jetzt wird der hals verrenkt, noch weiter, bis zum abseits, zum rand des sichtausschnitts: kein fenster.
etwas tropft, blubbert. klingt nach wassertank, oder orangensaft in der glasflasche, die jemand hastig leergluckert. das licht, mach mal das licht weg bitte, es ist zu doll.

ein löffel für mama, ein löffel für papa.
mus, fruchtig, und der löffel ist aus plastik. nanidi sitzt auf einem klappstuhl und sagt: »so, das bleibt jetzt unten. das kotzt du mir bitte nicht mehr auf die knie.«
hab ich gereihert? kann mich nicht erinnern. meine stimme klingt nach verbrannten mandeln, als ich sag: »bin ... sind wir n hier?«
»in sicherheit. underground. ich hab dich ... und mara rausgeholt. das war nicht einfach. ... mir haben leute geholfen, die für mara sorgen.«
»sind n das ... was für ... leute?«
»die gibts nicht mehr«, sagt nanidi und schiebt mir den letzten löffel süßbrei aus dem glas in den mund. gibts nicht mehr. leute, die ihr geholfen, mich und – wen?

»mara?«
»unsere schwester. sieht aus wie wir. she's hurt pretty badly. schwerer als du. liegt nebenan. unterm zelt.«
zelt, wieso? ach, sauerstoff. scheiße. ist das ein krankenhaus hier?
»wo . . . sag mir, sind, wo . . .«
»nicht nur die army kann tunnels graben und anlagen bauen. wir sind – man nennts einen bomb shelter. gegen den atomkrieg. auf einem privatgrundstück, das sie gekauft haben, damit sie auch alles kontrollieren, was rund um haarp steht. aber von dem shelter wußten und wissen sie nix. der zugang ist gut getarnt, wir . . . haben karten. das ding ist . . . als dieser bunker gebaut wurde, war alaska noch nicht mal ein bundesstaat. crazy, huh?«
wenn du meinst. ich bin so schummrig, schäbig schläf so schmurr

013500

»das war ein ganz dilettantisches unternehmen, auf das sich dein großvater da eingelassen hat.« ich kann schlecht widersprechen, also starr ich verbiestert geradeaus auf mara, die da mit dem tod ringt, ohne daß wir was dran machen können. hinterm milchigen vorhang, in brandsalbe gepackt, gekühlt, mit infusionen versorgt: schwester.
nanidi beleidigt konstantin, aber es bringt sehr wenig, wenn ich sie deswegen zur rede stell. sie soll aber wissen, daß sie mich so nicht anquatschen darf, wenn sie eine reaktion erwartet.

der propeller dreht und dreht sich, das ist alles, was er tut.
»du solltest dich bewegen«, sagt sie, und reicht mir eine tasse mit ekliger suppe.

ich freß den köder, dumme kuh, die ich bin: »was schlägst du vor, squash?«
»du kannst auf dem korridor auf und ab gehen. immer die heizröhre lang.«
»mein bein tut noch weh.«
»das sollte es auch. ich weiß nicht mal, ob ich alles erwischt hab. schrapnell. und die tränengasgranate so direkt an den kopf, das hat auch nicht geholfen.«
ich habs gesehn, im spiegel: mein rechtes auge ist eine zugefaulte pflaume.
»wenn es in zwei tagen noch, you know ... klopft«, sie guckt mein bein an, mißtrauisch, als könnte da jederzeit ein biofeuer ausbrechen, »dann muß ich vielleicht nochmal ran. diese geschichten ... flechette ... das kann eitern.«
»wer sind ... was sind das für soldaten gewesen?«
»navy seals. das beste. wie sichs gehört. sie beschützen ja auch keinen barber shop.«
hör ich mich auch so an? nanidis forciertes geflapse ist mies, sie will wohl

spricht aus einem schlaf, der vielleicht nicht mehr aufhört: »aoon... wo... stirscha... wo... wojine... egnaro, egnaro aoo...« ich seh ihr gesicht nicht, na besser so: es ist zerstört und gleicht meinem zu sehr, als daß ich sehen will, wie es ausschaut, wenn es zerstört ist

wenigstens möchte nanidi nicht, daß wir karten spielen oder

»kannst du nichts machen?«
sie reagiert zum ersten mal gereizt: »wie, ›machen‹?«
»naja, du fährst mit dem finger über meinen hotelfernsehschirm, und es gibt ein schneemuster, und du kannst, du errätst, was ich denke, und du hast mich operiert, und du hast mich rausgeholt ...«

»und ich hab vier soldaten erschossen und ein militärisches fahrzeug demoliert und diesen bunker gefunden und den generator angeschmissen. yeah. your point being?«
»sie hat ...«
»mara.«
»ja. sie hat offenbar doch ... große ... sie wird ...«
»sie stirbt sehr wahrscheinlich in den nächsten zwölf stunden. das warten wir ab, vorher können wir nicht handeln.«
jessas was denn noch? handeln? sie sieht an meiner miene, daß mich das entsetzt, und sagt: »wir können hier unten drin nicht zusammen alt werden. falls du das meinst. die vorräte reichen zwar lange, die bauweise ist stabil, man kann das ding von außen nicht leicht knacken. aber finden werden sie den zugang. eher bald als später – sie suchen nämlich sicher schon nach uns. schließlich sind drei frauen, für die man sich sehr interessiert, während einer chaotischen nacht einfach so, whatchamacallit, vom erdboden verschwunden.«
»du sprichst sehr gut deutsch. am anfang ... in anchorage, im hotel, hatt ich erst gedacht, dieser komische akzent ... ich hab dann erst gemerkt, daß du witze machst ...«
»so bin ich. lustig.«
ich schüttel den kopf: mit der kann man nicht reden. mein zerdatschtes auge juckt. ich frag lieber nicht, ob sie was zum rauchen hat: ist bestimmt nicht vorgesehen, im atombunker, wo sich die menschheit regenerieren soll.

»lies halt was.«
sie kanns offenbar nicht mehr mit ansehn, daß ich bei mara wache halt, jedem wispern lausch, mir verbohrt einbild, ich könnt vielleicht was verstehen, was aufschnappen. wie bei murun: geht, kinder – wußte er, daß die schwestern hier sind?
wir haben zuwenig geredet, ich hätts nicht verheimlichen dürfen, ich bin schuld, daß

lesen, tja, klar. meine tasche, irrsinn: die hat sie auch gerettet, mit dem keelyquatsch drin und dem »lear«, ihrem geschenk. ich spür das gelenk im kranken bein knacken, und es hackt mir quer durch den leib, als ich mich vor die tasche knie und den inhalt inspizier: es ist alles da.
ich blätter.

wein um konstantin und sitz da wie in einer pfütze aus ausgelaufenen gefühlen. nanidi hat sich abgelegt; sammelt wohl kraft, für später, wenn wir handeln

»hen... hen i wore nischim nani... didu... egnaro ...«
das wort kommt immer wieder, scheint die wichtigste sache zu sein: egnaro, aber die verbindung ist weg, die wir damals hatten, im rasthäuschen, auf der toilette, als ich plötzlich wußte, was sie meint, was »gethen« heißt. sprache: in anchorage im barnes and noble hatte ich ein buch in der hand, da gings um die bemühungen staatlicher stellen und engagierter einzelpersonen, das aussterben von sprachen der eskimos zu verhindern, durch anreize, spezielle studienaufträge, umrüstung von schulen auf lokale dialekte in speziellen fächern.
was heißt verhindern? mit jedem menschen, der stirbt, verschwindet eine sprache, das hat mit dialekt und tradition doch nix zu tun, das ist eine frage von

»debriefing, okay? ich sag dir, wie es läuft. hier hast du die schematics«, sie rollt papiere auf dem tisch, auf dem ich vorgestern noch gelegen habe, auseinander, und zeigt mir, wie es läuft: im antennenfeld gibt es einen einstieg, aha. versteh ich nicht. und das da? unterirdisches.
»just like us, hier drin.«
dazu fotos. kugeln in höhlen, ich hab keinen vergleichsmaß-

stab, weiß nicht, wie groß alles ist. »unter den kühlschächten durch.«
»was ist das? diese parallelen da?«
»engine exhaust. ab... abgase. das da, it's the muffler for...«
»ein auspuff?«
»yeah.«
sehr genau ausgezeichnet und markiert: intake tower. antenna array 2. shaft 3-6. drainpipe. turnaround. calyx hole. reservoir. primary ac equipment. blast closure valves. rock cover – »das ist von gestein abgedeckt, da oben?«
»ja. kann man nicht mal mit superhochauflösenden sats fotografieren.«
»aber mit diesen erddurchleuchtern, wie haarp selber...«
»tomographie, ok... aber die site, selbst wenn man sie ausspäht, ist für alle, die nicht über die schematics verfügen, praktisch unangreifbar – kein blast, kein fallout, kein chemischer oder biologischer angriff kann...«
»ja, ich verstehs. du hast recht.«
»du meinst – dein großvater? dilettantisch.«
ich nick, hoffentlich siehts wenigstens ein bißchen grimmig aus. es stimmt: unsere kleine foto- und schnüffelmission wäre niemals

erst wollt ichs nicht probieren, aber nanidi hat recht: es löst so ein bißchen den krampf in allem, körper und seele, und schmeckt auch gut.
daß ich ne flasche ohne etikett, aus deren hals es so intensiv riecht, an die lippen setzen und das zeug dann schlucken würd, hätte man mir vor drei tagen auch nicht erzählen dürfen. ich komm mir – erst recht nach dem debriefing – vor wie eine von diesen mädchen in afrika, kindersoldatinnen, in irgendwas reingeschmissen, von dem sie nicht wissen, ob sie lebend rauskommen, an der seite von kameradinnen und ka-

meraden, die sie nicht kennen und die kennenzulernen nicht genug zeit ist, bah. schmeckt schon stark.
»woraus ist das gemacht?«
»orangenschalen. guter jahrgang – 1947, nehm ich an.«

»okay. ich bin soweit. zweiter teil.«
sie faltet die karten zusammen, setzt sich militärisch gerade hin, kreuz durchgedrückt, und sagt in sehr verbindlichem ton: »du wirst sachen sehen ... und wissen, die man eigentlich nicht sehen und wissen kann.«
»halluzinationen?«
»sozusagen. das ist ...«
»teil der abwehrmechanismen der anlage?«
»nein. nur eine nebenwirkung ihrer funktionsweise, wie manches andere. der betrieb als solcher bewirkt ...«
»und die leute, die da arbeiten, die erwischt das nicht? oder gibt es da einen schutz, den wir bloß nicht haben?«
»du meinst hüte aus aluminiumfolie oder so? vergiß es. nein, da, wo wir langgehen werden«, ich erinner mich, sie hat's mir auf den plänen gezeigt, »bewegen sich sonst keine menschen, wenn die maschinen senden. das ist auch der grund, warum ich diesen weg gewählt hab, um ... meinen ... um den schaden anzurichten, den wir anrichten werden. wenn sie uns entdecken, werden auch wachen, die uns hinterherlaufen, dieselben desorientierungseffekte erleben ... und obwohl sie gewarnt sind, wie du und ich, ist ihre ... konstitution schwächer. wir sind besser ... gefeit?«
sie kostet das wort, ist sich nicht sicher, ob man das heute noch sagt.
»altmodischer ausdruck. aber ich versteh, was du meinst: geschützt. geimpft. wieso?«
»weil wir schon unser ganzes leben mit etwas verbringen, das diesen ... maschinen ähnelt. so arbeitet wie sie. wir haben was im kopf, was andre menschen nicht im kopf haben.

für uns wirds nicht wirklich anders sein als sonst, nur marginally ... ein wenig stärker. und eindrucksvoller. als ob wir, you know ... normalerweise schon sehr viel schwarzweiß fernsehen, und auf dem haarpgelände dann ... well, in farbe.«

ich weiß, daß es nacht ist, weil nanidi das licht dimmt, vielleicht macht sie das nur für mich; kaum glaubhaft, daß es anfang der fünfziger jahre schon dimmer für lampen gegeben haben soll, aber vielleicht sind das ja nachträgliche modifikationen.
ich denk zu lang und ergebnislos drüber nach, was hätte sein können. nanidi sagt, konstantin habe zuviel auf eigene faust machen wollen, sich deshalb auf diese internationalen kinderkabalen eingelassen, und weil »die dienste«, was immer das ist, »andere sorgen« gehabt hätten – so nanidi –, habe man ihn wursteln lassen, »nicht ohne schließlich, beeindruckt vom vorankommen des unternehmens, das sein freund der doctor angezettelt hatte, einen ergänzungsplan zu entwerfen. deswegen bin ich hier – ich sollte dich, und wenn möglich ihn, abwerben. die dienste wollen haarp nicht öffentlich machen, sie vertrauen nicht auf die segensreiche wirkung von enthüllungen ...«
nein, sie wollen das ding einfach so stark wie möglich beschädigen, wenns geht ganz »vom netz nehmen«. welchem netz? nanidi weiß viel, sagt mir wenig. gerade eben das, was ich ihrer meinung nach wissen soll – und gerade deshalb denk ich eben doch, wenn ich ihren rat nicht befolgt hätte, im hotel in anchorage, sondern diesen ganzen konspirativen mist statt dessen einfach mit offenem visier

sie hat gesprochen, ich habs gehört, und – auch eine andre stimme? da ging die rede von tests, von reisen, von gallifrey oder

»mit wem . . . sag mal hast du n telefon hier unten, das funktioniert?«
»der freund deines großvaters war da. er bedauert, er kann uns nicht helfen.«
»war da, hier drin? der . . . doctor? war da? du warst doch . . . da drüben im, wo die vorräte, unsere suppen und ähm . . .«
»er kommt und geht. diesmal ist er gegangen und kommt nicht mehr.«
»wie charmant. und so hilfreich!«
sie zuckt mit den schultern: »manche leute haben eben mehr zu tun als wir. wichtigeres.«
das soll ich fressen. was hilfts, ich freß es.

»geh hen ischesch egnaro, egnaro, egnaro, eg. . . geh . . .«

nach dem frühstück fängt das rasseln an, der verlöschende atem, der nicht aufhören will. es ist das gräßlichste, was ich je gehört hab und klingt, als würds nicht schnell vorbeigehen. nach wenigen minuten halt ichs nicht mehr aus und geh tatsächlich auf den korridor, wie von nanidi gewünscht, geh auf, geh ab, malm mit den kiefern, denk an alles mögliche, versuch, beruhigendes herbeizudenken: mamas kunst, papas genörgel, alle telefonnummern, die ich kenne, auch handynummern, stefanie, ralf

ich sitz auf der metalltreppe, nachdem mara gestorben ist, und bin so geschafft, als hätt ich dabei die ganze arbeit gemacht, dabei geholfen wie die hebamme bei der geburt.
nach einer weile setzt sich nanidi dazu und bietet mir tatsächlich eine schachtel kippen an, ihre zigarette brennt schon: »it's alright. das lüftungssystem verträgts. und nach dem . . . wenn unsere mission klappt, wirst du dirs eh abge-

wöhnen, denn dann tauchen wir ein weilchen unter, in der freien natur, nordwestlich von hier. da gibts keine zigarettenautomaten.«
sie redet gegen die stille an, die aufkommen will, in dieser betonsenke, dieser gruft.

»und wie werden wir da leben, und wovon, in dieser freien natur?«
»wie die wilden gallaherschwestern, samme und aileen, im wilden copper river valley. die werden denken, wir sind mit in die luft geflogen. das zeug wird so fein pulverisiert, daß davon ...«
»schon gut, die details ...«
»es wird dir gefallen. zweige auf dem dach, prasselndes feuerchen, fischen, jagen. häuten, gerben. frontierwomen. blockhaus, the whole shebang.«
»und das verrät uns unsern häschern nicht doch, dieses feuerchen?«
»daß wir im land bleiben, damit rechnen die dann am wenigsten. atomisiert oder über die grenze verschwunden ...«
»tertium non datur«, ich prunk ganz gern ein bißchen mit muruns klassischer scheiße.
»daß wir das hier erst mal aussitzen. das kommt bei denen nicht vor.«
»okay, wenn dus sagst. ich bin neu in dem allen, aber ich hab ja keine wahl, oder? ich kann schlecht sagen: laß uns das abblasen, diesen antihaarpterrorismus, und schnell die mücke machen.«
»kannst du nicht. denn ich – ich kann das auch allein durchziehen, aber du, was willst du machen?«
»mich den behörden stellen? ha ha.«
»fine«, sagt nanidi, »it's settled then.«
so einfach ist das, wenn man sie ist. sie, das heißt: wir.

013502

nanidi schläft, weils bald losgeht. das ist genau der grund, warum ich nicht schlaf.
mara, die ich nicht gekannt hab, liegt in einem plastiksack in einer röhre, das ist so vorgesehen im fallout shelter, hermetisch zu. ich hab den fehler gemacht, nanidi zu fragen, ob wir die tote nicht mit rausnehmen können und hier irgendwo bestatten; das war wohl ganz dumm, denn dafür ist keine zeit.
wieviel zeit ist denn überhaupt noch?
ich wills hinter mir haben und fürcht mich zugleich davor, was das heißt.

auf dem tisch, abgelegt, um sie morgen früh gleich zu schreddern im papierrecycler auf der hälfte des durchgangs – sie hat schon einiges papier auf diese art vernichtet, auch die haarpschematics – ein paar dokumente aus nanidis fundus.
eine lange liste:

marietta, georgia
green mountain, huntsville, alabama
mohave county, arizona
sinkler and northern ward counties, texas
pentagon, northern virginia
cheyenne mountain, colorado
kaneohe, hawaii
omaha, nebraska
mount weather, bluemont, virginia
north bay, ontario, canada
olney, maryland
st. francis mountains, missouri

adirondack mountains, new york
roswell, new mexico
?, utah

fragezeichen, utah. daß mir das alles übern verstand geht, ist echt zu höflich ausgedrückt. was soll werden? wissen SIES?

013505

auf nanidis rücken: ich kanns erst nicht erkennen, auch weil ich tageslicht überhaupt nicht mehr gewohnt bin, die farbechte photonendusche. es sieht aus wie ein quaderförmiger ledersack, um den ein paar kabel gewickelt sind. der sack ist eichhörnchenrotbraun, die kabel sind grasgrün. die bäume finden uns wahrscheinlich so wenig geheuer wie wir sie. es ist dämmrig. nanidi sagt: »ein uhr morgens«, ideale zeit, angeblich wird's gleich ziemlich dunkel. sie stellt die zwei rucksäcke, die sie in jeder ihrer beiden hände an riemen getragen hat, auf den boden, schnallt den hintern sack ab.

»soll ich auch äh?«, mein rucksack drückt und hemmt mich ziemlich, auch ist das bein nicht damit einverstanden, wie fest ich auftret. dafür fällt jetzt ein spalt sahneleuchten durch das kaputte auge, das offensichtlich demnach sogar heilt. was will ich mehr.

nanidi streicht den sack, das feste ding, mit der hand ab, reißt die kabel los und wirft sie auf die erde. vorn auf dem sack ist, seh ich jetzt, ein kleiner griff zum halten, wie bei einem turngerät, und davor eine art elfenbeinhalbkugel in roter umfassung, handballengroß: eine computermaus? die kabel – das wird hart, das streckt sich, das sieht aus wie, scheiße: stützen, streben? die kugeln berühren den schnee, da hebt die spannung zwischen den kabeln den sack, das kissen, sprich: den doppelsitzer in die höhe. höher, hoch: dann schwebt er da, getragen von – wovon? ich weiß es nicht.

»das . . . ist nicht dein ernst. ein fahrzeug?«
»gleiter. man muß bloß die kabel auswerfen, den rest erledigt das feld. gar nicht so stark, gar nicht so schwierig zu beherrschen. könnten schon längst alle haben, statt der blöden autos.«
»du verarschst mich.«
»glotz nicht. setz dich hinter mich«, sagt nanidi und steigt drauf, als ob sie das schon tausendmal gemacht hätte. das müßte stefanie sehn, wär der koller.
»du wirst mich um die hüften fassen müssen. fest.« sie hängt ihre rucksäcke zwischen die kabel, bedeutet mir, daß ich meinen aufbehalten soll.
»it ain't . . . es ist nicht für zwei leute gemacht, eigentlich, aber es kann uns aushalten.«
»wie . . . wie schnell fährt . . . fliegt es?«
sie grinst. das paßt mir gar nicht.

lichter, wie eben aufgesteckt, positionslämpchen, da hinten, was ich als gakona kenne, man sieht die spuren der verwüstungen, das verkohlte, mit gewalt gelichtete. wir sind drüber hinaus, wir fliegen weg, wir haben

macht mich verrückt vielleicht

ich möchte schreien, um hilfe, und lachen, warum nicht gleich ein hexenbesen, was für ein fahrtwind, absolut unmögliches abenteuer, und daß wir nicht vom bock fallen, daß wir uns nicht überschlagen, wie kann

XI.

013507

wunder, von menschen einmal aufgestellt, aber längst einsam, heilig, nicht mehr gepflegt von denen, nur mehr sich selbst verantwortlich, die andern wälder aus silber, kupfer und

im innersten auf standarten und speeren in silber und hitze, rauf und runter kriecht ein vielfingriger blitz wie eine alte hand aus feuern, schlangen, schlauen

gebunden die leiber wie am kreuz auch ryan auch seine copilotin gequält, winden sich nackt, zu viel fast unmöglich, da hinzusehn, wunden, auch die eskimofrau, schwarz wie kohle die arme der hals, aber nanidi: »schau hin. schau, wie wir alle da . . .«
es sind zu viele, ich kann sie nicht zählen. die leiden dauern lang und werden weiterdauern. ganz weich und heimlich zittern spitzen von antennen im warmen wind, der hier vom boden her aufsteigt.
ich senk den kopf und schwarze brühe läuft meine wange und mein kinn hinunter, tropft auf den schnee. die ist aus meinem auge, ich habe angst, blick wieder nach oben: auf den körpern der gebundenen, gespießten wie flechten etwas aus rot, das ist nicht geronnen und auch kein blut, denn es glänzt anders. aggregate von falsch ausgeheilten gebrochenen gliedmaßen bilden krabbenschattenrisse, der bauch eines mannes ist abgesackt wie ein erschöpfter wal am strand, krähen kreisen über köpfen, die nach vorn nicken, reflex.

wir gehen schweigend an dem feld mit hinken und stolpern vorbei. die toten und die nur gerade noch lebendigen sind besondere leute, man darf sie nicht stören. nach drei dutzend reihen sagt nanidi leis, aber befehlsgewohnt: »hier. da rein.«
»was? zwischen . . . da durch?«
ins leiberfeld, ja.
es geht ein windchen wie föhn, säuselnder

»hier durch.« durch, nicht rein: das klingt besser, aber trotzdem wart ich, bis sie mir einen leichten stoß versetzt. jähe angst, daß mein eingeschränktes räumliches sehen mich gegen eins dieser foltergerüste laufen lassen wird, und mehr als einen stromstoß oder sonst eine verletzung fürcht ich, berührt zu werden, beschmutzt von den armen

»schau.«
ich seh ein hufeisen, einen metallisch geglätteten kaktus, einen stachelzacken, auf halber höhe, anderthalb mal uns überragend. da zickt und zackt das drahtgeflecht an den antennenenden in triangulaturen, quadraturen, die mein gesichtsfeld an der bildkante durch freien trügerischen abstand vom bergrand wie eine entzweigehackte zentralprojektion auf einen verschmierten punkt hin

bausteine, hexenprofile lückenlos verzahnter, sehr schlimmer

nicht wirklich parallel die haltegitter drunter unterm kronenbereich, hier gilt das nicht, hier gibt es gar kein parallelaxiom, weil die ganze ebenengeometrie, die ich kenne, vor diesem optischen medium hier und den vom wind aufgefahrenen, angeschwemmten castellanuswolken zurückweicht, als ob in mehr als einer dimension die gerichtetheit der einzelnen komponenten der anlage, ihr metallisch gefingertes, konstrukiv aus der

»schau hoch.«

kritzelkronengipfel die hälse und arme der antennen, jede gitterknospe dreiwertig: verbunden durch vier kanten mit vier anderen knospen, der kürzeste weg von jeder knospe ausgehend zu dieser selbst wieder zurück ist eine schlaufe, sechs kanten lang, jede knospe gehört zu vierundzwanzig solcher schlaufen, wie auch zu achtundvierzig andern schlaufen, die acht kanten lang sind, und zu vierhundertundachtzig, die zehn kanten lang sind. die kanten, zu denen wir aufblicken, sind kürzer oder länger, je nachdem, ob wir uns zu ihnen hin oder von ihnen weg bewegen in der sauberen luft, entlang dem harten weißen boden, sie haben eigentlich keine länge, keine form, und auch die knospen haben keine positionen, das ganze bild besteht nur aus der idee davon, daß es knospen gibt, die mit anderen enger verbunden sind als mit wieder ganz anderen, und mir kommts schon vor, als wär dieses muster alles, was es überhaupt gibt, die ganz

daß ich die falsche (nein: anders richtige, älter gerechnete) geometrie versteh der pusteblumenförmig voneinander wegstrebenden langen dünnen ableiter für flimmernde nebelbögen, der erhitzer von brenntrichtern über denen lenticularis wie töpferware verdrehte zirkelfülle im aufgefächerten ebenen planen nachtlicht

wo sich ein tagesrest mammatus zellenförmiger

»schau höher, noch höher.«

als ob du lieber himmel man plötzlich im eigenen gleichgewichtssystem, im innenohr die corioliskraft körperlich zu spüren kriegt; ich sehs jessas ich erkenns das ganze ist nicht, was wir dachten, nichts, was murun wußte sagte mir muster sagen konnte mußte: sonnenspektrum verfangen im himmelskreis überm haarp, der blick davongezogen, hochgesaugt durchs loch im raum selber, flatternde feuchtigkeit und blinkende druckveränderung, angezeigt präziser als jede technische temperaturmessung, einfach durch die höhenmessung der haare in meinem nacken, und mein kribbelnder skalp, durch den röntgenstrahlung, gammastrahlung in den kopf sickert, während die vertikale verschwindet, in der horizontalen, und die maschinen pulsen den himmel enger, bis er zusammenklappt und gelähmt aufhört zu schweben, abstürzt, hier auf den boden fällt vor uns um uns für weil woraus, was wir wenn trockene und nässende gradienten einer

endloser jetstream, abgefangenes windsystem von berg und tal, verschlagen falsch in die höchsten höhen abgesetztes fahles

wie strom in der kupferbatterie gespeicherter monsun, gespeicherter hurrikan, gespeicherter taifun, aber nur, weil das hier hineinrutscht, weil die unten aufgemachte weite

»genau. es sind nur nebenwirkungen. das ist es, was die ... menschen nicht verstehen.«
nanidi lächelt mich an, weil sie, als ich sie anschau, sieht, daß ich es gesehen hab; daß ich es versteh. ich weiß, daß dus weißt, und du weißt, daß ich

es geht nicht ums wetter, es geht auch nicht um die schmerzen der auf die apparate gespannten, gesteckten, gequälten, es geht nicht ums gedankenmanipulieren und überhaupt um nichts von all den gräßlich kruden

»ja«, sagt nanidi. »nicht die ionosphäre, sondern die noosphäre. das wahre wetter. und es wird von diesem platz aus nicht nur drauf geschossen, nicht nur gestört, nicht nur gestrahlt, sondern auch gehorcht, ge... belauscht. perforiert, damit es hier runterregnet, damit es hier gesammelt werden kann, durch siebe läuft, in gedächtnisgrüfte, kammern, auf tafeln, in speicher, das, was die menschen draußen ...«
»alle menschen«, sag ich, um es mich selbst sagen zu hören. »alle menschen auf der erde. was sie denken, wie sie träumen, wissen ...«
nanidi nickt. »und um es zu vergleichen, zu katalogisieren, zu sortieren, um die rechnung zu beschleunigen, die das tellurische hirn ...«
»und geschossen wird ...«
»weil das ein interface ist, da oben. zwischen uns und ihm ... oder ihr ... oder ihnen.«
uns und IHNEN, ja.

ich sehs besser, wenn ich die augen schließ und den kopf zurückleg: aurora.
ja, ich sehs: kosmischer teilchenschauer, alle blitze aller gedanken von außen, für uns – ein negatives pion, davon ab ein negatives muon und ein neutrino, ein positives pion, davon ab ein positives pion und ein neutrino, ein atomkern, davon ab protonen und neutronen, ein neutrales pion, davon ab gammastrahlen, davon ab elektronen und positronen, mehr gammastrahlen, mehr elektronen, und alles in mustern, in syntax, in verläufen, flußdiagrammen und stemmata von

»es . . . er redet mit uns, mit der welt, es hat, ist eine sprache . . .«
»ja. und hier wird die unterhaltung zerbrochen. hier wird verhindert, daß wirs verstehen.«
hier wird IHRE sprache zerstreut, so wie SIE unsere zerstreut haben, am turm zu

gebell von großen hunden und wütendes, keuchendes rufen.
sie wissen, wo wir sind, auf welcher höhe des antennenfeldes. nanidi sagt: »weiter. wir müssen rein. es gibt eine klappe, einen eingang.« sie schlägt mit der flachen rechten hand auf die tasche, die am verdrehten gurt von ihrer schulter runterhängt und an ihrer hüfte baumelt. ich weiß, was drin ist, wenn ich nanidi anseh: rache, überraschung, etwas, das zerstört.

am andern ende unsrer unscharfen piste erhebt sich ein aufsatz zum weg ins erdinnre, mit rhombenförmiger front, richtig, so war das auf den technischen zeichnungen, die mir nanidi im bunker gezeigt hat. sie macht was mit dem ausgestreckten arm, hält in der hand ein kästchen, da öffnet sich ein mächtiges maul im rhombus, flutlichthelles grelles gießt

aber ein mann scheiße da steht ein soldat, schwarzer helm, panzerweste, kniehohe schnürstiefel, nanidi ist fast bei ihm. er greift an seine hüfte, da ist ein holster. nanidi rammt ihn, mit der schulter gegens brustbein, daß beide straucheln, dann ist er klar, steht wieder bereit, zu spät: ein großer dorn, ein prügeldicker metallner bienenstachel in nanidis hand, es ist ein messer und sie stößt es ihm direkt unterm kehlkopf in den hals, weil seine rüstung da ein loch hat. dann rammt sie ihm das knie in den schritt, er fällt zurück, in den eisernen rahmen des tors, rutscht daran angelehnt sehr langsam runter.

sie winkt mir, zackig, ich spuck luft, die mir falsch in die atemwege flutscht, bedrömelt japsend wieder aus, dann hat sie mich am handgelenk und zieht mich in die festung, in den unter

eine kette kleiner päckchen, wie hefe in dünnen mäntelchen, verbunden mit breitbandkabel, wie ichs nur von computern kenne: »nimms«, sie stellt sich neben den ermordeten und hat eine waffe in der hand, ich hör die hunde kommen, näher rasch

»wasnwieso . . .«
»nimms, und kleb es, siehst du, hier hinten, da haftet es – kleb jeweils eins alle fünf schritte an die wand, wickel die verbindung ab, es sind spulen. genau, so. do it now. geh los.«
in den tunnel also, in das mit schummrigem notstrombeleuchtungs

zwei vorn schon, zwischen den spießen, nanidi trifft beide. sie stürzen vom aufschlag an hüften, im bauch, trotz der schutzkleidung, »ja, ich kanns. aber wenn sie alle da sind, die ganze besatzung, ist es zu spät«.
»gut, ja, schön ich lauf schon los, bist du dann zufrieden ja?«
die wand ist glatt, ich setz das erste päckchen drauf und trau mich nicht, es festzudrücken – ist das sprengstoff, dann könnte doch, wenn

sie schießen alle, die wächter und jäger, nanidi auch. sollen wir da etwa wieder raus, wo sie steht?, das schaffen wir nie, schon gar nicht mit meinem greisinnengehumpel. das nächste an die glatte kalte wandung.
das nächste.
noch eins.

mensch ist das ein gefummel, wie rum denn jetzt, das hab ich schon bei tesafilm nie

»wie viele?«
»was?«
»fuck, claudia, wie viele hast du noch?«
»vier.«
»okay, kleb . . . damn it . . .«
was, hallo, bitte nicht, ist sie getroffen?
»nanidi?«
»yes, ah piss eggs . . . scumsuckers!«
»nani. . .«
»ja doch!«
»bist du verletzt!«
»shit, no. hast dus?«
»du wolltest was mit kleben, ich hab . . . du wolltest mir was sagen, ich hab nicht weitergemacht.«
»ah, swell. as if . . . kleb jeweils zwei zusammen, okay?«
»aber du hast gesagt, nur eins alle . . .«
»zwei und zwei und schluß! schluß damit! machs fertig!«

fängt ein stampfen an, als wärs die disco des teufels und die riesen, die da als türsteher arbeiten, könnten vor lauter baß nicht mehr an sich

und ich weiß ja, daß hier motoren stehen, ganz offiziell, mit 3200 ps leistung, das hab ich doch alles nachgelesen, bumm, bumm, bumm. nanidi steht neben mir im halbdunkel: »hast du sie untergebracht?«
»wie, naja, klar, und am schluß, hier siehst du, jeweils zwei . . .«
das tor ist zu, ich hör, wie geschosse auftreffen, abprallen, querschläger. das stampfen wird schneller, treibender: bumbummbumm, bummbummbumm.

»nanidi? ich hab angst.«
»ah shut up. komm. hier, komm, nein, was machst du denn«, sie packt mich am kragen, als ich falsch abbiege, reißt mich zurück, »andere richtung.« ich verstehs nicht, wie kann sie sich hier orientieren, das windet sich, das sind nicht kreuzgänge, sondern versetzte arme von, wie geht die form, was hat, vielleicht ein hakenkreuz das

beim besten willen, die lungen voller nadeln, es tut mir leid es geht nicht. sie ohrfeigt mich, ich zuck zusammen. »move it! move it, bitch!«, und in ihrem blick ist ein haß, eine entschlossenheit, daß ich auf einmal weiß, wenn ich sie hängenlaß, wenn ich hier wirklich zusamenklapp und aufgeb und hinschmeiß, während sie schon denkt, wir wären in der zielgeraden, dann macht sie mich kaputt, dann bringt sie mich um ohne reue, dann

ah scheißdreck das tut weh so kann man doch

kein bein vor den, kein fuß vor den andern bis

auf den boden, wieso jetzt auf den boden, was ist hier? was hat sie, ich kann mich an den plan nicht mehr erinnern, an das schema, ah doch eine schiene, ein schlitten aus dunklem eisen, da legen wir uns flach drauf, sie kickt mit beiden beinen, stößt uns so von der mauer ab, wir drehen uns, rutschen, kippen schräg ab, in einer laibung einem gewinde geschraubt

platte, abbruch. schliddern, sie greift nach oben, gitter? gerüst. wand mit kreuzleitern.
»hoch. hoch jetzt. get up!« ich kann nicht mehr denken, ich hab keine meinung mehr vor lauter au und weh, ich will nur bitte nicht mehr angebrüllt werden angeschrien, bitte genug dann kill mich halt mit deinem säbel da

ende ich kann nicht sorry ich nein

spalte.
ein flackern. dann offen: das schneefeld.
wir sind unter allem einmal rund um das array, wie geht das? ich hätte uns ganz woanders vermutet, ich versteh die topographie nicht. es ist wurst. da steht der bock, der gleiter. nanidi gluckst, röchelt, erst als sie mir auf die beine hilft und mich durch die abgeklappte öffnung nach draußen zieht, versteh ich, daß sie lacht.

»we did it. shit, we really pulled it off.«
teils gebückt und wie besoffen, teils gehetzt auf allen vieren schaffen wirs so gerade bis zum gleiter, bevor die ersten detonationen

ich rieche rauch, ich hör, wie das stampfen zweimal aussetzt, arhythmisch wird. nanidi greift mir ans kaputte bein, krampft dort das fleisch zusammen, das hackt wie die hölle: »he! wieso machst du das, du dumme sau?«
»i need you here. focus. konzentrier dich, work with me here. sitz richtig auf, die hand da hin. verschränk die ... mach die finger so. alright, halt dich ... hold on.«
es donnert in der erde. sie bebt, sie verschluckt sich an was, sie wirft uns in die höhe, daß wir schnell und schneller

dritter teil
sastrugi

XII.

050572

sämtliche immer alle wetter

bestürzung: da steht das alte ding, der feldgleiter, von dem ich, obwohl sie versucht hat, mirs zu erklären, nie verstehen werd, wie er funktioniert. er ruht sich aus, unterm mantel aus verschorftem frostglanz. unbrauchbar, wie lang jetzt schon? seit drei monaten – batterie leer, denk ich mir, und habs auch so gesagt, aber nanidi hat bloß den kopf geschüttelt: »batterie, pfff. wenns so einfach wäre«, jedenfalls hilfts nix: keine tollen flüge mehr in wipfelnähe.
die rucksäcke sind schwer.
wir brechen auf.

schaffens hoffentlich wirklich über den gletscher. es gibt einen pass, sagt nanidi, abseits der autobahn. sie will nach valdez, da ist ein hafen, dort hat man inzwischen, nachdem wir so lange untergetaucht waren, ihrer ansicht nach ganz sicher leute hingeschickt, sie gegebenenfalls abzuholen. das sei so vereinbart gewesen.
weiße, gemaserte eisfinger. gehärtete schneeschichten, gegen die bäume gelehnt. ich hätt gern einen fotoapparat dabei. sie versteht nicht, warum ich so langsam stapf. wieso ist ihr diese idee jetzt gekommen – valdez – just heute?

eine wunschphantasie vielleicht, eine komplizierte art, aufzugeben: sie lockt mich auf den berg, da können wir zusammen erfrieren, oder in eine schlucht stürzen, denn das ist ihr, ich kenn sie ja, natürlich immer noch lieber als kapitulation, sag alles ab, mein ruin der

in der ferne stehn graue gekippte monolithen, wie tanker auf see: »fata morgana« warnt nanidi, von der nur die nasenspitze zu erkennen ist unter all dem zeug. ich hab die felle im versteck gelassen und trag meinen alten kurzmantel, den ich am tag, als murun starb, anhatte. die hände greifen tief in beide taschen; rechts find ich was, wie seltsam: kaum leserlich die aufschrift »kiss me«, abgeschrabbelt, ein reines, sauberes metallröhrchen, mascara drin längst zum kohlenstift gehärtet, und dasselbe gilt für meinen knallrosanen »fun«. ich nehm das deckelchen ab, schraub den damals sorgsam spitzgeschmierten lippenstift raus und stell das ganze in den schnee; rotes kerzlein ohne flamme.
»was machst du da? wir haben keine zeit. hör auf, die gegend zu dekorieren.«
auf wiedersehn, kleiner lippenstift, tapfer stehst du auf deiner

sie will nicht, daß wir drüber reden, was ich bei haarp gesehen hab.
einmal frag ich sie doch, im dickicht: »nanidi, war das ... einbildung? daß die kosmische strahlung ein muster ...«
»sie schauen sich das schon ewig an und suchen nach naturgesetzen, nach regelmäßigkeiten. you could call it ... eine absichtliche selbstbehinderung. wenn sie nichts intelligentes suchen in dieser strahlung, können sie alles, was sie finden, nur als natürlich werten und dann eben auch so erklären. zirkelschluß.«
petitio principii, hätte murun gesagt.
»aber sie horchen doch andererseits mit radioteleskopen nach ...«

»ja, seti, ceti, das ganze zeug, old hat. aber daß naturgesetze und intelligente mitteilung dasselbe sind, wenn es eine intelligenz gibt, der die natur ihre gesetze verdankt ...«
»also gibt es eine? das hab ich wirklich gesehn?«
»es gibt vieles, was denkt, aber kein mensch ist«, sagt sie und klopft sich schnee von den schultern, der aus dem geäst oben als kleine lawine

fällt bei leichter berührung vom ast wie eine überreife frucht, liegt da im pulver wie ein stein: daß das möglich ist, daß eulen erfrieren können, hätt ich nicht gedacht.
»vielleicht«, rät nanidi, mich korrigierend, »ist sie nicht erfroren, sondern einfach so gestorben, an altersschwäche.«
ich hab – das sag ich nicht, wir gehen weiter – mal wo gelesen, daß die alten griechen den tod einer eule, die für sie ja das wappentier von athenes weisheit war, als böses vorzeichen nahenden wahnsinns

050578

die transalaska pipeline im tal immer in sichtweite, »da entlang, drei, vier tagesmärsche, und das ding wie unsern wegweiser im auge behalten«, wie in den western früher, wenn sie den eisenbahnschienen gefolgt sind.

iditarod: einen hund sollten wir haben, scheckig und treu, damit uns nicht immer nur die raben begleiten, die krähen vorausziehen, schwirren flugs zur stadt am sund im

ein schönes buch wärs, episch breit, fein melancholisch, ich kann die erzählerstimme schon hören, warmherzig und weise: in dieser nacht kampierten sie am paß, hoch überm hang. während die beiden schwestern gemeinsam gut geschützt schliefen (ein glück, daß sie das irre thermomaterial noch hat, mit dem man ein gegen jede witterung geschütztes zelt bauen kann, dünn wie papier, luftdurchlässig, aber wärmesicher), sanken die temperaturen auf etwa sechs grad unter null. kalt wie die klinge eines küchenmessers fegte der wind über den paß. im sternenglanz der winternacht heulten unter den hohen schatten der felsen die wölfe. nach osten und westen hin schien die welt unter ihnen eine einzige gruft zu sein.

»claudia? alles ok? was denkst du?«
»daß es lustig wär, wenn du clautschi zu mir sagen würdest.«
»hä?«
»vergiß es. mach das licht aus, ich will diese wolken sehen, dieses ... wie heißt es? das, was leuchtet?«
»noctilucent clouds.«
»ja, genau. das.«

virga: die wolken haben fransen, winzige troddeln, wie die lebensbänder von quallen, es ist aber nichts lebendiges, sondern nur regen und schnee, der verdampft, bevor er uns erreicht. irideszenz im süden, mehr feine sprühchen, spraychen von wässrig eisiger

wie das denn sei, dieses valdez in der bucht, am sund, im südlichsten süden des nördlichsten nordens? ein heimgesuchter ort offenbar, ganz richtig für uns: »alte goldrauschgegend, sprungbrett zum klondike, basislager und verhurtes nest – damals. zweimal hat es katastrophen gegeben im letzten jahrhundert, beide male am karfreitag – 27. märz 1964, ein erdbeben, das die stadt so auseinandergerissen hat, daß man sie woanders wieder aufbauen mußte. und am 24. märz 1989 – wie gesagt, auch n karfreitag – ist sehr viel öl aus

einem lecken tanker ausgetreten, exxon valdez hieß die wanne. viele tote tiere, aber für die region wars ein gewinn, denn es zogen wenigstens vorübergehend viele helfer, beamte, reporter hin. eine nette kleine stinkige kommune inzwischen. wenn man ankommt, sieht man zuerst den terminal der pipeline und dann einen alten friedhof. so ist das da. die leute ... tja, sie kümmern sich um ihren eigenen dreck.«
»du warst dort, hm? oder weißt jedenfalls viel über alaska.«
»ich wußte ja auch viel früher als du, wer und was ich bin. da hab ichs halt zu meinem job gemacht, solche sachen zu wissen, über gegenden, wo man sich vielleicht mal verstecken muß. ich könnte dir auch jede menge über montana erzählen, oder über die wüste gobi, über ganz besonders leere landstriche in china ...«
ihr job – mein beruf ist, nicht weniger zu sein, als ich scheine; dem treu zu dienen, ders mit mir versuchen will; den zu lieben, der ehrlich ist; mit dem zu verkehren, der verstand hat und wenig spricht; und keine fische zu essen.

»also du warst so richtig eingeweiht auch, in diese ganzen verschwörungen, die immer noch nach uns suchen, uns jetzt jagen und ...«
»ach was, verschwörungen. gibts nicht mehr. ist vorbei. du und ich, wir sind waisen der einzigen verschwörung, die es zu mehr als zwanzig mitwissern und anhängern gebracht hat. das war die verschwörung, an die dein opa geglaubt hat. für die er ...«
»waisen von verschwörungen ...«
»ich schenks dir. behalts.«
als ob sie ganz besonders cool wirken will, als ob sie angst hätte, ich könnt sie verurteilen für das, was ich von ihr jetzt weiß oder nur vermute: daß sie wohl auch leute umgebracht

hat, wahrscheinlich viel mehr, als ich mir vorstell, daß sie von dingen weiß, die mir die nackenhaare aufstellen würden.
wieso hat sie diese angst vor dem urteil, hier draußen leben keine richter, kei

der fluß unten: am nächsten morgen find ich raus, daß er selbst im winter grün ist, ich weiß nicht, warum mich das so rührt, als hätten wir mitten auf dem hochplateau eine liebliche wiese voller kräuterchen gefunden.
statt dessen finden wir nur sand, ein bißchen weiter oben, grau wie in deutschland die straßen, und darin tatzenspuren, schwer, aber gar nicht groß: »ein brauner. noch nicht alt«, sagt nanidi, als wär sie lederstrumpf, ich muß mir ein lachen verbeißen.
was das für eine gebäudewürfelei sei, an der pipeline, jenseits der eisnebelscheide? »pumpstation. damit die pipeline nicht mal irgendwann vom wasser weggeschwemmt wird.«

dünne wasserfälle, und in den steilwänden ritzen, über jahrzehnte rausgewaschen. riesige geschleckte götzenköpfe: noch mehr fels voraus. jetzt werden wir bald klettern, und sehen über die schulter links in der tiefe, ganz allein, tatsächlich einen einsamen langläufer.
erholungsgebiet. urzeit. endzeit. »gibst du mir mal . . . ?« sie reicht mir tatsächlich das kleine elektronische fernglas. der langläufer hat grüne streifen an den seiten seines anzugs, die sehen toxisch aus, er ist nicht schlank. ich muß lachen, geb nanidi die binoculars zurück und wär fast gestürzt. eine bergziege schaut uns zu, voller fell, viel dicker als bei uns das dickste schaf. sie steht zwanzig meter weit weg, ich kann sie trotzdem deutlich sehen.
meine augen sind besser hier als

ich will gar nicht wieder heim, überhaupt, was war das, daheim?

050582

ich hätt nämlich auch eine rockband werden können. werden? quatsch, gründen. mit stefanie. dann hätte das geklungen wie jetzt über allen gipfeln:
»waaaahh rrraaah aaaaaaarrrrrhhaaaaaaaaaaaaaaaaa ... aaa ... aaa ... aa ...«

»schön. genug geschrien? was schreist du hier so rum?«
»ich wollt«, das ist die reine wahrheit, »einfach mal wissen, wie das kommt. nah am gipfel, mitten im, naja, nirgends. hört doch keiner. so weit das auge schaut: kein mensch.«
»aha.« nanidi rollt mit den augen und geht weiter, stur und stolz.
sie ist, denk ich mir, gestreßt davon, daß sie die yards und miles immer umrechnen muß, damit ich ihre angaben zu wegverlauf und marschdauer versteh; sie ist genervt von meinem ständigen hunger und durst und den umständen, die ich mach, wenn ich pissen muß; sie ist angekotzt davon, daß ich immer wieder zurückbleib und sie warten darf, bis ich aufschließ, aber sie bleibt bei mir, wie schon während der langen monate unterm tarnkäppchen im kupfertal.
sie wird mich nicht verlassen, nie verraten, und ich hab keine ahnung, weshalb.

»was ist das da, ein vulkan?«
die bäume werden zum krater hin lichter, als ob sie sich nicht ganz hintrauen.
»hast du angst? wir gehen in großem, weitem ... bogen drum herum.«

»weiträumig, sagen sie im verkehrsfunk.«
»hmyeah. ein richtiger vulkan ist es sowieso nicht, obwohls so aussieht. man nennt das einen schlammvulkan – heiße quellen, mit schlammreichem wasser – geologen nehmen an, daß die brühe aus altem meerwasser plus wasser aus becken am abkühlenden magma der richtigen, großen vulkane stammt.«
»steht unter hohem druck, hm?«
»kannst du laut sagen.«

mir maras geschichte erzählt, angeblich zum zeitvertreib, »langer marsch, you see«, aber in wirklichkeit will sie sich vielleicht einfach gern mal an sie erinnern.
nanidi hat mara nämlich gemocht, und beim zuhören, wie sie von ihr spricht, überträgt sich das auch auf mich – ich hab sie kaum gekannt, nur zweimal gesehen – und ein drittes mal, als sie sterben mußte.

mara haben sie nach osten gebracht, damals, aus der sowjetunion, bis sie im westen ankam, nämlich in alaska – da gab es sowieso »zellen«, sagt nanidi, unter anderem deserteure aus »den diensten«. »das land ist groß und obwohl die amerikaner wußten, daß einige ihrer abgefallenen sich da irgendwo versteckt haben, sind sie ihnen nicht nachgesetzt, denn das war ja immerhin besser als so ein richtiges überlaufen: die leute haben sich sozusagen selbst ins amerikanische sibirien verbannt.«
»so wie wir.«
»klugscheißerei.«

insgesamt hat es siebzehn von uns gegeben – »das echte bioprogramm unterm stählernen; die ganze lysenkonummer war am ende nur noch eine ablenkungsgeschichte, genial eigentlich. wir liefen allerdings nicht unter hmmöh life science, sondern unter psychotronik, das heißt die genetiker, die uns gemacht haben, waren angestellte von militärischen kognitionswissenschaftlern«, weil letztere sich in den fünfzigern, sechzigern und siebzigern drüben wohl so ziemlich aussuchen konnten, wer für sie arbeitete, so groß waren ihre erfolge, nachdem die welleninduktionsmechanik und die phasenpsychologie geknackt worden waren: metempsychose, fernprojektion, telepathie, telekinese ...

»auch der woodpecker, hm?«

sie nickt: »ja, das waren die ersten zwölf.«

was aus denen wurde, will ich wissen. nanidi zuckt mit den schultern: »liquidiert, nehm ich an. schwert und schild ... die mußten ja die spuren tilgen, als der sozialismus zusammengebrochen ist. interessanter sind die letzten fünf, die hat man nicht so einfach aufgeben wollen. wir waren dort, am anfang, in den siedlungen, wo der specht durch verstärkung der wellen unserer ersten zwölf schwestern abgestrahlt ...«

»in rußland? du und ich und mara waren ...«

»als babys und kleinkinder, ja. und zwei weitere, von denen ich ... ja, keine ahnung, was mit denen geschehen ist.«

uns drei hat man verschickt, versteckt: nanidi in kalifornien, mich in deutschland – »ein alter kommunist, zuverlässiger mann, der hat dich in seine familie geschleust, das traf sich, weil deine mutter schon bei der geburt deines bruders riesige schwierigkeiten gehabt hatte, gesundheitlich. man riet ihr davon ab, ein zweites kind zu bekommen, aber sie wollte unbedingt eins. da hat dein großvater ...«

»instruiert von seinen ...«

»he, dreh es nicht so. er hat dich wirklich geliebt. du warst nicht nur ein auftrag. für ihn warst du ... na ja, das erbe des sozialismus, was übrigblieb von der überlegenheit der besseren welthälfte. und sie wußten, auf den ist verlaß: er hat ja sogar seine frau aus politischen gründen verstoßen.«

also: nanidi in kalifornien – sie spricht nicht drüber, ich habs versucht –, ich in deutschland und mara: »ganz verrückte szene. unter ehemaligen killern, fälschern, drogendealern, waffenhändlern, die jetzt mit ihren huskies in winzigen siedlungen mit ureinwohnern zusammenlebten. they went a li'l native, you could say. ha. ist als kind zwischen leuten rum, die um walroßzähne gewürfelt und karten gespielt haben. walfett gebraten. kormoranfedern im haar. hat gelernt, mit dem messer lachs in zwei teile zu hacken, und die sprachen hier, alle von süden bis, na ja, ganz da oben im . . .«
»ich erinnere mich. gethen.«
»ja, winter: das war aber ein selbsterfundenes wort, glaub-ich. sie hatte am ende . . . ihre sprache war ein mischmasch aus . . .«
»ich habs gehört. was es bedeutet: winter. als sie es gesagt hat, hab ich die bedeutung mitgehört.«
»sure. auf niedrigem level zwar, aber wir sind alle . . . die ganzen siebzehn mädchen, well . . . to pick up thoughts which . . .« ja, ich erinner mich. ich wußte oft, was stefanie denkt, und der arme ralf, den ich vors auto gestoßen hab, hat in dem moment auch abgekriegt, was ich darüber wußte, was er über mich dachte, was er mit mir machen wollte, wie gewalttätig und lieblos

»hast du das stück mal gelesen, nanidi?« ich halt ihr den abgeschrabbelten shakespeare hin.
»wir haben das alles hier«, sie tippt sich an die linke schläfe, »das war die grundausbildung, das betriebssystem. die haben uns, bevor wir drei jahre alt waren, mit dem gesamten bildungskanon . . .«
»du hast gesagt, ich wär kordelia. die liebe, die aufrichtige. ich glaub, das stimmt nicht.«
»ah?«
»du und ich. wir sind regan und goneril. die bösen. mara war

... mara hats richtig gemacht, sich aus allem rausgezogen, sich zu den eskimos ...«
»he«, sie grinst fies, aber ich seh, daß es auch ein bißchen verlegen ist, »es war nicht ihre wahl, oder? und unsere auch nicht.«
»ich mein nur, wenn man das stück überhaupt als ähm allegorie ...«
»whatever.«

050593

nanidi würde mich wahrscheinlich ohrfeigen, wenn sies wüßte, aber ich mags ganz gern, unser wandern, die sterne, die lichterscheinungen, die gedehnte gleichmäßigeit unserer tagesabläufe, das stete vorwärtskommen, das getrocknete fleisch, das wir essen, das geschmolzene und mit nanidis komischen filtern gereinigte schneewasser, das wir trinken, das schneidende an dieser luft, und immer die wolken, meine zeichen: nimbostratus, altocumulus, cirrus, cumulonimbus.
berge, gespiegelt, oben, wo sterne sind.
vor uns ein bruch in der schneedecke wie eine aufgeschlagene styroporfläche, drunter schießt wasser vor, dahinter halten sich mit eigenartiger würde sehr hohe bäume am bröckelnden boden fest.

mehr noch über uns, die schwestern vom specht, und über den langen weg der partei: der tag, als unser wahrer vater die sache in die hand nahm, war der 3. juni 1930.
am nächsten morgen fanden leser, die das organ »iswestija« aufschlugen, ein spottgedicht von demian bednij – »sein richtiger name war ijefim pridworow, er ist in dem jahr gestorben, als der zweite weltkrieg zu ende ging« – gegen die

eugenik, die sozialdarwinisten, gegen das genetikgeschwätz im westen: rückstand alter aristokratischer und rassistischer ideen.
kurz danach wurden die eugenischen institute – eine mode der zeit, die gabs damals überall – geschlossen, und die »russische zeitschrift für eugenik« stellte ihr erscheinen ein.
diese kampagne war aber nicht gegen eugenik an sich gerichtet, nur gegen »das elitäre bourgeoise spezialistentum«, gegen das dann bald ein klandestines kommunistisches spezialistentum gesetzt wurde.
»unsere eugenik«, zitiert nanidi bednij schmunzelnd, »ist klasseneugenik, sie ist proletarisch, und sie kommt von den massen, nicht aus einem sessel in einem muffigen zimmer.«
»das sind wir also«, sag ich, und blinzel in die grüne sonne, »das erbgut der massen, das volkseigentum der äh . . .«
»ach halt die klappe«, sagt nanidi und reicht mir ein karöttchen, weil ich das brauch, obwohls hier nirgends wächst, wie

050607

»also der ausdruck ist natürlich idiotisch«, sag ich, »aber mir fällt dafür kein anderes wort ein: romantisch. so muß das gewesen sein für mara, dieses eingeborenenleben: romantisch.«
»ich will dir mal was erzählen, claudia . . . clautschi? yeah. clautschi.«
sie sieht, wie mich das freut, ich krieg ne gänsehaut, und um so strenger fährt sie fort, dazwischen immer wieder tief luft holend, denn die steigung hier ist doch beträchtlich: »über deine romantik da. wie sie lebten, und noch leben, deine zurückgebliebenen. es gibt diese . . . geschichte . . . hier, von

der familie im eis. ein zufall, daß sie die gefunden haben, so gut erhalten. bei utqiagvik, in der nähe von da, wo heute barrow liegt ...«
»so wie unser ötzi?«
»huh?«
»ach, son steinzeitmensch, der irgendwo dings, in den alpen oder was, von einem bergsteiger ...«
»whatever. also, diese familie von utqiagvik, das war eine ganz aufschlußreiche sache. vor hundertfünfundzwanzig bis vierhundert jahren, genauer können sies nicht datieren, ist ein eisblock auf das haus geknallt, hat sie alle erschlagen, wie satans fluch die familie von deinem hiob da, aus dem buch, das du immer liest. vier frauen, eine in den frühen vierzigern, eine anfang zwanzig, eine fünfzehn jahre alt, eine achteinhalb, und ein mann, etwa zwanzig. die älteren beiden frauen hatten grad entbunden. den mann dazu hat man nicht gefunden, und die kinder auch nicht. vielleicht waren es zwei miteinander verwandte familien. egal. die autopsie ... der ... beiden älteren frauen, da hat man ... viel gelernt über die natürliche und romantische lebensweise ... an schäden der knochen war abzulesen, daß sie es öfter mal mit nahrungsmittelmangel zu tun gehabt hatten, im späten winter, alle drei bis vier jahre. die frauen hatten herzinfektionen, litten an arteriosklerose und waren wohl auch schon mal durch die eine oder andere lungenentzündung durch ... ge... fuck!«, sie rutscht ab, ich stütze sie.
»tja, und schwarze lungen von den öllämpchen, und osteoporose, brüchiges gebein, wegen zuwenig vitamin d. so sah das aus. so geht das, dieses leben in der natur. romantisch, my ass.«
schon gut, bin still. der vortrag tut mir wohl, ich weiß erst nicht, wieso, dann merk ichs: er hätte auch von murun sein können.

wie weit weg es wirklich ist, die welt hier oben macht sich als seltsamer hohlspiegel über alle entfernungsschätzungen lustig, egal: vielleicht fünfhundert meter luftlinie entfernt seh ich ein holzhaus, grau, mit blinden fenstern, groß genug, daß drei erfrorene familien drin wohnen könnten, von behutsamer götterhand über den abgrund auf den steinrand gesetzt. ich bitte wortlos, mit einfacher geste, ums fernglas, und sehe, so scharf ich es stelle, keine genauere struktur an diesem gebäude mit den waghalsigen stützpfosten, auch keinen pfad, der hinführt, keine treppe im fels. eine täuschung, ein kunstwerk?
dann fällt mir doch noch ein schmuckmerkmal auf: aus einem der fenster hängt ne fahne, blauer grund, acht sterne. die staatsfahne von alaska, das sternbild ist

redet sie doch noch von sich, ganz unerwartet, sehr sachlich, aus einem abstand zu sich, den sie zu bedauern scheint. wir sind beim abendessen, es gibt bohnen.
»ich bin weggelaufen, claudia starik. meinen beschützern, kannst du das glauben? no shit. wie ein tramp, wie eine ... sie haben mich zurückgeholt, zweimal. beim dritten weglaufversuch hat mich mein adoptiv... wie heißt es? pflegevater. er hat mich gestellt, und als ich nicht einsehen wollte, warum es für mich lebensgefährlich ist, diesen knast, diese villa zu verlassen ... es war alles sehr posh, weißt du. first class. da hat er mir dann erzählt, was los ist, wer ich, whattayacallit, wie ich zu ihm kam und seiner rotten cow. und dann haben wir eine regelung gefunden, der rote fellow traveler und ich. kein college nach der high school, keine karriere, obwohl ich so smart bin, so viele sprachen kann, obwohl mein ... pflegevater ...«
»ziehvater«
»ziehvater mich, seit ich sieben war, dauernd nach europa

geschleppt hat und in alle möglichen länder. ich wollts nicht. kein glamour für mich, kein drama, kein jet set, kein sleeper stuff, sondern eine ... bis zu einem gewissen grad ... unsupervised existence. einfach, weil er wußte, wenn man mir nix anbietet, laufe ich amok.«

»was hast du gemacht?«

»mich einmal die woche telefonisch gemeldet bei ... diesen leuten. schwert und schild der partei. und ansonsten mein eigenes leben angefangen. das war cool, mit siebzehn! high school dropout, ich meine, ich hätte schauspielerin werden können oder ... ich bin in einen kleinen ort gezogen, cabo wabo.«

»caba... was?«

»das heißt da unten alles so, in sunny la la land. ich hatte ein haus am strand, total ... baufällig, das gehörte meinem ... uhm, dem vater meines ... how do you say fiancé?«

»verlobter.«

»ja. dem gehörte das – mein verlobter war ein surfer, ein gammler, ein cooler hippie. ich hab als bedienung gearbeitet, in einer kneipe für rocker. gutes trinkgeld. unsere miete, in der hütte, das war nur ... fünfzig dollar die woche. und ich hab das so geliebt, wenn ich aus dem örtchen mit dem bus morgens nach einem all nighter hochgefahren bin, und die sonne ging auf, und ich bin diesen gewundenen weg gegangen zu diesem haus.«

»was ist damit passiert?«

»der alte von meinem kerl hats verkauft. einfach so, er war nicht mal in geldnot – you know, weg mit der bruchbude, er hat eh nix draus gemacht. und obwohl das ding so schäbig war, also für mich ... war es viel mehr ein zuhause als dieses schloß von meinem ziehvater oben in sherman oaks. und dieser alte blödmann nimmt es mir einfach weg, just like that, ohne einen gedanken, ohne absicht. ein unabsichtliches arschloch. ich sag dir, ich warn dich: das meiste unglück im

leben wird nicht von generälen oder irren wissenschaftlern oder diktatoren verursacht, sondern von unabsichtlichen arschlöchern.«
»was war mit dem ... typ? dem verlobten?«
»i ditched him. er war süß, aber ... na ja ... ich mußte los.«
»in die gänge kommen.«
»something like that.«
wir kuscheln uns aneinander; morgen fängt der vorletzte marschabschnitt an, das wird

als ob die geschichten, die sie mir von mara und sich erzählt hat, nicht genügen, solange meine eigene geschichte nicht dazutritt, wie ein puzzle, das vervollständigt werden muß, ich hab einen verqueren, mir selbst nicht verständlichen drang, von etwas zu reden, das die erlebnisse der schwestern ergänzen kann. nichts aus deutschland, nichts von mama, papa, thomas, konstantin, stefanie – eine ältere erinnerung, vielleicht auch nur ein traum der sagenumwobenen »lebhaften phantasie«, mit der ich immer alles zugekleistert hab – ein land, wo ich gewesen zu sein glaub, erfüllt von stimmen wie maras, einer sprache wie ihrer, auf einem unbekannten kontinent.
das grusligste land: ein flußdelta voller radioaktivem schmiersand, eine grüne sorte gold wurde da abgebaut, in minen. die leute waren schön, fast schneeweiß, intelligent, sehr großgewachsen und freundlich. wo? irgendwo im schnee, ähnlich wie hier, vielleicht antarctica, oder im

050652

wie sie uns gefunden haben, weiß ich nicht.
zwei hubschrauber, beide schwarz wie teer, steigen in der spalte vor uns aus der nicht abzuschätzenden tiefe.

nanidi schlüpft aus den gurten ihres backpacks, greift in ihre jacke, zieht was raus und stapft in gestrecktem hüpfballett, wie ein astronaut auf dem mond, mit großen schritten zu einem vorsprung, der deckung bieten könnte.
ich schau hoch zu den feisten, ratternden, knatternden, dröhnenden dingern, ein arm, ein torso, ein mann mit einem langen gewehr.
»shit, go for cover! claudia, geh mir aus der ...«
wie münzen, die kinder gegen eine wand werfen, schlagen die ersten kugeln in den schnee, in baumrinden, prallen tieftönend pfeifend von steinbrocken ab.
ich steh allein da, auf freiem schneefeld, über und über bepackt und behängt, ein absurder truthahn, ein überladener weihnachtsbaum.
ganz langsam heb ich die hände.
nanidi ruft: »god damn fascist sons of ...«

ich dreh mich viel zu langsam nach ihr um, sie schnickt weg, ihre füße fliegen, ihr ganzer körper wird weggerissen vom boden; pflänzchen, das der wind entwurzelt, taumelt kippt, ein spielzeug, kein körper. schlägt in den schnee, dreht sich mehrfach, rutscht, rutscht.
rutscht.
liegt, gesicht nach unten, überm hang, ohne bewegung.
lautsprecher werden eingeschaltet. man ruft, befiehlt, ich verstehs nicht. meine hände sind oben. ich bin allein, eine von siebzehn schwestern, die schönste, klügste.
ich hab einen plan, der ist besser als nanidis idee, daß wir uns abholen lassen in valdez, daß man uns versteckt, daß wir fliehen. ich hab einen klugen und schönen plan, ich bin die letzte waise. die rotoren drehn sich so laut.

ich werd lernen, ich werd mitspielen, ich bin wie die männer in den hubschraubern oder ich werd wie sie, werd wie SIE, es ist einfach.

man schießt nicht auf mich.
die maschinen fliegen im kreis, es wird überlegt, wo man landen kann und mich aufnehmen.
man will mich lebendig.

WARNING

Erection of these large cellular towers is currently being carried out under HIGH TONE and XENO in private business capacities under Black Ops cover. They emit cellular 800 MHZ waves. Due to the great proliferation of towers in key population areas, they will have a devastating effect. These towers may be associated with the very secretive Alaskan HAARP project.

NOTIZ

Es wird im Text von »Waffenwetter«, auch wenn das mitunter so aussieht, nicht nachgeahmt, wie Claudia Starik denkt, wie sie redet oder schreibt. Es wird etwas wesentlich Umfassenderes nachgeahmt: wie sie ist. Dazu gehört allerdings ihr Schreiben, das ihr Reden und Denken färbt. Deshalb kann, wie sie ist, als Text erscheinen, der »Waffenwetter« heißt. Damit wird nicht unbedingt denen recht gegeben, die sagen, es gebe nichts außerhalb des Textes. Es gibt allerdings innerhalb von »Waffenwetter« mehr Claudia Starik als irgendwo anders (weiteres dazu unter www.claudiastarik.de). Das Ganze ist ein als Monolog getarnter Dialog mit etwas, das denkt, aber kein Mensch ist. Die Beschreibung der Regeln dieses Dialogs, wie Claudia sie sieht, steht im Abschnitt mit der Nummer 013507 am Anfang des elften Kapitels.

Nach diesen Rechenvorschriften ist das gesamte Buch organisiert. Die internen Einteilungen gehorchen Rhythmusabsichten. Auf diese Idee ist der Autor gekommen, weil John Luther Adams, der interessanteste Musiker, den es im Land Alaska gibt, ein im Jahr 2007 passenderweise genau zehn Jahre altes Werk für Perkussion namens »Strange and Sacred Noise« geschrieben hat, das, wie sein Titel verrät, von denselben Sachen handelt wie »Waffenwetter«. Es gibt bei Adams einzelne und zeitbrechende Wellen, verschiedene Geschwindigkeiten, die einander im Phasenraum kreuzen, Gitter von Wiederholungen und so fort. Daran orientieren sich die Zahlenproportionen der Kleinkapitel in »Waffenwetter«.

Die religiöse Thematik ist die ästhetische Form einer sozialen; erklärt wird das ebenfalls im Buch selber, nämlich unter der Nummer 013125 im fünften Kapitel.

Der Autor glaubt an nichts Übernatürliches außerhalb der Kunst.

Dietmar Dath, im Juni 2007